北窑

当代实力派作家万胜第一部现实题材长篇小说，拷问生命意义、探寻人性光芒，东北文学地理『北窑』呼之欲出。

北方联合出版传媒（集团）股份有限公司

春风文艺出版社

·沈 阳·

图书在版编目（CIP）数据

北窑/万胜著.—沈阳：春风文艺出版社，
2021.7（2023.8重印）
　ISBN 978-7-5313-6028-5

　Ⅰ.①北…　Ⅱ.①万…　Ⅲ.①长篇小说—中国—当代
Ⅳ.①I247.5

　中国版本图书馆CIP数据核字（2021）第141260号

北方联合出版传媒（集团）股份有限公司
春风文艺出版社出版发行
沈阳市和平区十一纬路25号　邮编：110003
永清县晔盛亚胶印有限公司印刷

责任编辑：姚宏越		助理编辑：孟芳芳	
责任校对：陈　杰		封面设计：郝　强	
印制统筹：刘　成		幅面尺寸：155mm × 230mm	
字　　数：225千字		印　　张：17	
版　　次：2021年7月第1版		印　　次：2023年8月第2次	
书　　号：ISBN 978-7-5313-6028-5			
定　　价：58.00元			

开　篇

　　一声短促而尖锐的哨声响起，赵成勇把右手指向罚球点，点球！在禁区内被铲倒的10号立即从地上跳起来，举起双手欢呼，好像进球了一样。他的对手则直接跑到赵成勇的跟前大叫，不公平，不公平，我根本没碰到他，他假摔。其余的队友也一同跑过来，把赵成勇围在中间，闹哄哄地辩解起来。赵成勇又一连鸣了三声哨，意思很决绝，维持原判，让所有人都退开，并且给犯规队员出示了一张红牌。犯规队员竟伸手来抢赵成勇嘴上的哨子，赵成勇吐出哨子大喊，你们还想不想玩儿了？要是还想玩儿就得懂规矩，要是不守规矩就都给我滚蛋，以后再也别来了。大家伙一下子老实了。点球照罚不误。被侵犯的队员亲自操刀，一个轻松的勺子球，骗过了守门员。接着赵成勇一声短哨加一声长哨，宣告中场休息。

　　赵成勇穿过足球场的铁围栏，走到场外，在一个木长椅上挨着高小江坐了下来，解下右腿的假肢，放在椅子一侧，对高小江说，这帮小兔崽子，就得给他们立规矩。高小江坐在那里目光迟滞，面无表情，佝偻着腰背，头颈前倾，两条腿紧紧地并在一起，两只手反复做着抓握放开的动作，好像在跟空气较劲。他对周围的变化毫无反应。

赵成勇继续说，一条人命不能说没就没了，这不合道理，你说是不？

高小江不为所动，始终保持着原来的姿势。

小江，你这样装下去也不是办法，许多事情都得有个结局，你不做个交代说不过去吧。对了，忘了告诉你，姚树德被引渡回来了，他的案子正在审理，你就不想跟他见个面儿？

高小江抓握的动作突然缓慢了许多。

那场大洪水呀，我眼睁睁地看着它带走了别人的命，也差点要了我的命，但是你看我今天不还是活蹦乱跳的，少了一条腿也不耽误我好好地活着，这是因为我心里坦荡，你说是不是这个道理？

赵成勇每天都这样提示高小江，这两年几乎未间断过。尽管从高小江的姿态上还看不出有多大的变化，但他坚信，只要他高小江不是真疯，就一定会有开口说真话的那一天。

中场休息结束的时间到了，赵成勇装上假肢，起身向球场内走去。那条假肢跟他的身体结合得很好，放下裤管几乎看不出他是个残疾人，走路的姿势也只是微微有些瘸，好像患有轻微的痛风。被替换的那条真腿丧失在两年前那场百年不遇的大洪水中，当时他曾想极力挽救这一切。那场大洪水给他留下了一些谜一样的东西。

高小江把目光紧紧盯在赵成勇的后背上，随着赵成勇身子的微微晃动，他的目光渐渐泛出一丝如刀刃般的寒光。如果自己的目光真如刀刃一样，他还真希望能够用他的眼刀切开赵成勇的皮肉，剔除骨骼，挖出藏在他身体最深处的东西，看看那究竟是什么。高小江曾经坚定地认为在这个世界上只有他最了解赵成勇，但是在赵成勇身上有一种东西他始终没弄明白。他觉得他跟赵成勇的较量，输就输在这种东西上面。

赵成勇一声长哨，下半场比赛开始了。

第一章

在北窑，最了解赵成勇的是我。

他天生怪异，双手双脚都是六指（趾），而且多出的指头骨骼血管与正常无异，不能用棉线勒掉，只能任其生长。他两岁时就会跑，跑得还很快，经常从大人眼皮底下溜掉，被找到时正蹲在马路上捡干马粪吃。这个手脚怪异爱吃马粪的家伙很让人讨厌，成天哭，那双眼睛总是泪汪汪的，又红又肿，都招苍蝇了。这孩子是冤死鬼儿投胎呀！大人们总是这样说。于是"冤死鬼儿"就成了他的外号。

冤死鬼儿头大身子细，像小头蒜，这种野菜与野草极易混淆，尤其在坟茔地里长得最多最密，传说是死人头发变的。冤死鬼儿身上好像也散发着一股阴森森的气息，所以没人愿意跟他玩儿，即使偶尔带上他，也是为了欺负他，拿他寻开心。在北窑的儿童界他就像一只乞求施舍又害怕被捉弄的小流浪狗。

我和冤死鬼儿同岁，六岁那年夏天，我喜欢上了邻居后园子里种的花。那些花长在菜园子的地头上，特别好看。我心想这么好看的花为什么不是我家的呢。我真想把这些花都拔起来插到我家的地里，可那样做又怕被人发现，因此我郁闷了两天。那天趁菜园子里没人，我把那些花一株株拔起，又插回到土里，把根上的土再踩实。我想这些花的根儿已经断了，恐怕是不能再活了，别人也不会知道花是怎么死的。我心里踏实多了，正要离开，却发现不远处茄子地里的茄秧在晃动，一颗脑袋露了出来。我心一惊，坏了，被人发现了。藏在茄子地里的是冤死鬼儿，他正在那儿拉屎。见是他，我放心了，故意吓唬他说，好哇，你在别人家的地里拉屎，看我不告状的。冤死鬼儿说，这是我家的园子。我说，我爸说了土地都是公家的，你在公家的地里拉屎就是破坏公物。他赶紧提着裤衩跑出茄子地，哭丧着脸说我也不知道哇，我求你别告诉别人哪。我说，那好吧，我可以替你保密，但你也不能把我刚才拔花的事告诉别人，谁说话不算数谁就烂嘴丫子。他用力点头，很怕我反悔似的。

还有一次我趁老周家没人，偷偷跳进他家后院，用竹竿打树上的杏。杏还是青的，被打落一地，然后我用脚一个一个都踩碎。老周家的这棵杏树的杏特别甜，可成熟之后老周头儿却不给我们吃，自己摘了去卖钱。这么好吃的杏不让我吃，那就谁也别想吃。冤死鬼儿在篱笆外问我，你在干啥呢？我说我在救人。救人?! 他抻着小细脖问。我说这树上的杏有毒，吃了就得死，所以熟了的时候老周头儿就不让我们吃，我趁没熟都打下来踩坏，就不会毒死人了。冤死鬼儿真信了。我让他进来跟我一起干，他想都没想就同意了，干得比我还卖力。我告诉他我去找一根更长的杆子来打树尖上的杏，然后就撇下他回家吃饭去了。晚上听见老周头儿到冤死鬼儿家告状，他爸把他好一顿揍。

冤死鬼儿他爸是红砖厂的出窑工，我爸是维修工，我们两家邻居，就隔一道院墙。

红砖厂有两座火轮窑，一座在南，一座在北，被称为南窑和北窑。火轮窑一百二十米长，二十米宽，六米高，像一座小城池。窑两侧共有三十二个拱形窑门，用来进坯出砖。窑顶上排列着无数个火眼儿，每个火眼儿上都扣着一个铁火帽。烧窑时窑门用砖泥封闭，留哈风口进风，司窑工仅从火眼儿观察窑中的火候，哪儿的火弱了就从哪儿的火眼往里添煤。窑中可同时起两个火头，火头引燃泥坯（泥坯中含有煤粉），层层推进，火过之处，泥坯变红砖。工人们打开窑门，待红砖冷却，装车出窑，再码入泥坯。每年四月份点起窑火，一直到十一月份，窑火不熄，生产不停。

大烟囱立在窑的正中，像大船主桅，是红砖厂的标志，方圆百里之内最高的建筑物。南窑的西面是架棚区，架棚子用桦木和油毡纸搭建，一排排，像肋骨扇儿。泥坯从制坯车间里出来，整齐错落地码放在架棚子里被风干。制坯车间在架棚区的西边，有一条生产线，坯土被搅拌机搅成泥坨，推进切割机，上下两排钢丝切线将泥坨切成砖坯。制坯车间连着一个巨大的双引槽，从远处运来的黄土被倒入双引槽，混入煤粉和水搅拌。运土的是一种被我们称为"轱辘马子"的铁翻斗车。一长串"轱辘马子"被四轮农用拖拉机拽着在小铁轨上跑。小铁轨的终端则是挖土的多斗机，它能一层层地把平地刮成沟壑，清冽的地下水涌上来，形成一片池塘，一到夏天我们就在池塘里野浴。

我们住的职工宿舍在北窑东侧，红砖灰瓦的趟房，像一列列火车，一节"车厢"就是一户人家，一趟房子住八家，房前有小院，屋后有园子，分割得很清楚。

北窑住着的都是红砖厂的职工和家属，在周边村子里的农民眼里，我们都是吃公粮拿工资的公家人，很牛。村姑嫁给工人做老婆，便可成为职工家属，光荣地住进北窑，成为脱离农村的"农工"，可她们生下的孩子依然是农村户口，按国家政策不能接父亲的班，但这并不会削弱他们在农村孩子面前的优越感。我和冤死鬼儿都是"农工"子弟。

北窑以北是红砖厂下属农场的大片水田地,以西是浑河,隔着一道大坝。

夏天,北窑宿舍中间的土路被雨水泡酥了,又被大车轮子碾得坑坑洼洼,路中央居然沤出个臭气熏天的小池塘,绿豆蝇子和小蠓虫嗡嗡嘤嘤乱飞,墨绿色的水在日光下不停冒泡儿。我误以为那水泡儿是泥鳅吐出来的,便跑回家拿出自制的纱布小网在臭水沟里一通捞,只捞上来一只破黄胶鞋。后来我想明白了,这么臭的水有鱼也得呛死。有天早上我看到江岸迷迷瞪瞪地走出胡同口,拎着那只装着他全家一夜骚尿的胶皮马桶,很自然地倒进沟里。我气坏了,躲进对面的胡同口,捡起半块砖头嗖地扔过去,在江岸跟前炸起一片臭水花,溅了他一身一脸。我扭头就跑,当我一头撞进家门时,听到江岸骂街:×××高小江,你给我等着。我心一凉,完犊子,被发现了!

北窑没学校,我们都得到胡家村去上小学。上学的路有两条,一条是走南窑的大路,一条走坝上的小路。南窑的大路是用碎石子铺的公路,宽阔平坦,两边有遮风固路的杨树趟子。坝上的小路是指胡家村和北窑之间的一段浑河堤坝,偏僻荒芜,甚至有些恐怖。在浑河堤坝东坡下面有一片坟场,是胡家村的老坟地,胡家村有多少年的历史,就有多么老的坟墓。胡家村在大清朝时就已经存在,老坟里说不定会有僵尸。我们都听过老坟地可怕的传闻,有一则是这样说的,一个村民半夜在坝上赶路,见到三个人围坐路旁推牌九,村民也好赌,就坐下跟着赌起来,结果赢了不少钱,回家睡觉,早上醒来发现自己的衣兜里装的都是死人用的黄纸钱。还有一则是说有人晚上走夜路在坝上遇到了"档"和"魔",赶了一夜的路,累得要死,天亮才发现一直在原地转圈,根本没走出老坟地。大人们经常告诫我们不要到坝上玩儿,但我们喜欢走那条路,那里有野菜、蘑菇和土蛇。坝上最毒的蛇是野鸡脖子，毒不死人，胆大的经常抓小土蛇，用衣襟拔掉蛇牙，放在袖口里吓唬女同学。其实上学的路还有第三条，那是冤死鬼儿发现的，别人不知道。

那天我预感到江岸肯定会找我掐架，放学时便选择了走南窑的大路，而且跟我哥高大江搭伴。放学路过红砖厂正门时，正应该是白班工人下班的时间，我们的家长会在下班的人群中，他要是敢半路劫我，家长们不会不管。可现实是，江岸会了帮手在大路上劫我的时候，一个家长都没出现。

他们四人中朴虎最大，其次是韩东，再次是江岸，田光亮最小。这四个家伙在北窑儿童界是出了名地坏。他们曾偷着把胡家村生产队那头怀了崽儿的大青驴牵到坝上，当成评书里程咬金的坐骑大肚蝈蝈红，轮换着骑，驴怀孕跑不动，他们就用树棍子打它肚子，硬是把大青驴给打流产了。

他们四个人在路旁的杨树趟子里一字排开，挡住我们哥俩的去路。我和哥哥对视了一眼，都把书包带紧了紧，这样就不至于把书本和文具跑丢。我哥跟我一样都不会打架，不同的是，他爱学习是三好学生。我们几个都把双臂抱在胸前，用目光瞪着对方，表面上都不示弱。二对四，我们肯定打不过他们。他们不动手，我们绝不敢先动手。江岸向前两步凑近我，几乎跟我脸贴脸，明知故问了一句，早上是你撇的砖头不？我虽心里害怕但当着很多人的面也不好一上来就示弱，似是而非地答了一句，你说是就是呗。他立即用肩膀拱了我肩膀一下，我以同样的方式回敬了他一下。见我反抗，朴虎、田光亮冲上来，三个人一齐拱我一个，我哥上来帮我，也加入了"拱架"。于是江岸对我，朴虎和田光亮对我哥，五个人拱成一团。

我哥不了解相互"拱"是有学问的，一是摸对方底气，如果对方一下比一下拱得凶，就说明志在必得。二是找碴儿，相互用胳膊拱不算真正动手，如果一方被拱急眼了，动作出格碰到了肩膀以外的部位，就算是先动手了，谁先动手谁就先输在道义上了。我哥没被拱急眼，但不得要领，再加上身高臂长，把胳膊肘支到了朴虎的下巴上，朴虎立即大喊，哎！他先动的手，打他。说完就往我哥身上扑，江岸、田光亮也扑上去，三个人把我哥按进一个齐腰深的小土坑中。韩东站在一旁，手里抓着半块砖头盯着我，估计我只要一动，他就会飞砖头。我不敢动，眼睁睁地看着我哥被他们三个群殴，一着急，咧嘴哭起来。下班的工人骑车从我们的身边过，没人把小孩子打架当回事，放学的学生们倒是挺热衷，停下来围成圈子看热闹起哄，我越哭他们越乐。我无助地环顾人群，多希望有谁能站出来制止这场战争啊。我看到了冤死鬼儿，他竟然蹲在前列边吃东西边看热闹。我灵机一动，指着冤死鬼儿大喊，是冤死鬼儿让我撇的砖头。朴虎他们立即停手了，顺着我指的方向看冤死鬼儿。

我哥从土坑里站了起来，像刚出土的兵马俑。他跳出土坑，寻到一块比他的脑袋还要大的土坷垃，高高举过头顶。就在此时，韩东大喊一声，削冤死鬼儿去呀。四个人一起向冤死鬼儿冲过去。一场群殴随即变成了群狗撵兔子。冤死鬼儿在前面跑，朴虎四个人在后面追，但他们根本追不上冤死鬼儿。冤死鬼儿驾着那双怪异的大脚，像贴着地皮飞。

我哥像董存瑞举炸药包一样举着土坷垃，久久不肯放下。那一刻我觉得他好伟大呀！我收了眼泪，说，哥，放下吧，我把他们支跑了。

我哥看着我，满脸怨气，泪水在眼窝里打转。他一定是很想责问我，他挨打的时候我为什么不去帮他，可他却说了一句莫名其妙的话，高小江，你以后考数学能不能不得大鸭蛋。

我再次咧大嘴哭了起来，心想，他太损了，居然在这么多人面前寒碜我。

这场危机就这么过去了，我虽然没挨打，但内心里却受到了来自我哥的伤害，我悲哀地发现我在他心目中是个大笨蛋。

我妈知道我不笨，我的兴趣不在学习上，我喜欢打鱼摸虾，北窑广大周边地区我都走遍了。北到汪家盆河泡子，南到胡家村泥鳅沟，东到二道河灌渠，西到浑河的龙头湾，每一处都留下了我的足迹。放暑假时我每天混迹于稻田沟壑之间，各种鱼儿成为我的俘虏。放寒假时我奔波于池塘浑河之上，从大人们凿开的冰窟窿里捡他们遗落的小冻鱼。我浑身鱼腥味儿，同学们都不喜欢，尤其是老师。我的班主任是个爱吃鱼的农民，但他却受不了我身上的鱼腥味儿，他把我安排在了教室里的最后一座，还给我起了个"臭鱼儿"的外号。他在黑板上写的数字，我常常把"1"看成了穿钉儿鱼，把"9"看成了小鲶鱼儿，把"4"看成了小鲫鱼，"7"是滑溜溜的小泥鳅，"6"不是鱼，是傻乎乎的蛤蟆骨朵儿（小蝌蚪），"0"是我最喜欢的葫芦片儿鱼，这种鱼儿又宽又薄的身子在阳光下像彩虹一样好看。当我哥把我得的零分说成是大鸭蛋的时候，我不但为自己感到委屈，也为鱼感到屈辱。我讨厌鸭蛋，每次在路边的垃圾堆里看到完整的大鸭蛋，我都会很激动地把它们捡起来，却发现是已经被人抠完的空壳，所以我认为这东西太不真诚。可想而知，当我拿到那张不清不楚的油印数学卷纸时，在我眼前的不是数学题，而是一池塘各种各样的鱼在游动。我怎么也无法把它们跟加减乘除的算式联系到一起。我妈说我长大后会成为一个渔民。我觉得这也不错，浑河又长又宽，里面的鱼我一辈子也抓不完。我也不觉得当一个渔民有什么可惭愧的。有一天在课堂上老师让我们每个人说说长大后的理想，我说我的理想是当一个渔民，全班同学乐得又拍桌子又跺脚，有几个恨不得背过气去。他们有的要当科学家，有的要当画家，还有的要当教育家，大家都要当"家"，只有我一个要当"民"，我被认为是最没出息的人。可我没觉得这是没出息。我爸是"民"，我妈是"民"，他们的爸妈也都是"民"，谁嫌弃过自己的爸妈？爸妈不养活他们这些未来的"家"，都得完犊子。

说到底我随我爸，他就是半个渔民，他管打鱼叫拿鱼，一有闲空就扛着网到浑河边去，偶尔也会带上我。赶上浑河水大的时候，他就在浑河边上熬宿拿鱼。我们每次出发前必定要让我妈炒一盘尖椒土豆片儿，齁辣齁辣地吃出一头汗，然后扛上网纲鱼篓迎着夕阳出门，对我来说绝对是一种豪迈。鱼儿们，我们来了！我为地球上有"鱼"这种生物而感到幸福，更庆幸我的家乡有一条大河。

从我记事起家里就没断过鱼，大鱼炖吃，小鱼炸酱。我却不喜欢吃鱼，常被鱼刺扎嗓子，这是鱼对我的报复，我想鱼们一定是对我们爷俩又恨又怕。我在一本小人书上看到一句话：剥削阶级的双手沾满了劳动人民的鲜血。我和我爸的双手是沾满了鱼们的鲜血，哪里有压迫哪里就有反抗，但鱼们的反抗仅此而已。

我家的大黑猫也不爱吃鱼，这是怪事，它很可能是世上唯一不爱吃腥的猫。大黑猫在我家已经生活了七八年，算是一只老猫了。它的鼻子和四个爪子都是白色的，就像戴着白口罩穿着白球鞋的黑姑娘，走路的姿势也很优雅，可我们俩互不喜欢。这不仅是因为我属老鼠，还因为这家伙的脸太酸，我一作践它，它就用爪子挠我，每次我们都闹个不欢而散。我看到它和别人玩耍就更生气。有一天我见它贱兮兮地把身子往冤死鬼儿的腿上蹭，让冤死鬼儿给它挠脖子，我的肺都要气炸了，冲过去掐起猫皮，拎着它就往家走，大黑的叫声里充满了愤怒和哀怨。我看见冤死鬼儿默默地蹲在那儿，一脸委屈，眼圈都红了，他俩就像硬被拆散的一对情侣。我哥看见我像拎网兜一样拎着猫，问我，你干啥呢？我说，冤死鬼儿不要脸，跟我家大黑搞破鞋。我哥说你别胡说八道，把猫放下。自从上次他在大庭广众之下寒碜我，我就很烦他，我也反对他跟冤死鬼儿的姐姐英子好，他俩都是好学生，好一堆儿，臭一块儿。我一松手，大黑在我腿上挠了两爪子，一蹿上了房顶。第二天我把这事告诉了别的小孩儿，冤死鬼儿和大黑猫搞破鞋的事就在北窑的儿童界传扬开了。

明知道是我造的谣，冤死鬼儿也不敢把我怎么样，他胆子比我还小。我们是同班前后座，学习成绩我们俩长期包揽最后两名，我们班是全年组最差的，所以我俩也是全年组当仁不让的倒数第一和第二。但老师对我俩的评价却各不相同，说我是贪玩不用功，说他是脑子有问题。老师总是对的。一年级时，老师教我们在田字格本上写生字，我们都是一个小格里写一个字，他却是一整篇写一个字。我们是三个手指头掐着铅笔头写，他是把整支铅笔攥在手掌里像研墨一样写，写一个字扯掉一页纸，三扯两扯一本就没了，你能说他脑子没有问题？老师也有重视冤死鬼儿的时候，比如到老师家里去义务劳动。学校老师都是农民，除了教书还要种地。冤死鬼儿干活不惜力，这一点老师很赏识，就让他当了劳动委员。

北窑来了剃头匠。剃头匠隔三岔五就来北窑一次，并不稀奇，但这次来几乎改变了冤死鬼儿的命运。那天，剃头匠打着唤头从胡同里走过，嗡嘤嘤的声音把我们这帮小孩子都唤出去看热闹了。对我们来说看剃头的确算是热闹，剃头匠的铁推子让我们很好奇，一捏一捏的就把头发割下来了，多神奇呀！那把飞快的剃刀更让我们觉得既好玩又可怕，总是幻想剃刀把人的脑袋像西瓜一样切开。冤死鬼儿他爸爱剃光头，叫住剃头匠，坐在胡同口给他剃头。冤死鬼儿蹲在他爸脚前两手托着下巴仰头看。剃头匠留意到了他的手，问，这是谁家孩子？冤死鬼儿他爸大概觉得有这孩子很丢人，用脚尖捅冤死鬼儿，说滚远点儿。我们在一旁起哄，他是他儿子，他是他爸。冤死鬼儿他爸的头被剃头匠按着，动弹不得，只能低吼，一群小瘪犊子，都滚蛋。我们笑得更开心。剃头匠说，大兄弟，这孩子要是两只脚也都是六趾就了不得了。冤死鬼儿他爸斜着脑袋问，怎么个了不得？剃头匠说，古书上说龙生四足，足生六趾。长着六指的人很多，但都是怪胎，唯有两手两脚都是六指的是龙种，龙种你懂得吧？冤死鬼儿他爸赶紧叫冤死鬼儿把两只鞋都脱了，露出整齐排列的十二根脚指头。剃头匠吃惊不小，哎呀！这孩子，真是龙种啊，皇帝命。冤死鬼儿他爸愣了老半天，说那都是封建迷信，现在是新社会，不兴这个。剃头匠也赶紧说，是是，我瞎扯淡呢。

　　冤死鬼儿他爸情绪突然就好起来，对儿子说，乖儿子进屋让你姐给剃头师傅沏一缸子茶水来。冤死鬼儿站起来没穿鞋就噔噔噔往屋里跑，大脚片子踩在了鸡屎上。

　　剃完头冤死鬼儿他爸留剃头匠吃了顿饭，还杀了一只鸡。

　　我突然就觉得冤死鬼儿不那么讨厌了。评书里讲大人物生下来都跟常人不同，朱元璋出生时满屋奇香，岳飞出生时飞来一只大鹏鸟，冤死鬼儿出生哭声特别吵，这就叫天生异象。而且这家伙爱吃马粪，更是了得。我想万一日后他真当了皇帝，一定会报复欺负他的人，那还会有我的好吗？从那一刻起我决定和冤死鬼儿建立友谊。

　　红砖厂的洗澡堂没有野泡子好，我们小孩子都不爱去。冤死鬼儿是唯一经常到澡堂子洗澡的孩子。他不敢跟我们去野浴，我们总是合伙欺负他，把他骗到野泡子中央的孤岛上，然后就不管了。他不会游泳，只会哭。打水仗时大家都合伙泼他一个人，呛得他晕头转向。为了跟他好，我决定主动陪他去澡堂子洗澡。他不敢相信，皱眉眯眼看我，像看刺眼的太阳。我说，以后咱俩就是好朋友，谁欺负你我就上，谁欺负我你也得上。他迟疑地点点头。我把小手指头伸给他说，咱俩拉钩。他犹豫着把手伸给我。我当时有点犯难，是应该钩他的第五根手指头还是第六根呢？在我们儿童界这个结盟仪式是很严肃的，都是拉小拇指，也就是最后那根，可他最后那根是第六根，不对等啊。我最终还是选择钩住给他带来好运的第六根手指，我希望他的好运能传给我。

我说拉钩上吊，一百年不许变。

他笑了，像个小傻子。

澡堂子像一个水泥山洞，又硬又平，地面很滑。池子里的水温吞吞的，在我们之前已经洗过无数人，臭味皂和死皮把池水熬成了一锅稠腻腻的白汤。我以为跟他拉过钩会走好运，没想到正相反。一进澡堂子就碰到了朴虎、江岸、韩东、田光亮四个人。天哪！他们怎么也到澡堂子来洗澡了？真是冤家路窄。整个澡堂子没有别人，这四个家伙像四条怪龙，翻江倒海耍得正欢。

我和冤死鬼儿转身要走，朴虎喊了一嗓子，你俩给我站住。我想跑，但没敢，我看到朴虎手里拿着一把自制小飞刀，那是模仿美国电视剧《加里森敢死队》里酋长的那把做的，我一跑他准拿刀飞我。但我觉得冤死鬼儿应该跑，跑是他的强项，但他也没跑。我颤着声说，我爸叫我回家吃饭呢。

朴虎用刀指着我们说，吃什么，把衣服脱了，给我下来。

我俩只好照办。他们把我俩围在中间。朴虎说，你俩比赛，看谁在水里憋气时间长，赢的走，输的留下给我们当马骑。我说我耳朵漏气，憋不住。朴虎在我的后脑勺上拍了一下说，堵上。我赶紧把两根食指插耳朵眼儿里。朴虎说，我数一二三，你俩就开始。

我看了眼冤死鬼儿，他要哭的样子。我管不了那么多了，我绝不能留下任人宰割。我有必胜把握，冤死鬼儿不会水，但又对冤死鬼儿有点愧疚，毕竟我们俩刚拉过钩。转念一想，要不是跟他拉钩还不会这么倒霉呢。我狠吸一口气，把胸脯充得满满的，腮帮子也鼓得像大青蛙的气囊，看着朴虎数到三的嘴型，我一头扎进水里。

我在水里默默地数数，数越数越多，憋闷感越来越强烈，水的浮力把我向上托，我感觉头皮已经露在水面上了。我努力坚持着，我绝不能输给他。已经数到二十了，我想我一定可以数到二十五，但我实在憋不住了，已经到了极限，再不放弃就憋死了。就在我拼命将头抬出水面的那一刻，嘴和鼻子不由自主地提前大口吸气，吸到的不是空气，而是黏稠的洗澡水，呛得我脑子像被闪电击中了一样。好悬哪！晚一秒钟我就呛死了。而此时冤死鬼儿还稳稳地沉在水底，再一个闪电击中了我，天哪，我输了！朴虎他们一阵哄笑。

比赛结束了，我鼻涕眼泪一起涌出来。我在心里骂冤死鬼儿，原来不会水是骗人的。冤死鬼儿的身子像一块被剥了皮的树干，软软地漂着。朴虎在冤死鬼儿的屁股上拍了一掌说，"起来吧，你赢了。"冤死鬼儿没有任何反应。朴虎慌忙和江岸把他捞到池沿上。我看见冤死鬼儿脸色发青，没有呼吸，肚皮里面好像藏着个西瓜。韩东说，完了，淹死了！朴虎傻眼了，一下子蹿出池子抱起衣服就跑，韩东几个也紧随跑了出去。洗澡堂里就剩下我和冤死鬼儿，我吓蒙了，只知道哭。

那天要不是老杨的运砖车坏在半路回来晚了，要不是他趴到车底下修车弄了一身机油，冤死鬼儿就成"淹死鬼儿"了。冤死鬼儿足足吐了一洗脸盆的洗澡水，我甚至在他吐出的水里看到了月牙形的脚指甲。跟他比起来，我喝那两口根本算不了什么。因此我觉得虽然比憋气我输了，但在这上面应该是我占便宜了。我跟冤死鬼儿说，要不是我喊人救你，你就"嘎儿屁潮凉了"（死了）。我告诉他我的水性好得不得了，不可能输给他。为了证明我说得不假，我把他领到了一处水泡子边。那同样是多斗机挖出来的，水泡子不深，清澈无比，碧绿的水草清晰可见，明媚的阳光一直照射到水底，简直就是童话世界。那是我独自发现的野浴的好地方，是我的领地。我把冤死鬼儿带来足可表明我对他很够意思。我对冤死鬼儿说我在水里能像《大西洋底来的人》那样屁股一拱一拱地游泳，还能在水里睁开眼睛。这件事我的确干过，我觉得那里的水太清了，有一天游泳的时候就试着张开了眼睛，但我所看到的并不像我想象的那样清楚，而是一片模糊的亮绿，出水后眼睛除了有一种酸酸的鼓胀感外，并没有什么不适。我想是因为眼皮里进水的缘故。

冤死鬼儿很惊讶。我决定演示给他看，我脱光衣服，"仰颏儿"躺在水底，他在岸上能够清晰地看见我，我就在他的注目下缓缓地睁开了眼睛。我在水里根本看不清他的表情，但我猜想他看到的我一定很恐怖，一个人光出溜直挺挺躺在水里还很夸张地睁大眼睛，能不恐怖？

从那以后，我说什么他信什么。

红砖厂最早用来运黄土的并不是小火车，而是驴车。毛驴拉着铁轱辘车在小铁轨上走。每辆车都有一个赶车的人。鲁麻脸赶驴车下坡不勒车闸，把前面毛驴的腿撞瘸了。毛驴们很聪明，有了这次教训后再下坡时都走在铁轨两侧。后来毛驴被拖拉机代替，驴车也变成了连成一长串的铁皮小火车，我们都叫它轱辘马子。轱辘马子的车厢是漏斗形的，踩住销铁，车斗就能翻转，把里面的黄土一下子全卸掉，不用人再一锹一锹往下铲。

我跟冤死鬼儿好得像两块黏在一起的膏药，一起上学，一起放学，课间一起玩耍，我带着他一起去打鱼摸虾，他带着我上学时走他知道的第三条路——爬轱辘马子。每天早上我俩背着书包一起出门，越过农场的甜菜地，穿过正在隆隆工作的多斗机，沿着那条小铁轨前进。每天的第一趟运土的轱辘马子都会咣当咣当的在小铁轨上驶过，我们瞅准机会，跳上最后一节，两脚踏在底盘上，双手扒住翻斗后端的支撑架，像猴子一样挂着车后屁股上，前面的司机根本看不到我们。我们就这样一路咣当咣当地上学去了。当小火车穿过路口时，我们跳下车，走上正路，这样我们可以少走一半的路，节省一半的体力和时间。每次我爬轱辘马子的时候都会想起电影《铁道游击队》，我觉得很自豪，可惜北窑没有真火车。

我俩还经常跑到砖窑上去玩儿。在路灯底下或者墙根的松土里抓黑亮的王八盖子虫和地蝲蛄，用细铁丝串成串，拿到正在烧着的窑顶上，揭开一个小火帽，把虫子串伸到火眼儿里去，几秒钟就把虫子烤得又香又脆。秋天的时候我们还从稻田地里抓来好多蚂蚱，把小火帽翻过来，就成了一个小铁锅，把蚂蚱的翅膀揪掉放到"锅"里煎熟。朴虎他们也像我们一样在窑上烤东西吃，可他们烤的不是虫子和蚂蚱，而是麻雀。他们每个人都有一把用粗铁丝做的弹弓子，把黄泥搓成圆球晒干当子弹，满世界找靶子。我和冤死鬼儿远远地躲着他们，让他们的弹弓子打不到我们。我们对他们既恨又怕。我盼着冤死鬼儿出人头地，他要是当上了皇帝，我就是他的大将军。我要像岳飞对待哈密赤那样，把他们的鼻子都割下来，还不解气就把他们满门抄斩。

第二章

　　我两岁那年，北窑在同一天的同一时辰出生了两个傻孩子，一个是阿白，一个傻灵子。这事的确有点邪门儿。老杨夫妻一直想要个孩子，却来了个傻小子。童家之前已经有了一对双胞胎女儿，就想要一个儿子，却生了个傻丫头。起初这两个孩子还看不出有多傻，越长大越明显。他们都长着歪歪的下巴，宽大的额头，鼻子眼睛嘴皱到一块儿，说话时总是咬到舌头。他们上不了学，只能像两只小野狗那样四处游荡。他俩在北窑的儿童界是被嘲笑和欺辱的对象，所以他俩总是躲着大家伙，独来独往。

　　傻灵子的两个双胞胎姐姐大灵和小灵长得都特别漂亮，像一对洋娃娃，她俩无论长相和性格都非常像，她们的爸妈都经常认错这两个孩子。为了方便辨认她妈在大灵的衣服、鞋和书包上用钢笔写上"大"字，给小灵的写上"小"字。后来却发现她俩常常把衣服和鞋穿错，照样分不清谁是谁。在学校里，老师也经常闹笑话，大灵学习好，小灵学习一般，老师常把要发给大灵的奖状给了小灵。小灵做了错事经常是大灵被老师批评一顿。在谁是谁的问题上除了她俩自己，没人能弄得清，她们的爸妈脾气暴躁又聪明，如果其中一个惹了祸又不承认，就把她俩都揍一遍。我常常看见她妈一边扇俩姐妹的嘴巴子一边抱怨，我怎么生了你们这两个冤孽，要活活把我气死呀！这样一来总是无辜被揍的那个就不愿意跟另一个在一起了。于是姐妹俩就不往一起凑合，上学放学也各走各的。忽然有一天，她俩又和好了，成天形影不离，但跟以前不同的是她俩有了明显的差别。小灵还像从前一样活泼开朗，大灵变得心事重重。没过多久，小灵莫名其妙得了一场病，一直高烧不退，打针吃药都不管用。她被烧得时而清醒时而糊涂，总是反复喊着：姐，姐……小灵终于在高烧了十天之后彻底闭上了眼睛。

小灵死的那天我和冤死鬼儿正在胡同里弹玻璃球，我把冤死鬼儿手里的玻璃球都赢了过来，揣在衣兜里哗啦哗啦响。我们弹玻璃球的地方正好在大灵家的后窗根儿，我们听到了大灵妈嗷嗷的哭号声，便一溜烟儿跑到她家的正门，跑的时候我用手捂着满兜的玻璃球。当时我并没觉得小灵的死是个多严重的事，相反倒觉得她妈妈这下可以省很多心了，少了个累赘。

大人们把小灵包裹起来抬走的时候，我看见傻灵子一个人走在中央那条土路上，她四下张望，好像在寻找什么。她走到臭水沟前停了下来。刚下了两天雨，臭水漫溢到邻近的胡同里，有人用砖头垫了一条曲曲折折的小路。傻灵子在那些砖头上跳来跳去。一边跳一边笑，那笑声奇怪又刺耳。后来她蹲在臭水沟中的一块砖头上不出声了，很认真地看着机油一样的臭水。我在她的对面喊，你二姐死了。

她抬头看我，满脸怪笑说，好。

冤死鬼儿说，你姐死了还好?!

她竟高兴得拍起了手。结果身子没保持住平衡，一屁股坐在臭水里。

冤死鬼儿果然出息了。在学校运动会上，我们班的一个体育健将在四百米的比赛中跑跌了，摔掉了一颗门牙，不能再参加接下来的一千五百米的长跑。老师想找个人临时顶上去，但谁都不愿意上，老师想到了勤劳的冤死鬼儿。没想到比赛中冤死鬼儿居然甩了第二名一圈半，轻松夺冠。后来他又代表我们小学去参加全区的运动会，又轻轻松松拿了这个项目的冠军，还破了市记录，区体校准备把他选入体校。冤死鬼儿就要飞黄腾达了。那段时间我的心情很低落，唯一让我高兴的事是我家买了一部电视机。

　　在这之前北窑只鲁麻脸儿家有电视机，每天晚上很多人都聚集到他家看美国电视剧《大西洋底来的人》。他家像个小电影院，地上、炕上、窗台上都坐满了人，鲁麻脸儿的女儿鲁丽成天拉拉个脸，还摔东西骂人。有一天鲁麻脸儿突然说电视机坏了，从此一到晚上就大门紧锁，窗帘紧闭。但是我们还是能翻过他家的院墙，蹲在窗根下听声音。那时电视里演的是我们最爱看的美国电视剧《加里森敢死队》。后来鲁麻脸儿重新翻修了院墙，不但加高了，还在围墙顶上插了密密麻麻的玻璃碴子，那东西像一把把锋利的小刀。此后接连几天晚上都会有砖头从围墙外飞进去，砸碎窗玻璃，气得鲁麻脸儿老婆带着女儿站在中央路上骂街。在骂人的功夫上鲁丽得了她妈的真传，一边翻白眼儿一边吐唾沫，骂一个小时不用歇气。

　　玻璃是朴虎他们砸的，但是鲁家人却怀疑我和冤死鬼儿。鲁丽娘儿俩骂街虽然没有点名道姓，但一听就知道指的是我和冤死鬼儿。冤死鬼儿他爸把冤死鬼儿拉到中央路上，大声对冤死鬼儿说，好儿子，你听好了，记住了，君子报仇十年不晚。我爸妈倒是显得很平静，他们知道我胆子小，不敢惹事。有天晚上，我半夜里被尿憋醒，发现爸妈正在说悄悄话。我妈说，要不咱也买个电视机吧。我爸沉默了好一会儿才说，行，买吧。我听得出爸有点舍不得，他一个月的工资才四十几块钱，而一台电视机三百多块。第二天上学一见面，我就把这件事告诉了冤死鬼儿。冤死鬼儿也很高兴。我答应他，我家有了电视机后我会把最靠近电视机的位置留给他。朴虎他们几个想到我家看电视门儿都没有。冤死鬼儿说，那他们要是也砸你家玻璃呢？我无语了，还真想不出办法对付他们。我说那就不能让他们知道我们家有电视机，你得保密。

后来知道这种事根本无法保密。我爸用自行车驮着个大纸箱子一进北窑，所有的人就都知道了。一些大人和孩子尾随来到我家。我赶紧去找冤死鬼儿。我站在院墙前喊了一嗓子，冤死鬼儿一家人就都过来了。让我想不到的是，朴虎、江岸、韩东、田光亮也都来了，这四个我最恨的人居然装着跟我很友好的样子。

打开装电视机的箱子是个极隆重的过程。我爸很谨慎地拆开封条，把电视机往外抱。我妈则忙着用二大碗给大家沏糖水喝。这一天比过年还热闹呢，小孩子们又蹦又跳，大孩子们动手动脚，大人们则不停地斥着孩子们。当那个十二英寸的"宝贝疙瘩"被我爸抱到八仙桌上的时候，我哥突然指着上面的商标高声念道，红海牌。我爸的脸色呱嗒一下子就沉下来了。我哥可能是由于过度兴奋而大脑短路，再加上商标上的字是书法体，把"红梅"看成了"红海"。这种事如果发生在我身上，我爸不但不会生气还会夸我学习有进步，居然连"红"字都认识了。我哥跟我不一样，他是全北窑闻名的三好学生。我爸一直都为有这么个品学兼优的儿子感到无比的自豪，跟别人闲聊时总不忘见缝插针夸两句自己的大儿子。我哥的这个错误相当于当着大家伙的面扇了我爸一记大嘴巴。他还是很识大局顾大体的，知道在这种场合不宜发火，只瞪了我哥一眼，说你这习都学哪儿去了。

我哥的脸烧得通红，看了一眼站在身边的冤死鬼儿的姐姐英子，英子姐的脸也红了。我暗自得意。我哥的出丑令我很愉快，他活该，谁让他上次当众羞辱我来着。我哥和英子姐的细节被我看到了。我暗想这倒不坏，要是我哥真娶了英子姐，我就借光成了冤死鬼儿的皇亲国戚，给个大将军我可不干，最次也得是个王爷。

自从我家有了电视机之后，朴虎他们就对我很客气。他们每天晚上早早就来我家，一直熬到电视机满屏哗哗的雪花才走，真是讨厌！我理解了鲁麻脸儿为什么那么做。我也想那么做，但我爸妈不干。他们见人就说，晚上到我家看电视去呀。

市体校的校长专门到我们学校来看冤死鬼儿。这可是我们学校有史以来最轰动的大事。几个校领导站在操场上看冤死鬼儿绕着操场不停地奔跑。领导们很满意，都说冤死鬼儿是难得的好苗子，当场决定让冤死鬼儿进入市体校。我坐在教室里上课，眼睛一直盯着窗外的操场，心里难过，我担心他一到市体校就会把我忘了。

那天早上我们还像往常一样沿着小铁轨走去上学。他穿了一套新买的蓝色带白条的运动服，脚上是一双大两号的白鞋，就像开运动会时广播喇叭里喊的那样，瞧，他走过来了，一个英姿勃发的体育健儿，为四化拼搏，为祖国增光。他现在成了国家的人才，社会的栋梁，而我呢，他走之后我就会沦落为全班倒数第一，我长这么大还从没觉得这样无依无靠过，突然觉得我是全世界最没用的一个人。其实我内心里最怕被人瞧不起，我跟冤死鬼儿成为朋友是因为想抬高我自己。如今所有人对他都不一样了，从前讨厌他的大人们，现在都主动跟他说话，夸他，还拿他当榜样教育自己的孩子。我站在他身边，那些人连瞥都不瞥一眼。他不就是长着六指爱吃马粪吗，有什么了不起？我有时也会这样想。有天下午我独自跑到马路中央，注视了一坨新鲜的马粪许久，那东西没压扁之前像豆包，压扁之后像豆饼，可无论如何我也吃不下。我服了！冤死鬼儿做的都是别人做不到的事情，这才是能干大事的人。我心情极其复杂地对冤死鬼儿说，冤死鬼儿，不，勇子，你不会把我忘了吧？冤死鬼儿说，不会。我说那好，我俩拉钩。我把小手指头伸过去，他却没把那个小六指儿伸给我，我沮丧得要哭了。他上来紧紧抱住了我。这种表达方式是我们从来没有过的，除了掐架之外。他新运动服散发出来的味道让我更加失落了。

轱辘马子轰隆隆开过来，从身边一节一节开过去，我俩瞅准机会抓住最后一节往上一跳。这动作我俩做了无数次，是那样的熟悉，但这应该是我俩最后一次一起扒轱辘马子上学了，我不知道没有他我自己敢不敢这样做。今天之后他奔他的锦绣前程，我过我的平凡日子。轱辘马子带着我们轰轰隆隆地向前走，我真希望这条路永远也走不到头，我俩永远也不分开，只有这样才能他还是他，我还是我。他沉默着，似乎也很伤感，似乎也不希望轱辘马子走得太快。但轱辘马子却不理解我们，好像比平日跑得更快了。眼看到了该下车的地方。我说，反正咱俩拉过钩，你要是皇帝，我就是你的大将军，我要当岳飞。我还告诉你，我哥跟你姐好，要是我哥娶了你姐，我就是皇亲国戚。

冤死鬼儿愣了，似乎在慎重考虑我的话。就在他愣神的一瞬间，载着我们的那节轱辘马子咣当一声巨响，车斗翻转，满满一斗子的黄土翻到了路基下面。可能是我俩无意间碰到了销铁。

司机听到了声响，停了车，我们俩赶紧跳了下来，对跑过来的司机说，不是我们弄的。司机盯着冤死鬼儿的右手说，你的手咋的了？我一看，不得了了，他的右手血肉模糊，鲜血直流，染红了书包，也染红了他脚下的土地。冤死鬼儿"哇"地大哭起来。司机赶紧抱起他往车头跑。拔掉拖拉机和翻斗之间的铁销子，拖拉机甩掉轱辘马子载着冤死鬼儿向厂卫生所奔去。

我们闯祸了，冤死鬼儿还受了重伤。他那只血肉模糊的手印在我脑子里，像电影里的凶案现场。我不知道应该怎么办。如果老师问我冤死鬼儿为什么没来上学，我怎么回答？我望着通往学校的路，没有勇气朝那个方向走，我甚至希望受伤的是我，因为受伤的孩子总是会被大人原谅，还不用费尽心思撒谎，现在的我只想躲起来。于是我沿着小铁轨继续向前走了一段，那里有一道厂区围墙。我从围墙底部的拱形洞钻到围墙里面，坐在围墙根下。那是被人遗忘的角落，背风隐蔽，阳光充足，我在那里就好像远离了一切我不愿面对的东西。我把后背靠在被太阳晒得暖洋洋的砖墙上，仰望蓝汪汪的天空。一架小飞机就像钢笔尖儿在宣纸一样的天空上画一条长长的"白线"，让我想起了我哥用纸折的"三叉戟"。老师说林彪坐着三叉戟被一炮给轰了下来，摔死在温什么汗。我满脑子胡思乱想，那是个让我忧虑却又温暖的上午。在之前我虽然学习不好，但从未逃过学，今天才知道，原来逃学的滋味这么特别，大把大把的时间都由自己说了算，不用被老师牵着鼻子走。我一整天都躲避着人们的视线，在围墙下晒太阳，在河沟旁抓蜻蜓，在蒲棒丛中找鸟蛋。到了中午，我按时取出书包里的小饭盒，坐在土堆上就着青草气息吃饭。听不到上课铃声，让我突然觉得时间好多，世界好大。下午我干点什么呢？我干脆爬上了围墙，看远处多斗机挖土。围墙顶上的水泥面很平坦。我又想到了一个好玩儿的事。我下了围墙，在水沟里抠出一大捧黄泥，我准备在围墙上摔"泥娃娃"。可惜只有我一个人，要是冤死鬼儿在就好了。我想到他，心里再度被忧伤填满。也不知道他现在怎么样了，他会死吗？他可是流了那么多血呀！"嘭——"一个大泥娃娃被我摔得很响。我对自己说，我要做一个最大、最完美的泥娃娃，然后用浑身的力气摔下去，要是摔出的破洞最大、声音最响，就说明冤死鬼儿不会死，要是摔成了一摊泥屄屄，就说明冤死鬼儿活不成了。为了不让冤死鬼儿死去，我在泥娃娃的底部撒上了点尿，把泥娃娃的底抹得又平又滑又薄。我期待着这是一个惊天动地的巨响。我站在围墙顶上，把泥娃娃高高地举过头顶，使尽全身的力气狠狠地摔了下去。

噗——竟成了一摊牛屎，我咧开大嘴号起来。

我觉得肯定是再也见不到冤死鬼儿了。我望着远处的小火车像一条大虫子在地上爬行,我的身上不由打了一个冷战,没想到和冤死鬼儿的离别是这样血淋淋的,多可怕呀!

日头西斜,天色向晚,工人们下班,学生们放学,我也应该回家了。我从围墙上跳下来,朝大路上走。我不敢回家太早,我放学从来都是边走边玩儿,还经常因为完不成作业被老师留校,每天都是天黑了才进家门。我慢悠悠地走着,等着潮水一样的人群从大路上退去。我就像海滩上的一颗孤独的扇贝,潮水冲刷着我,我坚持着不被潮水带走。大路上的人渐渐少了。我看见一个女孩从北窑跑出来,跑上了小铁轨。她在小铁轨上寻找着什么。我辨认出那是英子姐,我不知道她在铁轨上找什么,我想追上去问问,但我害怕她问我冤死鬼儿的事。我出于好奇,远远跟在她后面,怕被她发现,我在路基下面的草丛中蹲着行进。英子姐几乎把整条小铁轨都找遍了,也没有她要找的东西。天越来越黑,她只好弯下腰去寻找,后来她蹲在小铁轨旁,不停地用袖子擦眼睛,还低声地哭。她沿着小铁轨往回走。我想她是不是在找冤死鬼儿的魂儿呢?这样看来冤死鬼儿肯定是死了。我也想哭,但不敢,怕一出声就被发现了。我悄悄跟在英子姐后面。英子姐走近多斗机的时候,鲁麻脸儿在驾驶室里把头探了出来,说这不是英子吗?你干啥呢?英子姐擦了把眼泪说,我在找我弟的手指头,他的手指头今天早上被轱辘马子轧掉了。鲁麻脸儿问,找到了吗?英子姐说,没有。鲁麻脸儿说,天都黑了,啥也看不见怎么找哇?英子姐说,我回家取手电筒来找。鲁麻脸儿说,我这里有手电筒,你上来拿吧。

英子姐想都没想就攀了上去。我看见驾驶楼的铁门咔的一声关上了,然后又听到了英子姐的叫声。但那叫声被什么东西捂住了,越来越小。我不知道里面发生了什么事情。我想鲁麻脸儿是我们北窑的人,论辈分我们得管他叫大伯。他怎么也不可能害我们这些小孩子吧。我蹲在草丛中等着英子姐取了手电筒从里面出来。过了好久，那扇铁门开了，英子姐从里面下来，她的身子不停地哆嗦，而且还不停地哭，但她的手里并没有手电筒。鲁麻脸儿又把脑袋探了出来说，英子，回家不许乱说呀，要是说出去你弟的手指头就算我找到了也不给你。

英子姐呜呜地往家跑，由于天黑看不清路，她被坑坑洼洼的土地绊了好几次，我想她肯定是摔得不轻。

一辆挎斗摩托车突突突驶进北窑，开车的是厂保卫科的干事，坐在斗子里的是厂长。摩托车在鲁麻脸儿家的那条胡同口停下。两人下了车直奔鲁麻脸儿家。再出来时，鲁麻脸儿被他俩夹在中间，天黑看不清他的表情。再上车时鲁麻脸儿坐进了车斗里，厂长坐在后座上，搂着保卫干事的腰。都坐好了，那辆破摩托车却呵哧带喘地怎么也踹不着。厂长对我们这些看热闹的人说，干瞅着呀，帮忙推一家伙。我们便一起上手去推车。我推车时凑近瞄了一眼鲁麻脸儿，他的五官僵硬，发现我看他，他竟冲我笑了一下，那笑容陷在黑暗里，很恐怖。

第二天听说鲁麻脸儿连夜被公安铐走了。

鲁麻脸儿被抓走后第三天，两名公安突然来到大灵家，很多人都去看热闹。让所有人震惊的是在英子被鲁麻脸儿欺负之前，大灵就已经被欺负了，但大灵没敢告诉任何人。大家这才明白，怪不得大灵突然就像变了一个人呢，原来心里藏了这么大的一个秘密。

大灵跟着公安到公安局去协助调查，被送回来的当天下午，冤死鬼儿他妈突然冲到大灵家，砸开门，疯了似的殴打大灵。大灵妈正在家抱着大盆洗衣服，扔下衣服和英子妈厮打在一起。冤死鬼儿跑到我家来找我妈去劝架。我跟着妈赶紧跑去大灵家。大灵家里外门都敞着，只见大灵躲在八仙桌底下发抖，两只母老虎不见踪影。这时便听到外面的吵闹声。我们寻着吵闹声跑出胡同口，看见她俩正在臭水沟里厮打翻滚。岸上已经围了好些人，有人冲进臭水里去把两个人往岸上拖。两个女人都已筋疲力尽，被拖死猪一样拖出臭水沟，横躺在路上，缓了口气便一起号起来。

这边两个女人刚刚歇战，厂子那边又传来了消息，大灵爸和冤死鬼儿爸又打了起来。他俩是一个班的出窑工，听说自己的老婆被人打了，两个人一起往家赶，半路上就干了起来。最后厂长亲自出面，好一番调解才平息了。

放学路上我问冤死鬼儿，你妈为啥去打大灵啊，不讲道理呀？

冤死鬼儿说，我妈说大灵被欺负在先，要是大灵不隐瞒，鲁麻脸儿早就被抓起来了，我姐的事也就不会发生了。

我俩刚刚走出胡家村，看见路上围了一堆人，我俩赶紧跑过去看热闹。在人群中间，我哥把鲁丽骑在身子下，正左右开弓抽她的嘴巴。我哥好像疯了，一边抡胳膊，一边喊，我让你骂人，把你这张臭嘴撕烂……鲁丽两只胳膊护着脸，嘴仍不闲着，但已经听不清她是在骂人还是在哀求。

原来是鲁丽在放学路上追着英子姐骂街。鲁丽骂街的水平自不用说，英子姐被骂得只知道哭，连句整话都说不出来。我哥见了冲上去把鲁丽撞倒在地就是一顿揍。没有人能想象我哥这个品学兼优的好孩子会打出这么一手漂亮的仗，只可惜对手是个柔弱的女生。

回到家我爸让我哥褪下裤子在炕沿上趴好，然后用笤帚疙瘩屁股上一顿狠抽。我哥的屁股都被打肿了，一条一条的血檩子。一开始他不吭声，后来疼得受不了，就大声背诵课文：我会变，太阳一晒我就会变成汽，升到天空……

我爸气得呼哧呼哧喘气，下手更狠了。你还会变，我让你变。我妈冲上来夺过散了花的笤帚疙瘩扔在地上，算是给我爸一个台阶。其实我能看出来，他也有点下不去手了。他坐在椅子上呼呼喘气。我哥站起身，轻轻提上裤子，小步往外蹭，那姿势像是把屎拉在了裤兜子里。我妈问他，你干啥去？

我哥没回答，继续背诵道：有时候我很温柔，有时候我很暴躁。

我爸怒吼，你给我滚一边子暴躁去！

我也做过很多坏事，给人们带来灾害……人们叫我雹子。我哥声调骤然升高。我爸突然从椅子上蹿起来，要追出去接着打，被我妈强按住了。我妈冲我使眼神，我明白她是让我跟着我哥，怕他出事。

我哥出了门朝西，出了胡同口，往北。那里堆着几堆稻草垛，其中也有我们家的。草垛再往北一点是一个垃圾坑，是我们倒生活垃圾的地方。垃圾坑里常年汪着黑紫色的脏水。垃圾坑再往北就是一望无际的稻田地了。晚上那边一片漆黑，恐怖得很。我猜不出我哥到这里来想干什么。难道他想跳到垃圾坑里把自己淹死吗？或者一直向北把自己融解在漆黑的夜色中？我跟在他的身后，却又不敢靠得太近。我怕他把怨恨全撒到我身上，像对待鲁丽那样对我。他走到稻田地的边缘上停了下来，背对着我一动不动地站着，此时他沉默了。他的前面什么也没有，跟闭上眼睛没什么两样。那是一种世界尽头的感觉，只要向前跨出一小步，就会掉入无底深渊。他的身影好像冰块一样悄悄融化，要融化在这无尽的黑暗里了。我使劲张大眼睛盯着他的背影，眼睛都疼了。但他还是不停地融化，我几乎看不到他了。我怕他在我眼前消失，使劲揉了揉眼睛，当我再次睁大了眼睛朝他望去的时候，那里只剩下一团黑暗，他彻底融化在世界的尽头了。我的耳边仿佛又响起了他背诵课文的声音。

我会变……

第三章

学校山墙上贴了一张悬赏通缉令，通缉的是被称为"二王"的两个杀人恶魔。那段时间我们被严禁晚上到外面去玩儿，案发地沈阳离我们这儿不远，说不定两个杀人恶魔会流窜到我们这里来。

那年春天有点不同寻常，发生了很多事，也改变了我们很多的习惯。红砖厂搞起了副业——做钢窗。那时候盖房子钢窗取代了木窗，钢窗的需求量很大。红砖厂引进了机床设备，一半的工人进入了钢窗车间。

英子姐转学到了五十公里外的一所学校，寄宿在姑姑家。

我哥变了，一心想练武术。那时候风靡全国的电影《少林寺》他一口气看了六遍。后来便开始偷钱买一本叫《武林》的画报，跟着上面画的小人练功夫。他练功夫跟从前学习一样刻苦，自己用布条缝了一副沙袋绑在脚脖子上，睡觉也不摘下来。他对我说，等他把沙袋摘下来的那一天，一蹿就能上房，这就是轻功。他还在草垛那儿放了一个装满了沙子的麻袋，那东西叫沙包。他每天一早一晚到那儿去抡圆了胳膊把手掌和手背往沙包上拍。他对我说这样就能练出铁砂掌，一掌能干断碗口粗的树。他还弄了一根木棍来耍，但他说他更喜欢单刀，只是没钱买。功夫不负有心人，经过一段刻苦的锻炼，他的确有了一些功力。我爸生气要揍他时，他施展轻功一溜烟儿就跑没了影儿。有一天他逞能，用手掌给我劈核桃吃，结果把手劈成了骨裂，三个月内只能拿小勺子吃饭。我爸爸气不过，就在吃饭上跟他较劲，天天做面条、炖粉条。后来我哥不知从哪儿弄来一个小叉子，把面条或粉条缠在小叉子上吃。我爸便又开始天天熬粥喝，有一天居然把他抽了一半的老旱烟扔到了粥锅里，弄的满锅粥都是烟味。我敢肯定他是成心的。总之那一段时间这爷儿俩一直在较劲，我爸的心态特殊不好。我爸妈原指望我哥能考上大学为家族争光，也给自己争得一个好前程，可我哥老是想着跑到少林寺去当和尚。

鲁丽被我哥暴揍，原以为她妈会上门讨说法，出乎我们意料的是她娘儿俩不但没上门闹，就连最拿手的骂街也没有，这娘儿俩在北窑沉寂了，估计是想让所有人都把她们忘了。

冤死鬼儿的伤虽然好了，可缺了一根手指后跑起来总是往一侧偏，不出二十米就拐入别的跑道，怎么也纠正不过来，市体校只好放弃了他。

我俩回归了从前的样子，一起上学，一起放学。我时不时地就引诱他跟我逃学。我尝到过逃学的乐趣，我也愿意把乐趣分享给他。我把冤死鬼儿带到我曾经一个人摔泥娃娃的围墙上，给他讲我那时多么的牵挂他。他傻乎乎地看着我，我不知道他心里正在想什么，也许什么都没有想。好像他有一部分智慧储存在那个丢失的手指头上，手指头丢了，他也就傻了许多。

大部分家里都有了电视机，朴虎他们不再到我家看电视，对我也不像以前那样客气了。胡家村里的"万元户"渐渐多了起来。发家致富的农民开始觉得当工人也没什么了不起，一个月就那么几十块钱的死工资。我们工人子弟在学校里逐渐失去了优越感，现在朴虎他们竟主动向万元户的儿子讨好，甚至和胡家村的孩子联手欺负我们北窑的孩子。跟朴虎他们好的万元户的儿子叫老尕，是个留级包，个子又高又大，总是仗着个儿大欺负同学。他最爱做的事就是拍别人的后脑勺。有一天中午班主任老师趴在教室的课桌上睡午觉，身上盖着学生的校服。老尕走进教室以为是同学在睡觉，照着老师的脑袋连拍了三下，老师急眼了用教棍把他的胸脯杵得一片青紫。那根结实耐用的教棍是他当木匠的爹为老师特制的。老尕不敢报复老师，就偷着往家里的大酱缸里撒尿。

这天上课间操老尕去厕所，见我哥蹲在第一个坑上，就用手拍我哥脑袋说，这是我的坑儿，你起开。见我哥没动地方，他生气了，又接连在我哥的脑袋上拍了五六下。朴虎、江岸、韩东、田光亮也进了厕所，五个人在我哥跟前站一排。这屎没法拉了，我哥只好擦了屁股起身走了。老尕他们很得意，在厕所里蹲成一排，抽老尕从他爸那里偷的烟卷。他们没想到我哥会回来，而且手里还拎着一根书桌腿。接下来全校师生共同目睹了这惊心动魄又妙趣横生的一幕。五个学生光着屁股从厕所里蹿出来，被我哥追着打，满操场嗷嗷叫。这场仗我哥打出了气势和威望，也打出了血海深仇。两天后朴虎他们给我哥下了战书，要和我哥在浑河大坝上决斗。

冤死鬼儿偷着跟我说，朴虎他们在学校后面的小树林里准备家伙呢。朴虎拿了一把火药枪，田光亮弄了一条自行车链子，老尕把家里剁鸡食的破菜刀拿来了。冤死鬼儿瞪着惊恐的眼睛，嘴唇干白，直咽吐沫。我也被吓得脑皮发麻，脊背冒凉风。我说不行，我得赶紧告诉我哥去。我往我哥的教室跑，看到朴虎他们在四年一班墙根下站成一排，用眼睛瞪我，好像知道我是去报信。我慌乱着说，我去找我们老师，我们班有个女生肚子疼。老尕说，你就是高大江他弟弟呗？我连忙说，我哥从来不带我玩，他跟我不亲。老尕说，小崽子你等着，收拾完你哥再收拾你。见我害怕，朴虎他们笑得很放肆。

我被吓得直要哭，可我哥却像个没事人，正用铅笔刀在书桌上刻英子姐的名字。我说，哥，他们有火药枪！我哥连头都没抬，说我知道。他们还有车链子！我说。我知道。他们还带了菜刀！我知道。哥，他们还要收拾我，不行咱认输吧。

去去去，你给我滚远点。

我眼泪汪汪地看着我哥，就像看着一个即将上战场赴死的战士。我钦佩他的大无畏精神，但又极反感他轻蔑我的态度。我心想就凭他对我的态度，挨揍也活该，如果不会连累到我，我才不稀管呢。他把两条绑腿的沙袋卸了下来，放在书桌里。两个手腕上还戴上了白色的护腕。我想他今天终于要施展他的轻功和铁砂掌了。这倒是我特别期待的。放学后，我和冤死鬼儿早早去了坝上，我满脑子是武打场面。我哥上下翻飞，火药枪、车链子、菜刀都奈何不了他，五个对手纷纷挨了我哥的铁砂掌，被拍得口吐鲜血伏地不起连声求饶，英雄饶命，英雄饶命……

浑河平静地流淌，生机索然，在秋风里渐欲干枯的荒草让人觉得很凄凉。大坝根下又新添了一座新坟，白纸幡随风舞动，像是被鬼魂附了体。这可真是决斗的好地方。我哥背着书包大步走在坝顶上，毫无惧意。朴虎他们五个也到了，横成一排，各自亮出家伙。我哥停在离他们还有十步远的地方。

服不？朴虎扬着火药枪喊。

凭啥服？我哥说。

不服砍死你。老尕喊，但他们谁都没动。

一阵冷风吹来，荒草沙沙作响，仿佛有蛇在里面嗖嗖地爬行。我最害怕蛇了，但不管怎么怕，此时我也只能和冤死鬼儿趴在荒草从中见证这场生死仗。我哥说，你们是一个一个来还是一块儿上？我哥说话的时候做了一连串热身动作。他先是把身上的书包带紧了紧，这习惯第一次打架的时候就有，莫非他是在为逃跑做准备？我心底竟一阵慌乱。我指望他打一个漂亮仗，为北窑的儿童出气，我这个希望好像有点天真烂漫了。我哥把手指关节捏得咔咔响，扭脖子的时候脖子没响，但我似乎也听到了响声。他举起手一扬腿脚飞上了头顶，踢到举起的那只手上，啪的一响。来吧。我哥一运气，摆了个南拳的开门式。

朴虎说，我们一起上，猛虎架不住群狼。

五个人一起朝我哥冲了上来。其实能看出来朴虎他们四个并不坚决，他们显然是被我哥的阵势唬住了。只有老尕最实在，举着菜刀第一个扑上来。我哥一猫腰扭头就跑，这让我和冤死鬼儿都太失望了，不禁失声叹气。他这一逃跑等于告诉对方自己害怕了，朴虎四个人放心大胆地扑将上来。老尕更是得意，咋呼得更欢。我也做好了逃跑的准备，我哥会轻功，跑起来一溜烟儿就会没影儿，弄不好逮他不着，倒把我们给逮着了。就在这时，情况突变，我哥跑出去十几步，猛的一回身，同时把身上的书包摘了下来，照着傻乎乎扑上来的老尕抡了过去。回马枪啊！我不禁喊出了声。只听咚的一声闷响，书包正砸在老尕的脑顶上，老尕被砸了一个趔趄，捂着脑袋蹲在地上。朴虎他们赶上来的时候，老尕已经血流满面。我哥不跑了，拎着那个书包站在五步开外。朴虎他们看着老尕被打的样子，不敢再向前了。朴虎指着我哥说，我们闹着玩儿你下死手哇！

我哥没说话，伸出食指，朝他们钩了两钩。但他们害怕了，认输了，扶着满脸是血的老尕往胡家村走。我听见了老尕的哭声，像北风扫干树枝的鸣响。

我哥回头看了看这帮败军之将，从书包里掏出一块砖头扔在了坝坡上。砖头顺坡滚到了坝底，撞到新坟停了下来。

我哥大获全胜，但我还是觉得很遗憾。我哥赢得有点讨巧，而且太容易了，我既没看到轻功，也没看到铁砂掌，我只看到了一块砖头。我以为这件事能轰动学校，轰动胡家村，轰动北窑，甚至轰动全中国，但没有，一切都像是什么都没有发生，只是老尕没再来上学，朴虎他们也再没敢找我哥寻仇。我就很奇怪了，按说老尕伤得不轻，他家有钱怎能善罢甘休？我哥把同学打成这样，学校能不惩戒这个害群之马？后来我才知道，当时这件事是被朴虎他们给瞒下了。他们对老尕的父母说是老尕从大坝顶上往坝底跑着玩儿，脑袋撞到了树上。老尕的伤留下了后遗症，脑子傻了，说话舌头不利索，下巴兜不住口水，跟老年脑血栓后遗症差不多，而且越大越严重，成人后连媳妇都找不着。我们长大后，有一次跟朴虎提起老尕这个人，他说老尕已经死了三年了，死因似乎跟脑袋有关。

半年后我哥升入初中，离开了胡家村小学。初中学校在市区内，比胡家村小学远了三倍的路程，得骑自行车上学。我爸把他的白山牌的老二八加重自行车给了我哥，我哥骑得跟风一样快，让我羡慕死了。我想再过一年我也会升入初中，也会每天骑着自行车上学，也会骑得像风一样快。

那段时间我对自行车非常着迷，一有机会就把我哥的自行车推出去偷着练。我让冤死鬼儿在后面扶住车子，我个矮腿短，只能采用"掏裆式"，先把两只脚都踩在脚镫子上，他使劲往前一送我，我用力一蹬，车子就冲了出去。对于刚学车的我来说下车要比上车难多了，我每次都得一头攮进草垛里才能停住。有一天我居然在草垛里撞出了一对猫，那只黑的是我家的大黑，还有一只黄的不知是谁家的。两只猫躲在草垛里，在我的撞击之下，它们像一黑一黄两道闪电蹿出草垛，把我吓得一激灵。我对大黑喊道，你给我回来，你这个臭不要脸的东西。大黑没理我，一闪身就没了影。我愤愤地对冤死鬼儿说，我说怎么最近一段时间它老是不着家呢，原来是在外面搞破鞋。冤死鬼儿望着大黑猫逃走的方向发愣。我说冤死鬼儿你发什么愣啊，快点扶我起来呀，你是不是吃大黑的醋了？冤死鬼儿一本正经地说，我忽然觉得以后再也见不到大黑了。我笑说，一只破猫见不到就见不到呗，我都没舍不得你有啥舍不得的，又不是你的猫。冤死鬼儿说，我不是那意思，我就是觉得大黑跟别的猫不一样。我取笑他说，对，是不一样，你俩好过。冤死鬼儿生气了，不再搭理我，一个人走开。我喊他，你把我车子扶起来呀，因为一只破猫你跟我闹别扭，好吗这样？冤死鬼儿没再回头，依旧很伤感的样子。

我妈说猫有九条命，没那么容易死，老到一定岁数就会离家出走，上山变作狸猫。我分析冤死鬼儿说的再也见不到有可能是它要离开我家到山上去修行。在冤死鬼儿说这番话之前我似乎从来没在乎过大黑，自从听了他的话之后，我的情绪似乎被他感染了。其实尽管我总是作践大黑，但我跟它还是有感情的，我不希望它离开我从此不再相见。但是现实就摆在我的面前，大黑越来越不恋家了，从前它晚上出去，白天必定会回来睡觉，现在它经常一连几天不回家，回来也只是在屋子里转一圈，跟每个家人打个照面就又走了。我想这应该就是它出走的前兆。我不想让它走，就在他的脖子上挂上一个小铃铛，这样如果我想跟踪它的时候，就可以用铃声判断方向。而且我还有一个很阴暗的想法，大黑是捕鼠能手，基本上不用在家吃食。挂上铃铛之后，它就再也抓不到老鼠了，它饿极了就只能回家找食吃。这招果然灵验，大黑猫回家的频率越来越勤了，而且也越来越苗条。

我把我的这个计谋告诉了冤死鬼儿，冤死鬼儿不但不夸我聪明，反倒跟我生气了。他说你得把铃铛摘下来。我说我的猫我愿意咋整就咋整。他说，我求你了行不？我说不行。冤死鬼儿被气哭了，一边跺脚一边哭，像个小女生。他说，你要是不把铃铛摘下来，我就跟你绝交，以后再也不跟你好了。为了一只猫至于吗？我说。

为了让我听他的，冤死鬼儿给我讲了他前两天做的一个梦。梦里冤死鬼儿在一座砖窑上，砖窑上的所有火眼都往上蹿火苗子，高高的大烟囱上冒的不是烟，也是火苗子。天红彤彤一片，就像是一座大炉膛，在远处还传来轰隆隆的打雷声。冤死鬼儿很恐惧，在窑上一边跑一边躲着喷火的火眼儿，但是他根本就跑不出去。火烤得他越来越热，他感觉到自己马上就要被烤焦了。这时他看到在大烟囱顶上蹲着大黑。大黑冲他喵喵地叫了两声，纵身一跃，跳了下来，落在他的跟前。梦里的大黑像羊那么大，还会说人话，对冤死鬼儿说，我要去做人了。冤死鬼儿不懂它话的意思，只是摇头。大黑又说，你再见到我就不是这个样儿了。冤死鬼儿问，那你是什么样？大黑说，人样儿。大黑说完就用爪子从头顶往下扒皮，黑皮毛被扒下来，露出血淋淋的肉。顷刻就变成了一个恐怖的人形。大黑把扒下来的猫皮往冤死鬼儿的身上披。冤死鬼儿吓坏了，急忙躲开，一脚踩空，顺着火眼就往下坠，眼看就要落到底忽悠一下子被吓醒了。

　　我说，这跟铃铛有啥关系？

　　冤死鬼儿说，我不知道，反正我觉得铃铛对它不好。

　　如果换在冤死鬼儿的手指头没掉之前，我会相信他的话，但是现在我不信，他身上的神秘光环已经不在。我想如果他真要是因为此事跟我绝交，也无所谓，我当不上皇亲国戚，也做不成大将军，就没什么可留恋的。我最后语气坚定地告诉他，猫是我的猫，你管不着，不跟我玩就拉倒。

　　冤死鬼儿没有跟我绝交，他离不开我，因为除了我没人愿意跟他做朋友。他讲的那个梦也很快就被忘记了。那时候已经到了夏天，我们天天都有好玩儿的事情，没时间去想那些让我们不愉快的事。

　　社会上出现了很多私营砖厂，烧出来的砖很便宜，我们红砖厂竞争不过人家。厂长想把成本降下来，用煤矸石粉代替了煤粉，可烧出来的砖是黑芯，再便宜也没人买，砖窑被迫停火。钢窗车间的机床也停工了。生产钢窗属于半路出家，技术不成熟，刚解决了老式钢窗的生产难题，别人已经造出了新式钢窗，资金都变成了库里的滞销产品。厂长开职工大会，说工厂发不出工资只能用钢窗当工资发。工人们气得要到区政府去告厂长的状。

眼看着红砖厂就完蛋了，国家还真没看着不管，三个月后一个更大的国营工厂把红砖厂接收了，成了国营大厂的一个分厂。吞并我们红砖厂的这个电线制造厂是全国数一数二的国营大厂，下设了十多个分厂，每个分厂都有两三千工人，比红砖厂原来的工人多五六倍。转机来了，北窑的一切都在发生着巨变。砖窑废置，老旧的厂房被夷为平地，开始修建比电影院还要宽敞高大的新厂房。马路被拓宽了，烫上了黑黝黝的沥青。多斗机被拖走了，给我和冤死鬼儿留下心理阴影的那条小铁路被拆除。整个厂区都在热热闹闹地搞基建，不知道最终会搞成什么样子。工厂的规模扩大了，新招了许多工人，北窑的职工宿舍也在扩建，在原来的基础上又修建了十几幢崭新的趟房。有一天工厂派来了一支施工队，用推土机把宿舍中央的土路推平，垫上了砂石土，又打上了一层厚厚的水泥。臭水沟就此从我们的生活中完全消失。

一同消失的还有我家的大黑。

大黑被谋害于我上中学的第一个夏天。

那天是周末，我和冤死鬼儿到浑河的龙头湾去抓鱼。龙头湾有一座闸口，闸口里是一片浅塘，水草丰满，我们常到浅塘里去薅菱角吃。说是浅塘其实并不浅，有的地方深达三四米，即使水性最好的人也不敢轻易下水，怕被水草缠住。传闻浅塘里有好多淹死鬼儿，它们抓到了替身才能投胎转世，所以我们只敢在岸边薅些菱角吃。闸口以外就是浑河了，浑河水小的时候闸口到主河道流出一条二百米长的小河，小河又宽又浅且水流急，河底全是鹅卵石，许多鱼从主河道里顺着小河逆流而上，我利用这种地势特点发明了一种捕鱼方法。我端着一个大角网，逆水而行，鱼群在我们前面顶着水游，被我赶得游不动的时候就会突然掉头顺流而下，这时我只需把大角网往水下一戳，截在鱼的退路上，鱼就进网了。

冤死鬼儿坐在闸口上面看着我一个人抓鱼，他不敢下水。自从那次差点淹死在澡堂子，他就特别怕水。不知道为什么那天鱼多得出奇，一群又一群。眼看太阳快落了，我才收了网，和冤死鬼儿抬着满满一桶鱼往回走。跨过了大坝，经过北窑的一片架棚子，架棚子已荒废多年，散放着很多又高又圆的电缆盘。我和冤死鬼儿在巨大的电缆盘中间穿过，天色灰蒙蒙，景物像是用碳条画出来的，我隐隐有些害怕。就在我们快要走出架棚子的时候，听见不远处有说话的声音。

你们跟我一起说。

好——

今天我们四个人结拜为异姓兄弟。

今天我们四个人结拜为异姓兄弟。

不求同年同月同日生，但求同年同月同日死。

不求同年同月同日生，但求同年同月同日死。

有福同享，有难同当。

有福同享，有难同当。

谁要是干了对不起兄弟的事，下场就像这只猫一样。

我听出这是朴虎的声音，另外的声音就应该是江岸、韩东和田光亮。我催促冤死鬼儿快走，可冤死鬼儿死活不走，非要去看看怎么回事。我小声说，你不走我可走了。冤死鬼儿说，他们说猫呢。我说什么猫？他说，他们说谁要是对不起兄弟下场就跟猫一样。那是说猫，跟咱俩有屁关系。我使劲拽着他。要不是我一个人拎不动那桶鱼，我早扔下他自己跑了。

我怕他们说的猫是大黑。冤死鬼儿小声说。

大黑？！

我感觉到了。

感觉到啥了？

冤死鬼儿没回答我，悄悄地向那边凑过去，趴电缆盘子上偷看。

来，端起酒。朴虎说。

从哪儿弄来的酒？江岸问。

我从我爸那儿偷来的，小金斗，好喝，不信你尝尝，我老偷着尝。田光亮说。

别废话，喝酒。朴虎说。喝完了酒咱就是亲兄弟了，以后不管好事坏事大家一块上。

好！

哈，这酒挺冲啊。韩东说。老朴，你说吧还干啥？

啥老朴老朴的，以后咱得以兄弟相称，我排一下座次，朴虎说，我是老大，韩东是老二，江岸老三，你田光亮是老疙瘩，以后我管你们叫二弟、三弟、四弟，你们都管我叫大哥。

众人都乐了。对对，韩东对江岸和田光亮说，你俩得管我叫二哥。

江岸对田光亮说以后你叫我三哥。

田光亮说，我最不合适呀！

朴虎说，你最合适，你最小，我们当哥的都得护着你。

田光亮说那行吧，大哥，你说还干啥？

朴虎说，咱用猫血在胳膊上刺字。

对，猫呢？

在这儿吊着呢。

天黑彻底了，朴虎他们用手电筒照着亮。手电筒的光像一支伸缩自如的亮剑挥来砍去。我耷着胆子摸到冤死鬼儿身边，我想把他拉走，却感觉到他的身子僵硬，还不停地发抖，好像很冷的样子。借着一点点微弱的光亮，我看见他的脸也像镀了一层青霜，目不转睛地瞪着前方。我还看到了我的大黑被一根鞋带勒住了脖子，被吊在一个电缆盘上，像是谁随意搭在那里的一块黑绒布。我亲手戴在它脖子上的铃铛还在。朴虎他们正在很专注地用一根钢针蘸着从黑猫体内流出的血往胳膊上刺字。

后来我一直想不明白那天晚上发生的事到底是不是真的。如果是真的我为什么想不起来我后来做了什么。如果只是一个梦，为什么从那天以后我就再没见过我的大黑。而且冤死鬼儿也一口咬定大黑是被朴虎他们害死的。我在现实中的确看到朴虎的小臂上刺着一个"义"字。有人说那是用钢笔水刺上去的，也有人说他是用的鸽子血。据说鸽子血刺出来的字平时看不见，只要一喝酒就显现。有一次我把这件我确定不了的事告诉了我哥，我哥说我扯淡，他们没有这胆子。

我的大黑就在我的将信将疑中被淡忘了，直到有一天一个脖子上挂着铃铛的小黑孩儿出现，才让我重新想起我的大黑猫。

那年夏天，老天爷就像个柔弱难缠的怨妇，成天哭天抹泪，弄得全世界都水了吧唧揪揪巴巴的。我不喜欢下雨，雨水把我困在屋子里出不去。好好的暑假就这样泡汤了。土地再也吃不进多余的水分，就都流进了河道，浑河臃肿起来，暴躁起来，水位漫过了大坝的警戒线，大人们冲上了大坝，加固加高，防止大坝崩溃。我爸爸被派去开大解放车往大坝上拉用来装土垒坝的草袋子。在水情最危险的那些日子，整条浑河坝上像战争前线一样，漫天是水，到处是人。那段时间所有的父母都把孩子锁在家里不许往外跑，一是怕跑到河套上去玩儿被大水冲走，二是如果水大到河坝无法承受的地步就会通知所有人撤离，怕到时候找不到人。

我每天被关在屋子里，隔着水花花的窗户望外面阴沉沉的天。其实我并没觉得怎么害怕，我从小就跟水打交道，自认水性很好，洪水真的来了也淹不死我。相反我还觉得很兴奋，我听我爸说过，涨大水出大鱼。浑河上游百里之外有一座巨大的水库，涨大水时水库就要开闸泄洪，混混沌沌的河水卷着黄色的泡沫海海地奔腾下来，水库里的大鱼也会顺流而下。每年的汛期都是打鱼人丰收的季节。二三十斤重的大胖头鱼很常见。打鱼人炫耀着把鱼头挂在自行车的车把上，鱼尾能拖拉到地面。但今年不行了，水大过了劲儿，别说大鱼了，连门都出不去。我只能待在家里幻想着大水冲破了大坝，鱼们顺着洪水游进我家。

我知道冤死鬼儿怕水，浑河涨大水一定把他吓坏了。于是，我翻过院墙去找他，看看他害怕到什么程度，没准他正猫在被窝里哆嗦呢。我扒着窗户向里面观望，看见冤死鬼儿穿着他爸的大工作服一个人背对着我呆呆地站在地中央，就像矮衣架上挂着的一件风衣。我心想这家伙是不是被吓傻了？我敲窗户，他不理我，搬来椅子站上去用手擦管灯上的灰尘。我去拽房门，房门被他在里面插死了。我只好回到窗户前喊他，你给我开门哪。他擦完了灯管又下来擦窗玻璃。擦到我眼前的时候，我俩的脸只隔着玻璃，他却对我视而不见。我发现他的眼睛里是空的。他这副样子把我吓着了，后背发凉，脑皮发麻。他这是被什么东西魇住了，我听老辈人讲过很多稀奇古怪的故事，人被魇住了就像被困在一个特定的空间里走不出来。我得救他，我在窗外对他手舞足蹈大喊大叫。他停了手里的抹布，目光在我身上僵滞了几秒钟，突然醒了一般跑去开门。

一进屋我就仔细上下打量他。我说你被啥东西魇住了？

冤死鬼儿说你说啥呢？

我说你刚才肯定是被什么魇住了。

冤死鬼儿很认真地看着我的眼睛说，我刚才睡觉呢，被你敲窗户敲醒了。

我说你肯定是被吓的，这么大的水你能不害怕？

他说我才没怕呢。

我说那好，我领你到大坝上去咋样？

他说爸妈不让出屋，坝上太危险。

我说你不还是害怕了吗？

冤死鬼想了老半天说，去就去。

我们两家的院门都被锁上了，正门出不去，我俩就爬上院墙，跳到门房房顶上。我家门房顶上有一架木梯子，顺着木梯子下去就到街上了。整个北窑死气沉沉，仿佛一座空城，连平日里满地跑的鸡鸭鹅狗也不见了。我怀疑是不是所有的人都已撤离，父母把我们丢下不管了。我捡起半块砖头朝路边一户大铁门砸去，当的一声巨响，立即爆出一串狗叫声。我和冤死鬼儿赶紧跑，我边跑边笑。跑老远了才停下来。冤死鬼儿问我，你那是干啥？

我说我不干啥，太静了没意思。

冤死鬼儿说，那你笑啥？

我说就是想笑，我乐意。

那被惹恼的狗让我的心情很好。我突然有了一个想法，应该让北窑热闹起来。我让冤死鬼儿跟紧我，跑遍每条胡同，用砖头挨家砸门。有狗的狗叫，有鸡的鸡叫，有小孩的在院子里骂街，这才像个样儿！我和冤死鬼儿心满意足地踏上通往大坝的泥路，身后响声一片。北窑又活了。

我没想到大坝上也是静悄悄的，到处是泥泞的车辙和脚印，却看不到一个人。坝顶上叠了两层土麻袋，高了许多，再加上泥泞不堪，我和冤死鬼爬山一样朝坝顶上爬，相当吃力。我们还没见识过坝那边的大洪水是个什么样，我想象中应该会多很多，以往龙头湾的水能没过我的膝盖，这会儿就应该没过我的腰了吧，再往大了想就应该没过我的胸脯了。我对冤死鬼儿说，一会儿见到大水，你别被吓尿裤子了呀。冤死鬼儿看我一眼，他眼神中的胆怯被他努力掩饰着。他跟在我的后面，踩着我的脚印，动作迟缓，我伸手拽了他一把。

我俩站立在坝顶的那一刻都傻眼了，整条浑河在我俩面前立了起来，像个大水怪，海海的，铺天盖地，虎视眈眈。龙头湾呢？没了！树林子呢？没了！玉米地呢？没了！所有能吃的都被这大水怪给吞了。坝上的人呢？是不是也被吞了呢？包括我爸爸和冤死鬼儿的爸爸，以及北窑所有小孩的爸爸。眼下就剩下我和冤死鬼儿了，像两只小蚂蚁。大水怪呼出的湿漉漉的腥气像糨糊一样裹住我们，仿佛已经置身怪物的嘴里。大水怪发出的喘息声像一万只老虎在吼叫。我脑子里满满的全是水。我下意识地看了一眼身边的冤死鬼儿，只见他的脸色通红，浑身颤抖，对着铺天盖地的大水咧开大嘴号啕大哭起来。

咋了？

啊……

哭啥？

啊……

别哭。

啊……

啊……

我也跟着哭起来。我情不自禁，迫不得已，控制不住。哭声就像闷在腔子里的一团火，一股岩浆。

不许哭。大水怪说话了。你们为什么要哭？大水怪的声音把整个世界都占满了，音波让空气急剧升温，灼烤着我们的身体。吸进肚子里的空气滚烫，并让身体随着声音震颤不已。

我和冤死鬼把哭憋在咽喉下面，望着眼前的大水怪。大水怪瞪着巨大的眼睛说，来吧，你们俩跟我走吧。

我和冤死鬼儿都使劲摇头。

大水怪恼怒了，巨大的舌头一舔，一棵大树被连根拔起卷进嘴里。

跟我走。大水怪又说。

不，我们不能跟你走。冤死鬼儿说话了。我无比惊讶，因为我已经被吓得发不出一点声音，两排牙齿止不住打架。我惊愕地看冤死鬼儿，这家伙居然一反常态，竟敢反驳大水怪。我心想，我可管不了你了，我得随时准备着在大水怪用舌头舔你的时候逃跑。

为什么不跟我走？大水怪问冤死鬼儿。

我们为什么要跟你走？冤死鬼儿使劲仰着细弱的小脖子，身子向上挺立着，那姿势就好像有一条绳子从上面吊着他。

为什么？大水怪发愁了，它想不出为什么。它竟显得有些不知所措。

冤死鬼儿看了我一眼，眼神里充满了胜利的喜悦。我用眼神示意他准备逃跑，但我看出他没有要跑的意思。他仰起头继续对大水怪说，你仗着个儿大欺负小孩儿算什么能耐？

大水怪哈哈大笑起来，一边笑一边嘴里还咕噜咕噜地响，就像猫打呼噜一样，我真怕它突然就发起怒来，一下子把我们俩卷进嘴里去。我偷偷地拉冤死鬼儿的衣襟，让他不要再说了，可冤死鬼儿根本不理我，他对大水怪说，我给你出一道题，要是你答对了我俩就跟你走，要是答错了你就退下去，咋样？

大水怪眨了眨巨大的眼睛，说你这么点的小玩意儿能难住我？

说话算数？

好，你出题吧。大水怪说。

一听说他要给大水怪出题，我的脸都吓白了，脑子里立即出现混乱的加减乘除公式。可千万别出10以内的加减法呀，数越大越好。我心里暗暗叫苦。论学习我俩是全年组最笨的，他能想出什么高难的题呀。我使劲用眼睛瞪他，我有点儿恨他了，恨他自作聪明，恨他不知天高地厚，但他连看都不看一眼，想了两秒钟便开口了。

我问你，多大是大？

大水怪眨了眨大眼睛，冷笑一下说，这太简单了，我就是大，我一口就能把这里的一切都吞掉。

我浑身冰凉，头皮发麻，心说完了，怎么能出这么简单的题呢。

冤死鬼儿说不对，你回答错了。

大水怪皱着眉头说，你要是说服不了我，我马上就把你吞下去。

冤死鬼儿说，眼里装不下的是大。

大水怪想了想说，你眼里能装下我吗？

冤死鬼儿说能。

胡说。大水怪发怒了，一万只老虎在狂啸。

我想跑，可两条腿被吓得发软，一屁股坐在地上，号啕大哭。冤死鬼儿对着大水怪说，你能有天大吗？我眼里装不下天，你能有地大吗？我眼里装不下地。

大水怪被说得一愣，皱着眉头开始很认真地琢磨冤死鬼儿的话。琢磨了好久，它一会儿望望天空，一会儿又看看大地，似乎把我俩给忘了。它就这样被问题纠缠着，一点一点地矮了下去，最终归于平静。

即使我把这件事说给地球上所有的人听，也没人会相信那场凶恶的大水是被一个小毛孩子制服的。这事就像一场梦，但我认为那不是梦，因为那个问题真真实实地摆在我的脑子里，几十年都挥之不去，后来我还由这个问题引发出很多相同意义的问题，比如，多小是小，以及多少是多，多少是少，多远是远，多黑是黑……好像世界上所有的事情都可以转化成这种把人难住的问题。

那天我和冤死鬼儿亲眼看见浑河的水位迅速地下降，被淹没的树木很快露了出来，被放倒的玉米秧子也露了出来，被大水施虐的地方留下一层厚厚的黑泥，像是刚刚经历了战火的摧残，狼藉一片。浑河又归于平静，温顺地流淌着，似乎这一切与它毫无关系。

所有的人都撤离了大坝，生活又回到了正常轨道。大坝上的泄水闸泵房里只留下一个人值班。大坝外还有很多水要排泄到浑河里去，值班的人负责看管水泵。那天值班的人是韩东的哥哥韩北。韩北比韩东大六岁，已经被他当工会主席的爸爸变成了一名正式工人。他一脸厌烦地站在我俩面前，眼角还糊着眼屎。

你们俩没事到大坝上来干啥？

我说我们是来看大鱼的。

大鱼？！

韩北坐在水闸的水泥台上，很闲散也很威武的样子。他的手里有一个被对折的罐头瓶铁盖子，他用这东西夹住下巴上的胡茬儿，一根一根连根拔掉。他的胡楂儿很夸张，远看像戴着黑毛线口罩。他的身边放着一把吉他。

大坝上危险不知道吗？韩北说着，操起吉他自顾自地号了起来。"……没有花香，没有树高，我是一棵无人知道的小草……"他的歌声在静静的大坝上横冲直撞，给破败不堪的河套又平添了一股凄凉，也让我的内心产生一种凄惶。这是我对浑河第一次产生同情，说不好是因为这个令人恐惧的庞然大物竟然被弱小得连我都瞧不起的冤死鬼儿击败，还是因为这满眼的颓相。从那一刻起，我决定不再把在浑河上做一名渔民当成我的理想，我觉得浑河很脆弱，无法让我依靠。这种感觉一直在我心里存在，虽然它并非坚定不移，直到后来有一天，我一个人坐在龙头湾的闸门上望着血红的散发着腥臭的浑河痛哭流涕，我才知道原来河跟人一样也是会死的。

吉他声突然停了。韩北说，你俩帮我去起网吧。

水退去之后，水闸下面方形的水泥槽子正好放下一片小网。网是用窗纱做的，网眼细，小鱼逃不掉，而且成群的小鱼顶着水流朝水闸的槽子里游，越聚越多。当我吃力拉起网绳的时候，网底厚厚的一层小鱼朝网中央翻滚，网杆都要被压断了。我从来没一网打上过成千上万条鱼，这让我慌乱而兴奋。忙喊冤死鬼儿下来帮忙。冤死鬼儿在岸上也兴奋得手足无措，却就是不肯下水来帮我。韩北面带微笑地看着我们，那神态就像一位常胜将军看着他的小兵争抢战利品。我费了好大的劲儿，终于把那一网鱼拎上了岸。韩北扔给我一只蛇皮袋子。那些鱼几乎把蛇皮袋子都装满了。韩北说，拿走吧，都给你们。

我跟冤死鬼儿吃力地抬着一袋子鱼下了大坝，朝家的方向走。身后又响起了韩北的歌声，"没有花香，没有树高，我是一棵无人知道的小草……"我和冤死鬼都认为他唱得的确不错，一致同意他应该到电视里去当歌星。那场大水过后，韩北真的背着他那把吉他跟一个草台班子走了。据说那个草台班子来自秦皇岛，曾在我们小学里摆过场子，最让我佩服的是一个能吞铁球宝剑还能从嘴里喷火的人，说话一股浓重的异乡口音。

北窑西面是一片农场的水田地，土质松软，坑洼不平。工厂准备在这里建造一座大型储备库。大卡车拉来了好多建筑垃圾，用于把地面垫高夯实。在建筑垃圾中有很多水泥构件残骸，这些水泥构件残骸中藏着很多钢筋，钢筋是能卖钱的，于是就有很多小孩拎着铁锤去砸钢筋。阿白也是其中的一个。别看他是个傻子，可在这件事上并不傻。他砸钢筋比任何人都卖力气，他两只手的虎口都震裂了，但他似乎感觉不到疼。水泥块被他一锤锤砸敲碎，露出钢筋，这些钢筋在废品收购站能卖到两角五分钱一斤。他每天天黑后都会抱着一小捆钢筋回家，他爸妈高兴得不得了。他爸把那些废钢筋卖给收废品的人时一直在说，这是我儿子弄的，我儿子能挣钱了！他爸用卖钢筋的钱给他买了一瓶山楂罐头，这傻小子不舍得吃，抱着罐头在胡同里疯跑。我叫住他，要用五个玻璃球换他的罐头，他连看都不看我一眼。天黑地暗，他被什么东西绊倒了，脸被划破，他仍然像抱着宝贝一样紧紧地抱着那瓶罐头，一直跑到了傻灵子家门口。我明白了，他是来找傻灵子一起吃罐头的。看着他和傻灵子肩并肩坐在路灯下面吃那瓶罐头，我的舌头根儿一阵阵反酸，心里很难受。第二天，我也拽上冤死鬼儿去砸钢筋。我以为连一个傻子都能干了的事，肯定很容易，谁知一上手才知道这钱并不好赚。水泥很硬，几锤子才能啃下一小块儿来，五磅重的铁锤抡上十几下就没力气了。那么大的一块水泥墩子，只能砸出几条钢筋，跟费的力气比起来实在不划算。我只砸了一会儿，两只手就疼得受不了，心灰意懒地坐在水泥墩子上看着别人砸。冤死鬼儿倒是比我有耐心，但他不太会使锤子，总是砸偏。我发现阿白真是太适合干这事了，他是死心眼儿，认准一件事就会干到底，根本不知道什么是累，也不去想水泥里的钢筋多还是少，这样一天下来，他总是会比别人砸得多一些。

一个傻子比聪明人收获得多，这合理吗？肯定不合理呀。大概并不只有我一个人这样想，所以阿白辛辛苦苦砸出来的钢筋常常一转身工夫就不见了。阿白气得哇哇怪叫。他把傻灵子找来替他看着钢筋。偷不了了，怎么办呢？聪明人自有办法，等傻子眼看就要把一块水泥墩子砸碎时，走过去喊住傻子，喂，这是我早就看好的，你看这上面有我做的记号，你不许再砸了。傻子只好拎着锤子走开。后来傻子发现无论他砸哪个，最后都会有人站出来认领，费了一天死力气只收获一些细铁丝。看着阿白在暮色里身子疲惫沉重，却只拎着一小绺烂铁丝回家。冤死鬼儿觉得他可怜，劝我说，要不你把那两根粗钢筋还给他吧。

我问冤死鬼儿，你不想吃山楂罐头了？

冤死鬼儿舔了舔嘴唇，又咽了口唾沫，说其实山楂罐头有点酸。

我说还有苹果橘子罐头呢，还有红烧肉罐头呢，他傻你也傻呀。

冤死鬼儿低头不吭声了。

聪明人怎么能输给傻子呢？我忘了从哪儿听来了一句话：这个世界没有公平，只有合理。我越细琢磨这句话越觉得有道理。公平就是大家伙得到的一样多，这怎么可能，人有聪明和笨之分，笨人当然算计不过聪明人，得到的也就少。傻子的脑子坏了，比笨人还差了一大截，得到的更少才对，这就叫合理。我知道冤死鬼儿同情阿白，但这种同情根本就是在浪费感情，倒不如庆幸自己天生不是傻子更实际一点。如果老天爷觉得他可怜，就不会让他成为傻子了。冤死鬼儿是笨人，听不懂这些道理，我也懒得跟他浪费唾沫星子，我暗自想可能是老天爷在塑造他的时候略微犹豫了一下，把他变成了一个奸不奸傻不傻的玩意儿。

第二天，刚蒙蒙亮我就把冤死鬼儿叫了起来。我仿佛听见了大卡车隆隆的声音，那一定是又拉来了好多建筑垃圾。在我的脑子里，那可是一车一车的罐头。我妈说早起的鸟儿有食吃，这句话一点不假，有年秋天二道河快干涸的时候，很多人到河里去摸鱼，一通乱搅和，河水成了浑汤，鱼也不知道都哪儿去了。第二天早上天还没亮我就一个人跑去了河边，看见鱼们都被浑水呛翻了白躺在水边上，让我捡了个大便宜。我期待这种事再次降临到我的身上。虽然钢筋不是鱼，不可能自己从水泥墩子里游出来，但我可以把那些好砸的水泥块都画上记号，先占上。这个想法让我很兴奋，就好像已经看到一堆堆的罐头摆在那里等着我去捡，山楂的，苹果的，黄桃的，菠萝的，甚至还有红烧肉的铁皮罐头。可是，居然还有人比我更早，几乎每一块水泥构件上都用蓝漆画上了记号，眼前是一片让我眩晕的蓝。妈的，这是谁这么不要脸哪?! 我不禁骂出了声。冤死鬼儿指着远处说，你看，阿白。

现实证明，我再一次输给了傻子。

傻子阿白站在最高的一块水泥墩子上，一手拎着铁锤，一手拎着油漆桶，像个哨兵一样。看见我们出现，他立即警觉起来，冲着我们呜嗷呜嗷乱喊，警告我们不得进入他的领地。

这事如果换成是朴虎他们，我肯定会觉得很合理，也肯定会躲远远的。但是面对一个傻子我不能接受。我冲过去对着那些画上蓝漆的水泥一顿乱砸。阿白被我激怒了，像一头比特犬一样扑过来。阿白从小到大在我们眼中都是怪异的怯懦的，我们常欺负他取乐，可今天的他完全变成了另一个人，眼睛里的怯懦变成了不顾一切的愤怒。如果不是我躲得快，阿白的那一锤子已经让我的脑袋开花了。我跳出十米之外，惊出一身冷疙瘩。

咱们快走吧，傻子打死人不偿命。冤死鬼儿拽着我说。

我和冤死鬼儿退到了安全地带，我不想就这么走了，我没胆量跟一个傻子去较劲，但比我胆子大脾气大的人有的是，肯定会有人不吃他这一套。我要等着看热闹。如果真的有人把傻子制服了，我也许能借机会上去踹傻子两脚解解气。

砸钢筋的人倒是陆续来了不少，可是大家在傻子面前都选择了退让。我心里很郁闷，我问他们，你们怎么不上去，还怕一个傻子呀? 他们说，谁不知道傻子打死人不偿命啊! 你咋不上呢?

你们这帮奸妈养的! 我在心里骂。

日头一点点爬升，热气从天上盖下来，罩住我们每个人。我们被炙烤着，一点点萎靡下去。傻子阿白却始终神气十足地站在那块最高的水泥墩子上，一手拎着铁锤，另一只手抓着一块砖头。那是他保卫领地的两件武器，近战靠铁锤，远攻用砖头。我们则瞪着眼，张着嘴仰望着神一样的他，此时的情形就好像我们与傻子调了个个儿，我们是一群傻子，他倒成了正常人。

不断有丧失了耐心的人扭头走掉，我们的队伍在逐渐缩小，剩下的人都蔫头耷脑地坐在地上，他们更像是战争电影里被俘虏的溃兵。估计今天不会有热闹看了。我仰头看一眼头顶正中的太阳，再看一眼雕像一样的傻子阿白，对冤死鬼儿说，走，回家吃饭。

剩下的几个"蔫茄子"见我们走了，也站起来拍拍身上的土，跟着走了。我回头看傻子，他仍一动不动，我怀疑他被晒成了人干儿，下午再来的时候只需轻轻一推，他就会从水泥墩子上轻飘飘地倒下来，说不定还会像干朽木一样碎掉。这是比较乐观的异想天开，如果往悲观了想，只要我们一走开，傻子就会跳下来拼命地砸，把所有的钢筋都砸出来，去换数不清的罐头。他甚至可以把水果罐头倒在一个大澡盆子里，然后和傻灵子泡在里面边吃边洗澡。

我吃完了午饭，又跟冤死鬼儿在房檐下弹了一会儿玻璃球，等日头不再那么火辣了，才又去了那里。阿白并没有被晒成人干儿，也没有把所有的钢筋都弄走，而是着了魔似的在往水泥上刷油漆。他要造一片蓝色的海洋吗？傻子就是傻子！我暗笑。

两辆推土机开进来了，它们喘着浓重的黑烟，轰隆隆吼叫着，把成堆破砖烂瓦推平碾碎，把大块的水泥构件埋进坑洼中。傻子再一次被激怒，只见他高举着铁锤，号叫着冲向最近的一辆推土机，对着大铁铲子疯狂地砸起来。推土机停了，司机跨出驾驶室开口骂：你个傻子，欠揍是不？

我愉快地高喊，你们说对了，他就是欠揍的傻子，揍他吧。

傻子捡起一块砖头朝司机飞去，司机跳车逃跑了。另一辆推土机也停了下来。两个司机从工具箱里翻出两根撬棍，朝傻子走过去。

我想这回傻子算是碰到硬茬子上了。一锤战二棍，只见那铁锤好似流星上下翻飞，撬棍恰如银蛇左右乱舞，傻子躲闪腾挪比蛟龙，司机左突右挡赛猛虎，那真叫一个两强争胜各显其能，三人恶斗不分胜负……我满脑子评书里龙争虎斗的大场面。可现实中他们极其令我失望。两个司机站在十米开外和傻子隔空对峙，到此为止了。

打呀，打呀！我实在替他们着急，不禁喊了起来，一锤战二棍。

两个司机同时扭过头来瞪我和冤死鬼儿，大骂道，你俩小崽子给我滚王八犊子。

我俩麻溜儿从水泥墩子上下来，撤到更远的地方继续看热闹。

后来，一个司机走了，另一个司机坐在一旁悠闲地抽起烟来。走的那个司机找来了阿白的爸爸，阿白乖乖地跟在爸爸后面往家走。

推土机平出一大片土地，建筑工人开始盖大库房，修围墙，围墙上架设了铁丝网，我们再也没有机会到里面去砸钢筋。

但傻子阿白喜欢上了刷油漆。

阿白成天拎着油漆桶和铁锤在北窑里转悠，不管是谁家的墙，见墙就刷，如果有人阻止，他就用锤子砸墙砸人。老杨把工资的一多半都用在给儿子买油漆上了。一开始人们都去找老杨，老杨说孩子傻，咋整?! 脾气大的人冲老杨吼，你不管我他妈的就弄死他。老杨说一命抵一命，随你便，可你要是不小心被他弄死了，就不是一命抵一命了，你白死。

谁会跟一个打死人不偿命的傻子较劲呢？什么事情都有个习惯的过程，刷墙的成了习惯，被刷的也成了习惯。其实也没什么可不习惯的，任何事情都一样，只要接受了，慢慢就会想出它的好来。最起码被漆过的墙比没漆过的墙看上去更结实了。现在反倒很多人很客气地跟傻子商量，阿白，我喜欢绿色，把墙给我刷成绿色的。阿白在我家墙上画朵花呗……被鼓励了的傻子突然开窍了一样，他漆过的墙面越来越像画了。这样一来，北窑的红砖墙就成了五颜六色的彩墙，突然就好看起来了，好像图画书里的童话王国，就连猫狗们也都跟着变成五彩的了。我生长在北窑，熟悉北窑的每一块砖，每一根黄瓜架，但还是第一次觉得北窑很漂亮。只可惜这一切都是一个傻子干出来的。这合理吗？好像不太合理。傻子干出来的只能是被聪明人笑话的傻事，这么一想我就又有种失落感，甚至愤怒。脑子里又出现傻子站在水泥墩子上居高临下的样子。最近我总是想到"合理"这个词，无论什么事都用"合不合理"来衡量一下子。不合理的肯定就是不对的，尽管我好像没太弄明白什么是"理"。

我对冤死鬼儿说，我们得做点事儿。冤死鬼儿说，啥事？我说合理的事儿。啥是合理的事儿？他问。我说证明我们比傻子强的事儿就是合理的事儿。他拧着眉头说，你是说我们还不如傻子吗？我恶狠狠地瞪他一眼。他又问，你为啥要跟傻子较劲呢？一下子就把我问住了。我像个傻子一样瞪着他，半天没说话。

冬天刚到，北窑西面的大型储备库就建完了，我们叫西大库。西大库被一圈带铁丝网的围墙圈了起来，这让我们很不习惯。原本那是一块水田地，在水田地中间有一个土包，就像是一座小孤岛。我和冤死鬼儿常到那里去做实验。比如解剖青蛙和鳝鱼、把生石灰塞到钢笔水瓶里自制小炸弹。秋天的时候我们还会在小孤岛上点上一把火，火灭之后的小孤岛像一口大铁锅扣在地上。如今小孤岛被压在大库房下面，那里成了我们不可进入的禁地。我对西大库没什么好感，我每每隔墙眺望，都有一种失落感和莫名的愤慨，我的一部分快乐被它割走了。

西大库建成后，每天都有大货车出出进进。大货车装的都是铝锭、铜线、钢材、塑胶这些用来做电线电缆的原材料，原来在农场上班的农工家属一些人去了花窖，另一些人被分派到了西大库。冤死鬼儿他妈成了西大库里的装卸工。一次我在冤死鬼儿的衣兜里发现了几枚古钱币，我问他是哪儿来的？他说是他妈从西大库里带出来的，这东西堆了满满一仓库，都是要被化成铜水的。

把这东西化成铜水儿?！我惊讶得不得了。这可是几百年前的东西呀？

冤死鬼儿一脸茫然。你要是喜欢我再让我妈拿点出来，反正里面有的是。

我索性把冤死鬼儿手里的古钱币都抢了过来，用磨石磨去表面的绿绣，然后找出历史书按照上面的文字查历史年代，清朝居多，元朝宋朝的都有，居然还有一枚唐朝的。我把那些古钱币用红绳串成一串，藏了起来。这意外的收获让我对西大库产生了浓厚的兴趣，也可以说是好感。里面竟然有这么多好玩的东西，简直就是四十大盗的藏宝洞啊！一想起大把大把的古钱币被投入熔炉化掉，我就心疼。我想要是能偷偷进到西大库里去，我可就发财了。

进入西大库并不难，围墙是用红砖砌的，两米高，围墙的顶上拉了一排"Y"字形的铁丝网，看着挺吓人，只要找一条破军大衣往铁丝网上一搭，人就可以爬过去了。更方便的还有，在围墙根下的墙垛之间都是半弧形的类似桥洞的构造，这个半弧形的洞口正适合我们像狗一样钻来钻去。围墙砌完后洞口便用土埋上了，只需把土扒开即可。

我把我的想法告诉了冤死鬼儿，他一个劲儿摇头。你想要我就让我妈给你多弄点还不行吗？要是被抓住可就完了。

胆小鬼，我说，我们是小孩儿，被抓住还能咋样？再说，为啥非得被抓到哇，你怎么就那么笨。

我们已经不是小孩儿了，是中学生，中学生犯罪是要被抓起来劳教的，而且西大库里有经警值班巡逻，根本就躲不了，冤死鬼儿说。

我不得不放弃了这个念头，心中暗想他说得还是很有道理的。其实我的胆子并没有表现出来的那么大，我只是在他面前虚张声势而已。我假装生冤死鬼儿的气，就好像他欠了我好大的人情似的，我让他去求他妈妈再给我弄古钱币，越多越好。他很爽快地答应了。他因为我放弃了偷窃的念头而感到高兴。

我说不准冤死鬼儿的胆量算大算小。说他大吧，他被朴虎欺负得差点呛死在澡堂子里。说他小吧，他竟敢跟大水怪顶嘴。那个冬天的下午，我和冤死鬼儿背着书包，骑着自行车从学校回来，阿白正拎着油漆桶站在一面院墙前乱画。我突然想试试冤死鬼儿的胆量，刹住车，对冤死鬼儿说，你去把阿白的油漆桶抢过来。

为啥？冤死鬼儿问我。

为民除害，我说，他用油漆乱涂乱画，把咱北窑所有的墙都弄得花里胡哨的，大家都敢怒不敢言，你制止他不就是为民除害吗？

冤死鬼儿认真想了想，他画他的又碍不着别人什么事，再说我觉得他画的也挺好看哪。

不敢就说不敢呗，找那么多借口干吗？

这不是敢不敢的事，是有没有必要的事，每做一件事要看这件事的本质，咱该不该做。

我讲道理讲不过他。自从上了中学之后，他就一直比我学习好，好像他开窍了，我还没开窍，尤其是几何求证的题。每次我求他给我写作业，他都能把我烦死。我说你直接让我抄答案不就完了吗，多省事。他说那不行，我得给你讲明白怎么得出的答案，要不你还是不会。我急眼了，把作业本合起来往书包里一塞，说你就是跟我臭显摆，会两道破题你就上天了，你学习好才几天哪，忘了我俩小学时在全班相依为命的时候了？每当这个时候，我都会很伤心失落，我觉得他变了，变得让我把握不住，照这样下去他终会有一天要骑在我的脖颈儿上。从前那个我说什么就是什么的冤死鬼儿将不复存在。

我一骗腿上了自行车。失落感再次涌上来。

哎，等我一会儿啊，怎么说生气就生气了？冤死鬼儿骑上自行车追。看着他追上来，和我平齐，我抬起右脚踹他的前车轮，他车把失控朝路边倒去，身子靠在阿白刚刷过油漆的墙上，校服上染了一大片红漆，这让我心里舒服多了。

我觉得我是得认真考虑一下跟冤死鬼儿的关系了，再这样下去他会越来越瞧不起我的。整个晚上我都被这个问题困扰得睡不着觉。我的内心似乎在隐隐作痛，我悲观地认为，他好像是越来越比我聪明，我和他的友谊可能要到头了。现在我和他就隔着一道墙，他肯定不会像我这样纠结，我那点小聪明已经不会再让他信服了。我俩就像坐在跷跷板的两端，他上升，我就得下降，而我越来越对他无能为力。越想越难受，我的肚子也开始疼了，里面好像有一只猫在上蹿下跳地捉老鼠。那只老鼠把我的屁眼当成了出口，拼命往外逃。同时从胃里打出来的嗝有一股霉花生米味儿。坏了！我赶紧爬起来，顾不上穿棉裤，拽了一件棉袄披上就往外跑。公共厕所紧挨着西大库的围墙，我以最快的速度跑过去也得两分钟，一百二十个数，而那只老鼠在不停地对我的肛门又钻又挠，我只能紧紧夹着腚，这样的姿势怎么能跑得快呢？刚跑到公厕门口，我终于没能堵住那只老鼠，它夺门而出了，一摊热乎乎的东西顺着大腿往下淌。我叉着两条腿，像圆规一样，走进厕所，将衬裤和裤头全脱下来扔在地上，蹲到坑位上，冷风立即裹住了我，我才意识到，我以这样的姿势在这个寒冬的深夜，很快我就会被冻成冰棍儿，实在是悲惨。公厕外面的路灯亮着，但这并不能给我带来丝毫的温暖，相反，灯光把干枯的树枝投映到厕所墙壁上显得很诡异，让我想起女鬼的长指甲，我只觉得头皮发麻，冷风在脊梁骨上乱窜，这样下去不被冻死也得被吓死。我哆哆嗦嗦起身朝外走，两条腿已经冻僵，寒流沿着我的两条腿向上猛攻。地上的脏衬裤我无颜面对，又不能不管，扔在这明天早上很可能被人认出来，尤其是对我一切都了如指掌的冤死鬼儿，一想起他拎着衬裤敲响我家门的情形，我浑身猛地打了一个激灵，赶紧用手指捏臭烘烘的衬裤扔进粪坑里。

扑通——

粪坑里的屎尿虽然都冻成了冰坨，但并不沉重的脏衬裤掉下去能发出这样大的声响？

扑通、扑通——

怎么还有回音呢？

我正纳闷，外面响起了说话声。

等我一会儿，我撒泡尿。

不等我做出反应，一个人影已经出现在厕所门口。我的头皮一乍，吓得僵住了。那人看到我的一瞬间失声叫道，我靠！

冬天的深夜，在厕所里看到一个上身穿着棉袄，下身一丝不挂的人，别说人了，连鬼见了都得害怕。借着路灯的光我看清了对面站着的是朴虎。外面有人问他，怎么了？踩着屎了？朴虎张着嘴没说话，缓了好一会儿才认出我来。他看了看我颤抖的下半身，又不自觉地看了看自己的下半身。

外面的人问，尿完没？

朴虎看着我说，你啥也没看见对吧？

我浑身哆嗦，点头跟哆嗦一个频率。他叉着腿往外走，也像圆规一样，他尿裤子了。

后来我想，朴虎他们肯定是翻墙进西大库偷东西去了。早上我再次上厕所时，果然看到围墙上的铁丝网上挂着碎布条，那是从破军大衣上撕扯下来的。

我和朴虎他们在学校每天都能碰面，但他们从来不搭理我。他们如今有钱有势，连老师都不放在眼里。他们穿着刚时兴起来的白色旅游鞋，书包里背着火药枪和自制砍刀，在校园里横行，所有同学都躲着他们走。想想他们的样子我就后怕，因为那天晚上我把朴虎给吓尿了，他能放过我吗？

果然，三天后朴虎就在操场的单杠下面堵住了我。当时我正和冤死鬼儿探讨只用下巴能不能把自己挂在单杠上的问题，我正怂恿冤死鬼儿去实践。朴虎走过来对冤死鬼儿说，你滚。冤死鬼儿立即跑到了三十米外的领操台上。我用惶恐无助的眼神示意他去找老师，可他一心在看热闹，很怕错过什么似的。

朴虎一抬手，我下意识地一缩头。他抬手在自己的脑袋上挠了两下，似乎有点尴尬。你知道我找你干啥不？

知……不知道哇。我语无伦次，双腿抖得就像那个冬夜在厕所里一样。

想不想有钱？朴虎说。

有钱？我使劲想也猜不透他话里的意思。

钱是好东西，想买啥买啥。朴虎从裤兜里掏出一把钞票，一元两元的，居然还有两张大团结。我看着那些钱想，我每天上学爸爸给我的饭钱只有两元钱，一个面包一瓶汽水就光了。他让我看了一眼又揣了回去。咋样，牛不？

我赶紧说，牛！

想不想要？他直勾勾地问我。

我低下头躲避他的眼神，没敢回答他的问题，因为我不知道怎么回答才是他想听的。

知道那天晚上我们去干啥了不？

知……不知道。我似乎明白了他的意图。我啥也没看见，真的，骗你我是你儿子。

朴虎突然笑起来，抬手拍我的肩膀，我害怕往后躲，他没拍到，把停在半空的手就势上扬抓住了单杠，凑近了我小声说，我没告诉他们你在厕所里，你也没对别人说看见我了吧？

没有，绝对没有。我说的是真话，这件事我对冤死鬼儿都没说，我不能让别人知道我那天晚上的糗事。

好，朴虎说，今晚你跟我走一趟。

去……哪儿？

半夜十一点，我在厕所等你，去了就知道了。朴虎脸上露出轻松和善的微笑。你可不能不来呀。

我紧着点头，来，我一定来。

还有，这是我们俩的事，不能让第三个人知道。说这话的时候朴虎脸上的微笑突然没了，变得很阴冷。要是敢告诉别人，我把你当屎塞茅坑里。

我心里一颤，脸通红。

朴虎走后，冤死鬼儿赶紧跑过来问我，朴虎对你挺好哇，还跟你笑呢，他跟你说啥呢？

我说谈判。

谈什么判？冤死鬼儿一脸天真无邪。

他们想削你，征求我意见。

冤死鬼儿慌了。他们为啥削我哇？咋还征求你意见呢？你咋说的呀？

我心里想笑，脸上却摆出一副很严肃又很惋惜的表情，叹气摇头说，他们看不惯你会两道破题就装大瓣蒜的损样儿。

我也没装大瓣蒜哪，你咋说的？

我跟他说你是挺欠揍的。

一整天我和冤死鬼儿都是在忐忑不安中度过的，他是被我唬的，我才真是摊上事儿了。朴虎是不是要杀我灭口哇？也不至于呀。吓尿裤子又不是什么要命的事，要论糗，我不比他糗吗？那就是我知道了他们偷西大库的事，这事可比尿裤子严重多了，怎么办？我知道有一个人能帮我，那就是我哥高大江。那次大坝一战之后，朴虎他们几个都挺怵我哥的。可是我哥不在身边哪，中学毕业后他有了新爱好，不知从哪儿弄来好多坏半导体收音机，拆得七零八落，然后再用电烙铁把碎零件焊接到一起。按说研究电子技术也是发展前景不错的行当，如今家用电器谁家都趁几件，但不管他做什么我爸都反感。有一天我哥弄回来一台旧黑白电视机，在家里大卸八块。我爸下夜班，白天在家补觉。我哥不停地弄出稀里哗啦的响动，我爸心烦睡不着，便骂了一句，滚外面整去。我哥装听不见，继续鼓捣，就在我爸刚刚进入深度睡眠时，嘭的一声巨响，我哥不知道把哪个零件鼓捣爆了，小毛毛满屋子飞，充斥着一股刺鼻的臭味儿。我爸像一只受惊的老猫，一下子从炕上蹦起来，抱起电视机的大肚子荧光屏冲出屋子狠狠摔在地上。我哥一赌气，便离家出走了。这是我哥第二次离家出走，第一次是因为替英子姐出气，这一次是因为梦想。我哥跟我提起过他的梦想，那是在小床上的被窝里，我们俩睡觉挤在一个小床上。他每天都捧着电子维修的书看到半夜，边看边抽烟，把我呛得要死。他对我说，我以后要开个家用电器维修部，电视冰箱洗衣机，凡是带电的我都会修。我说你能把咱家的黑白电视修出来色儿我就佩服你。我哥说，彩电里的色儿不是修出来的，是原来就有的，就像智商，胎带来的，你就没有。我差点被噎出眼泪来。如今我变得比小时候坚强多了，而且也懂得了什么是智取。那天晚上我借口烟味太呛，头脚调个儿睡觉，半夜趁他睡得正香我一蹬腿，后脚跟踹他鼻子上。他醒了，抹鼻子纳闷，咦，怎么做梦打架还真出血呢？

我哥离家出走已经一个多月，我妈偷偷告诉我，他跑开原一家电器维修培训班学习去了。

夜越来越深，我的心悬着。偷偷出门之前我在枕头下留了一份遗书，上面写着：如果我死了，凶手就是朴虎。

没有风，冷气贴在脸皮上不动。通向公共厕所的那条路虽然有路灯亮着，但我仍觉得阴森恐怖，让我想起了电影《405谋杀案》《第三十九级台阶》，还有《神秘的大佛》。我有点后悔没有跟我哥一起练武术，电影里说艺高人胆大，我什么能耐都没有，不害怕才怪。我想如果我要是不去会怎样呢？这个念头我已经琢磨了一天，每每都会让我想起朴虎阴冷的表情和他手里小飞刀。那样我就肯定会遭到四个如狼似虎的家伙的围攻，就像电视里《动物世界》中被群狼撕扯的小羚羊。扑通扑通的心跳声在冰冷的夜里犹如一台强有力的夯地机，每一下都让地球颤抖。恐惧和寒冷让我无比清醒。现在我只能把所有希望寄托在朴虎没有害我之心上。

嘿，跟我过来。

朴虎从厕所里出来，压低了嗓音，向我招手，像招魂的小鬼儿。

我木偶一般跟着朴虎沿着西大库围墙一直朝北走。没有了路灯，一切都陷入了黑暗。我想起来我哥第一次离家出走那天晚上，我跟在他的身后，他就是在这个地方融入黑夜的。黑夜仍是黑夜，跟那时不同的是我身旁有一道围墙向黑暗延伸进去，这是种实实在在的感觉，那种害怕也是实实在在的。好在眼睛很快适应了黑暗，能够凭借惨淡的月光辨认出脚下的路。其实那不是路，是田埂，干枯的草发出清脆的摩擦声和折断声。

朴虎哥！我说。

别说话，跟着走。

不知道走了多久，感觉围墙好长，比我的思绪还长。不得不佩服砌墙的那些工人。中国人好像特别擅长砌墙，老师说长城是中国的骄傲，在月亮上都能看到，尽管我没能站到月亮上亲眼看一眼地球，但我觉得这句话是真的。月亮此时就蹲在天上真真切切地看着我们，但它很疲惫，把眼睛眯成了一条缝，就快睡着了的样子。

停。

朴虎停住了，我撞在朴虎的后背上。

趴下。

围墙底部盖着一堆枯草，朴虎扒拉开枯草，露出围墙下面的拱洞。朴虎把身子钻进去一半，停住几秒钟，回头对我说，你在这里等着我，我不出来你不许走听见没？

我赶紧点头。

他又问，听见没？

我才反应过来，在黑暗里点头他是看不见的。我说听见了。

他一闪身，消失在洞口。

那是漫长而又恐怖的等待，我把后背紧紧靠在围墙上，顾不上围墙的冰冷。这让我想起了多年前的那个夏天，我独自一个人在围墙上摔泥娃娃，那天是冤死鬼儿手指头被轧掉的日子。也可以说是冤死鬼儿的人生转折点。我哭了，无声地流泪，自己也弄不清楚这是为了什么。大概是觉得伤感和绝望，对黑暗的无能为力，或者对前途命运的无法把握吧。怎么可能？这些话说出来我自己都不信，我还只是个没心没肺的孩子。

总之，那个寒冷的冬夜，我独自蹲在围墙根儿下想了很多，哭了好久，至于后来发生的什么我都忘记了，或者说故意想不起来了。令我惊奇的是，从那开始我不但不再害怕黑夜，反而喜欢上了它。黑夜就像马戏团的大幕，幕布永远都在蠢蠢欲动，让你知道里面藏了很多好玩的东西，让你在无限期待中尽情想象。期待是幸福的源泉，只有期待的时候才是想象力最活跃的时候。我期待大幕拉开，但却又不希望大幕拉开，你能懂吗？我害怕秘密揭晓后的失望和失落。从那时起我就把一句话铭记在心：希望越大，失望就越大。所以，要么别抱太大希望，要么别揭晓答案，这样人活得才快乐。

我说我不愿意想起那天晚上的事，是因为我在那天晚上做了一次贼。当我生发出人生无限的感慨时，朴虎正从西大库里拖出一条十多米长茶杯粗的电缆来。在月亮的凝视下，我俩吃力地拖拽着那条电缆，穿过一片干枯的土地，来到一处稻田沟里，像埋一具尸体一样将电缆隐藏起来。在回来的路上，朴虎一只胳膊搭在我的肩膀上，不停地问我，有钱了你想买啥？我拼命地想啊想。那就买一把腰刀吧，就像武松血溅鸳鸯楼里拿的那把腰刀，拿在手上一抖哗啦啦脆响，闪亮亮晃眼。其实这不是我想要的，而是我哥曾经的理想。他在迷恋武术的那段日子里，一直想拥有一把这样的刀。我自己从未有过什么非分的想法，一旦有了机会就只能把别人的理想当成自己的理想来实现。

五天后，朴虎真就将一把刀摆在了我的面前，超乎我的想象，那是一把鸳鸯刀，一柄刀鞘里插着两把漂亮的刀，刀的护手就像半个月亮，合起来就成了圆月，刀身可以当镜子用，拿起一抖真的哗啦啦脆响。我的理想或者说是我哥的理想就这么轻易实现了？！朴虎说，其中一把是你的。我小心翼翼地抽出一把刀。我的脸出现在刀身上。那是一张冷峻的脸，肃杀之气油然而生，那双眼睛紧紧逼视着我，令我毛骨悚然。我被我自己吓到了。虽然我每天都会照镜子，但却从来没有过这种感觉。刀和镜子完全不同。刀里面的那个人根本就不是我。他阴险、冷漠、胆大包天，我善良、单纯、胆小如鼠。我越看他就越狰狞，除了狰狞之外，他好像还要告诉我什么秘密，我隐隐感觉到他想告诉我的是我无法接受的可怕事实。我赶紧把刀插回到鞘中。尽管这是真真切切的感受，并且让我想起了西游记里的照妖镜，但我不是妖，刀也不是镜子。我经过总结分析得出一个结论，世界上有无数种物体都可以被当成镜子，比如水面、塑料、文具盒、眼球，当然还有刀。每种物体所反映的影像是不同的，这不取决于照镜子的人，而是取决于镜子本身。所以，那个妖不是我，而是刀，这东西本身就一股子杀气，我视其为不祥之物。

又三天之后，江岸一个人把我堵在学校的厕所里，把一块乌黑半旧的塑料壳电子表塞到我的手里，说你那把刀归我了。

我犹豫再三说，行吧。

虽然那块电子表顶多值五块钱，但我从乌黑发亮的表盘上看到的自己是踏实、识时务、想得开。

第四章

在一次全校师生大会上，我们的小个子校长对着广播喇叭高喊：如今我们学校是大——变——样。操场上的师生立即哄笑一片。最先笑的是几个老师，后来是高年级的学生，低年级的不懂装懂跟着傻笑。冤死鬼儿小声问我，大家为啥笑？我说你没听校长说吗，大变样。

大变样还不好吗？有啥可笑的？

我懒得跟他解释，他是个不懂幽默的人。估计我就算告诉他"大变"和"大便"的关系，他也还会一脸正经地问我，这怎么可能是一回事呢？因为他理解的大变样正发生在我们北窑。

北窑在那两年之间，变得我们这些土生土长的坐地户都不认识了。小铁轨变成了中央大马路，它横跨南窑和北窑之间，笔直宽阔，我长大后见过高速公路，它只是比高速公路窄了一点点。中央大马路两侧栽着樱桃树，一到春天樱桃花就安静而又热烈地开放，这种绽放你可以用凶猛来形容，就像在冬天的河边，所有的草木都被水气结上了一层厚厚的冰挂，造就出一片圣洁的景象来，所不同的是，樱桃花呈现的圣境是粉色的，而且浓烈的花香会令你喘不过气来。漫步在此，陷入花的重围，你一定会产生一种虚幻感。在樱桃树的外侧，是砖石铺就的甬道，在甬道的外侧是人工水渠。春天刚过，中央大马路两侧的人工水渠中便钻出了无数支"小毛笔"。只用一个夜晚的工夫"小毛笔"们就舒展开成了一盘"砚台"，短短几天，"砚台"会变成绿色的"伞"。"伞"与"伞"连接起来遮住了整条水面。粉色的荷花倔强地从"伞"的缝隙中直插出来，也有的直接将"伞"戳了一个洞。花开了，满眼的绿中无数个粉色的花苞争相张开花瓣，露出金黄色的花蕊。调皮的蜻蜓落在含苞的"笔"尖上摇头晃脑，勤奋的蜜蜂在鲜嫩的花蕊中起起落落。要知道在我们小时候想看到这样的美景，得花两毛钱买张劳动公园的门票。

那些曾经为了烧砖而挖出来的土坑，如今都被改造成了养鱼池。那些养鱼池被修整得规规矩矩，就像镶嵌在地上的五彩宝石。早上它们是暗紫色，中午它们是天蓝色，傍晚它们又被太阳的余晖染成了红色。在阳光充足的白天，它们就像亮晶晶的水银，波光粼粼，分外耀眼。在晴朗无云的夜里，它们又成了载着月亮和星星的天河，深沉凝重，月辉如洗。它们也会随着四季的更迭而变化，春天里它像多动又聪明的孩子；夏天里它像热情却胆怯的少女；秋天里它像沉思着的智者；到了冬天它被白雪覆盖，犹如平静安详又宽容豁达的老人。

我喜欢抓鱼，常跑到渔队去看他们喂鱼捕鱼。他们在每一块养鱼池上都用木头搭建起一个饵料台，喂鱼的时候，他们就坐在饵料台上，用木棒有节奏地敲击饵料台，鱼儿们一听到当当当的声响，就从四面八方游过来，聚集在饵料台周围，张着嘴等着。他们把饵料颗粒均匀地撒到水里，鱼儿们争相抢食，水面上顿时水花翻滚，热闹极了。我长这么大还是第一次见到这样跟鱼打交道，有时候我也偷偷跑到饵料台上，用木棒把鱼们都敲来，然后用手去抓着玩儿。

转眼秋天，打鱼的场面更是壮观。鱼儿都长成了，个个膘肥体壮。他们就用一条横跨两岸的大网，一边有六七个人拉动网纲，拖着大网在水中前进。水中还要有两个人负责踩着网的底纲，确保鱼儿不会从网下溜走。大网最终在岸边收拢，鱼池里的鱼儿都拥挤在网圈当中，它们用力扭动着身子，相互乱撞，不停地从水中弹起，有的撞到人脸上，如同一记重拳。鱼贩子们都开着三轮车、四轮车来了。鱼儿们被一筐接一筐地抬出水面，放到磅秤上称重，然后再倒入装满了水的车厢里。在接下来的几天内，鱼贩子们的车像一条条更大的鱼，饿着肚子来，填满肚子走，直到把鱼塘里的鱼都吃光为止。

如今的北窑处处都有花，一年四季都有花在开。冬天是梅花和君子兰；春天是桃花和梨花；夏天是荷花和兰花；眼下的秋天，工厂花窑里的菊花和月季都开了，各种姿态和颜色，它们在厂区里最显著的地方摆放出漂亮的花坛。在纯蓝的天空下，花的颜色更加鲜艳，工厂简直就成了一座大花园。农场的水田地大部分都被改造成了厂房或果树园林，农工们便再不用去种地，现在他们被安排到园林处侍弄花草树木。我妈常从花圃带回来一些花的种子，种到家里的花盆里。

不仅工厂里到处都是花，每家每户也都在窗台上、院子里、房屋内养着花草。冤死鬼儿把家里有土的地方都种上了花。墙头上是蝴蝶花和含羞草；窗台上是串红和月季；窗沿下是步步高和万寿菊；墙根下是三叶草和死不了；连院子的砖缝里都长着太阳花。最让他感到自豪的是房后种的大芍药和扫帚梅。他每天最重要的事情之一就是侍弄花，欣赏花，还像个傻子一样跟花们说话。

傻子阿白刷的墙越来越好看了。色彩搭配和笔触线条都不像是一个傻子画出来的。我不得不偷偷承认，妈的！阿白的确有点绘画天赋。那天我正站在一面墙的前面等冤死鬼儿，一群不知从哪儿冒出来的人，看样子像是哪个学校来写生的学生，问我这是不是我画的，我说，我要画会比这画得还好，这是我们这里的一个傻子画的。他们惊讶得张着嘴，问我傻子在哪儿。

我愤愤地说，傻子死了。

大家立即就都伤感了，其中有一个竟长叹一声，天妒英才呀！然后问我怎么死的。

我说，刷墙累死的。

我说完一抬眼，傻子正拎着油漆桶拉着傻灵子雄赳赳地走过来。学生们立即围上去，傻子以为这帮人是来抢油漆的，捡起砖头乱舞，把学生们都吓跑了。

阿白和傻灵子走路时从来都手牵着手，他们刷墙刷累了还相互拥抱着坐在一段围墙上，就像两只相互捉虱子的猴子。他们怎么就不知道什么叫害臊呢？

有一天我心情不错，看见他们坐在围墙上，便冲他们喊，"亲嘴儿"。

他俩不知道亲嘴是什么意思，我便做努嘴的动作给他们示范。

阿白真就抱过傻灵子的头来，把嘴唇贴到傻灵子的嘴唇上。从那以后，我们经常看到这俩傻子搂在一起相互吃口水。

爱玩儿亲嘴儿游戏的人很多，北窑还是个特别适合玩儿亲嘴儿游戏的地方。每天吃完晚饭，我就拉着冤死鬼儿去中央大马路"看戏"。在那花花草草间总会藏着一对对男女，有的是胡家村的青年人，有的是工厂里的男女职工。他们亲嘴儿的样子可比傻子好看多了。有时候我就琢磨，怎么以前北窑没见有这么多亲嘴儿的呢？因为北窑变好看了，好看的东西能让人心情好，人心情好了就想把好心情传递给别人。怎么传递呢？就用嘴呀。光说不行，还得靠近了说，越来越近，就贴上了，这样才能把好情绪毫无保留地传递给对方。我把我的这个理论讲给我的一个女同学听，她红着脸说我瞎掰。我说不信咱就试试，我现在心情就很好，看看能不能传递给你。

这是我第一次诚心想给别人送去快乐，也是在中央大马路边上的樱桃树丛里。亲嘴儿的确能够相互传递快乐，而且我认为把自己的快乐传递给别人是一件值得表扬的好事，比在雷锋纪念日拎着气管子给别人免费打气更能体现无私奉献精神。所以，我就经常带着女同学到我们北窑的花丛树荫里亲嘴儿。有那么一段时间因为我常常去给别人传递快乐而忽略了冤死鬼儿的感受，他很生气（我觉得完全是嫉妒），跟我疏远了。

后来，那几个女同学为了我打了一架，我带给她们的快乐顷刻间就都变成了恨，她们从此都不再跟我来往，我和冤死鬼儿才又亲密起来。我把悟到的道理对冤死鬼儿讲，我说女人太自私，快乐本来是应该共享的，她们非要独占，所以世间多怨妇。

这是我和冤死鬼儿在初中毕业那年最让我感触的事情。

工厂养鱼队西面和北面各有一座亭子，二层，四角飞檐，形状虽古朴，却是用水泥砌起来的。亭子的作用是看管鱼池，却一直没派打更的人来，于是就成了我和冤死鬼儿的私人领地。我和冤死鬼儿坐在北面亭子二层的房檐上，望着远处的浑河大坝。有那么一段时间我们谁都不说话。我们都成了有心事的人。我本以为毕了业就可以进到工厂当工人，根本不用为前途担忧，谁知当工人对户口是有要求的，我们这些农业户口的工人子弟当不了工人，我们却又不知道除了当工人之外，还有还什么别的出路，前途一下子就渺茫了。初中毕业后的我在家里成了孤魂野鬼一样的闲人，生没兴趣，活没目标，死又不甘心，横竖都提不起精神来。

你不是想当渔民吗？

有一天在饭桌上我爸近似开玩笑地对我说。

我闷头扒饭。我从心里逆反这种玩笑。我已经长大了，精都早就遗过了。

我一本正经地说，那你就给我买条渔船吧。

我爸哈哈大笑，饭粒子喷到菜碗里，我哥撂下饭碗不吃了。我爸挖了我哥一眼，对我说，我跟养鱼队的队长说好了，你明天就去上班。

我愣了片刻说，临时工吗？你还是给我买条渔船吧。

这回轮到我哥笑了，鼓着腮帮子，手捂着嘴，不敢太放肆。他的家电维修部还没着落，处在打游击状态，谁家的电器坏了，找他去，捅咕好了给个十块二十块的，仅此而已，所以腰板还硬不起来。

第二天早上，日头很好，冤死鬼儿傻笑着跑过来掀我的被窝，让我跟他一起去上班，我才知道我爸怕我一个人孤单，在队长那里顺便也给冤死鬼儿说了情。

渔队不是我想来的地方，尽管我从小就喜欢捉鱼，长大之后我突然明白打鱼摸虾并不是我要的生活。小时候的理想是幼稚的产物，对自己和社会都不了解才会有那样的理想，现在慢慢懂了，支撑人活下去的不单单是那么一口吃的，还有里子面子一类的东西，而且这些东西也随着年龄一起增长。况且我们来渔队的时机不对，秋天是出鱼的季节，能累出屎来。

大坝上每天都有很多人骑着自行车，匆匆而过，像走马灯一样，我觉得他们就是为了在大坝上匆匆骑车而生的。我现在还不知道我是为什么而生，但我肯定不是为了鱼，这是我惆怅的地方，我并不知道冤死鬼儿的心事是什么。

你姐回来了？我悠荡着两只脚。

你姐回来了。这句是废话，英子姐中学毕业就回家来了。其实我的意思是我哥和他姐又凑到一块儿了。

冤死鬼儿歪过头眯我一眼。他当然明白我的意思，我们从小就在一起厮混，都是对方肚子里的蛔虫。但我还有更深一层的意思他没猜到，没猜到是因为他不知道或者说没看到——鲁麻脸儿回来了。我觉得鲁麻脸儿跟他姐是有关联的，因此跟我哥也就有了某种关联。三天前的晚上鲁麻脸儿偷偷回了家，碰巧被我看见。大概除了鲁麻脸儿一家，只有我知道他是什么时候回来的。他回来后也没见露面，跟没回来一样。我觉得有必要把这件事告诉冤死鬼儿。

鲁麻脸儿回来了。我说。

冤死鬼儿面无表情，这让我很失望。你不想给你姐报仇吗？

冤死鬼儿又眯了我一眼，还是不说话。不说话就算了，我这句话同样是废话，因为我知道他根本没有勇气替他姐报仇。另外，比较合理的解释是他姐的仇公安局已经替她报了，所以他也没必要再逼自己。当然，我也只是觉得生活太乏味了想没事找点事。

你们两个懒驴给我下来，干活了。二队长不知道什么时候出现在我们脚下，仰着脖子喊。我俩赶紧抽身从亭子上跑下来。跑的时候冤死鬼儿突然开口说了句没头没脑的话，好久没去看看浑河了。

这几年浑河很本分，没让人们担惊受怕，就像老实听话的孩子，常常被大人忽略。以前在胡家村念小学，离浑河很近，几乎天天到浑河玩儿。自上了初中，每天骑着车往市里去，成了习惯，而且市里的确要比浑河好玩儿。对我们这些在浑河边上长大又到市区去念书的孩子来说，去浑河玩儿还是去市里玩儿是证明自己成熟时髦的标准之一，谁都不愿意被说成是土老帽儿。现如今，每天上班离浑河只隔了一条大坝，离得如此之近，却好像浑河不存在一样。

又一网鱼靠岸，鱼贩子的车还在半路上，我们先要把鱼囚在水边的网箱里。我站在水里两只手提着网纲。鱼横蹿竖跳，用头撞我，用尾巴扇我，我坚持着，或者说麻木着，我把这看成是鱼类对我的报复。其实我内心里盘算着在水里当网纲要比在岸上抬鱼筐轻省多了,为了少挨累被鱼欺负也是值得的。此时冤死鬼儿正在抬着一筐鱼一跩一滑地爬坡。我暗笑这小子脑瓜子缺根弦儿,拉网时我提示过他,网一靠岸就主动往水里跳,抓着网纲不撒手。我忽然想起来他怕水,这就没办法了。他就是挨累的命。说起命,其实没那么玄奥,说白了就是因果,因为你怕水结果就只能当个旱鸭子,在渔队旱鸭子就得多挨累,这就是命。

我们正忙着,朴虎他们四个逛了过来。朴虎手里拎着一只空编织袋。毕业后他们几个合伙在北窑主街街口搭了个小平房,弄两个半新不旧的台球案子,两块钱就可以怼一杆儿(局)。有了这个营生他们就好像干了好大的事业,用我的话说是穿着名牌儿,叼着烟卷儿,瞅谁都斜愣眼儿。其实我知道开台球社赚不了几个钱,他们的钱都是偷西大库得来的。我被他们强行拉进去怼了两杆儿台球,我不会玩儿,一杆子把台呢划出一道痕迹,被讹去一百块钱。这件事我本想找高大江帮忙摆平,但高大江的眼睛除了电子元件和英子姐什么都看不见,事业和女人他都想搞,就是不想把兄弟亲情搞好。他不管我,我也不理他,我已经暗自决定跟他断绝兄弟关系,面上叫他哥,心里叫他高大傻子。

朴虎、江岸、韩东、田光亮四个人在岸上一字横排,像香港录像片里的黑帮打手。不同的是他们手里拿的不是砍刀而是台球杆。

挑大个儿地捡,装满。朴虎把编织袋扔到地上。

大家都知道,朴虎来吃霸王鱼了。大队长不在,我们都看二队长。二队长外号大蒙杆儿,胆子小,爱跟胆大的混,业余时间都泡在台球社,跟朴虎他们称兄道弟。二队长不吭声,大家伙就都僵着,好像停转的机器,得有个人按电钮才能动起来。上学时老师讲过一个词叫淫威,我不懂,觉得跟淫搭上边的事肯定脱不了色情,我当着全班同学的面解释为淫荡的人威风凛凛。为了表明我懂了,还特意造句说校长每次站在主席台上观看女学生的健美操表演时都很淫威。现在我突然无师自通，淫威跟色情没关系，而是令弱者屈服的一种表现。

你们都聋了是不？用球杆把耳朵给你们通通啊。田光亮的脸被西大库围墙的铁丝网划出一道长疤，整个人都变凶了，最难得的是他脸上的疤还能扭动，估计是照着镜子没少下功夫。以前田光亮在他们四个中是最面的，打架最后一个冲，吃了亏最先一个跑。脸上有疤之后叫嚣最凶的总是他。可见无论想成为好人还是坏人，扮相都很重要。但他的脸却总是让我想起小时候在地上玩儿的捆刀割地盘游戏。唯独这个游戏我赢不了冤死鬼儿。

大家还是一动不动，仿佛鱼也老实了许多。韩东和江岸忍不住要自己冲到网里去抓鱼，被朴虎拦住了。朴虎说，你俩不用上手，在北窑我说话还有不灵的时候？靠！

凭啥？

不知谁凭空扔出两个字。声音虽不大，但在这个所有人都僵硬的空间里，足以把每个人都震到。

哎呀！谁说的？朴虎循声望去，目光杵到冤死鬼儿脸上。是你说的不？

不是，快说不是，要么就认错，我错了，我心眼儿不健全。我在心里替冤死鬼儿着急，真想替他把熊话说出来，但声音躲在嗓子眼儿里，怕得要死，我只能寄希望于心有灵犀了。

冤死鬼儿偏不照我希望的说。他摆出了一副很认真的倒霉样子。对，就是呀，凭啥？

啪——一声脆响，朴虎手里的台球杆抽到了冤死鬼儿的脸上，球杆折了，细的一头被冤死鬼儿的脑袋弹飞。这还不算完，田光亮、江岸、韩东一起冲上来，八只手薅住冤死鬼儿细黄的头发，八只脚在下面轮换踢冤死鬼儿的肚子和腿。冤死鬼儿根本没有还手的余地，最终他被扔到网兜里，和鱼扑腾到了一起。鱼本来就已经很恼火了，心说你们想吃我的肉，我们还想吃你们的肉呢。上万尾鱼憋着一股劲儿，你一口我一口，冤死鬼儿转眼间就剩下了一副白森森的骨架。

这当然不是我希望发生的，但它已经在我的脑海里发生了一遍。在我的心中冤死鬼儿永远都背着倒霉这两个字，而且他现在还学会了自找倒霉。

你敢再说一遍？朴虎已经把球杆高高举起。

凭啥？

几年前，冤死鬼儿面对大水怪时的样子再次出现在我的眼前。我突然明白，"凭啥"和"多大是大"同样难以回答。人做事都需要理由，没有理由就没有道理。朴虎白吃鱼就没有道理，所以他就说不出个理由。可朴虎是人，不是怪，跟怪可以讲道理，但跟人只能讲面子。所以，冤死鬼儿不成犟死鬼儿才怪。

就在这关键时刻，厂保卫科的一辆挎斗摩托和一辆吉普车从土道上一路蹦过来。因为太老旧，没法风驰电掣，顿失了好些威风。鱼队的路都是土道，平时保卫科的经警们不爱来，除非有了极重要的事儿。

朴虎的球杆仍停在半空。韩东说，大哥，谁报警了？

朴虎说，不可能这么快。

田光亮有点慌了。大哥，我听说厂办里有台高倍望远镜，能看到这儿。

扯他妈淡，朴虎说，看到了又咋样，我们没偷没抢，我们是来买鱼的。说着从衣兜里掏出三张十元的票子塞到二队长手里。对吧？我们买鱼。

二队长连连点头，对对，是买鱼。

这样一来，田光亮不慌了，脸上的疤又开始扭动。都看见没？

我们花钱了。

挎斗摩托和吉普车终于蹦到跟前了。骑挎斗的和坐挎斗的都是厂里的熟人，也都到台球社怼过球。朴虎主动招呼，马老弟，张哥，你们来了。谁知热脸贴了冷屁股，平时不这样，今天冷上还挂了霜。吉普车上下来的是严科长，保卫科一把手，手里真拿了个望远镜，有股巴顿将军的气质。

朴虎。严科长不怒自威。

朴虎赶紧应声，严叔，你也来买鱼呀，我买了孝敬你两条，你就不用买了。

铐上。严科长表情和蔼，不像是真的。又指着田光亮他们说，都一块堆儿。

张哥、马老弟摘了铐子就来捉他们的手。

田光亮喊，我们是来买鱼的，凭啥铐我们？

严科长走过去轻轻地一挥手，却是一声脆响，田光亮的疤脸立即被印上了红手印。

带走。

朴虎四人被塞进了吉普车。挎斗摩托依旧在土道上蹦，吉普车则沉稳了很多，就像吃撑了忙着赶路的比特犬。比特犬跑没了影，我们才恢复了知觉一样行动起来。

晚上，我爸在饭桌上给我哥俩上法制教育课，我妈做助教。我爸说得不全面的她补充，我爸说的重点，她重复强调，说了一大堆无非是用朴虎他们来警示我们。

这几个小子真够胆大的，居然跟西大库打更的串通好用四轮子往外偷铜锭，车是从胡家村雇的，车主害怕了，主动到厂保卫科把他们告发了，三个人以上就算团伙了知道不？团伙作案罪加一等。

我爸妈的担心不是多余的，这两年北窑的变化令人可喜，但是从另一方面看也很令人忧虑。电线厂里到处都是金属材料，那些铜线铝块随便弄出一点来就能换钱。这两年有不少人因盗窃被抓。北窑这一大帮子毕了业没工作的年轻人，成天无所事事，说不定被谁一怂恿就能干出后悔的事来。我妈一听到警车响心就突突，怕警察突然上门把她儿子铐走。

我哥说，你们放心吧，我心思不在那上，要是真想弄我也不可能从胡家村弄车，即便是真从胡家村弄车，也得把口灭了。

我妈一脸惊愣，好像他大儿子真那么干了。我爸开口骂，混王八犊子，你灭一个给我看看。

我哥说，我不是说了吗，我心思不在那上。说完撂下碗筷起身离座。

我爸怒吼，我话还没说完呢，你干啥去？

灭口去。我哥回了一句，人已经出了门。

我知道他们的课主要是给我哥上的，他主意正又叛逆，而我是他们心目中老实听话的乖儿子。可实际情况是我的心里一直在害怕。那把鸳鸯刀的来历是几乎被我遗忘的事情，但今天再度被唤起。听说进了局子的人什么都招，连手淫时想的是谁都不敢隐瞒。我毕竟跟朴虎一起做过贼，说不定那条饥饿的比特犬明天一早就会出现在我家门口，和蔼可亲的严科长说，高小江，铐上。于是我就被塞进比特犬的肚子里。如果这一切真的发生了，我该怎么办？

该怎么办？

我妈让我偷偷监视我哥，我可没那闲心。他出大门往左走，我出大门往右拐，我想自己静一静。

我独自游荡在北窑的夜里，来到路口，心里一片茫然。向西，是西大库的围墙，那里曾经是一片水田地，还有一座小孤岛，现在那里不经允许不得进入，里面藏着可恨的诱惑。朴虎他们成了这诱惑的牺牲品。向东北，我知道那里有一个水泡子叫王家盆儿，芦苇环绕，水草繁盛，是螃蟹、田螺和泥鳅的天堂。但新盖的职工宿舍堵住了去路，我如果想去那里，就得踩着无数条屋脊，冒着摔进人家饭锅里的危险。往东南，公路跨过泥鳅沟，延伸到市区，市区中人多眼杂，每个人都会用陌生而冷漠的目光看你。往南，南窑的厂区，灯火通亮，机车轰鸣，工人在日夜生产，忙碌不停，虽然他们都好像已经失去了说和听的功能，但灯光和噪音仍在不停地把人撕碎再拼接，最后成为你自己都讨厌的样子。我记得我哥因为英子姐第一次挨揍的那天晚上，也是这么黑的夜，我跟在他的身后，眼看着他融化在黑夜中。今天我也想融化在黑夜中，但到处是灯光，处处是障碍，我根本躲不开，逃不掉。

该怎么办？

那夜，我站在胡同口胡思乱想的结果是我不得不接受自己长大成人的现实，这不仅仅是遗了几次精的问题，而是在某些事情上别人不再把你当成孩子来看待，比如比特犬。这之前我可从来没有过走投无路的窘迫感。对于一个小孩儿来说，连狗洞都能钻过去，但现在和以后都不行了。

那天晚上跟我有同样心境的还有一个人，那就是鲁丽。她久久地站在另一个胡同口的路灯光里胡思乱想。路灯的光线把她切割成两半，一半明亮，一半阴暗，她的脸晶光闪闪。基于我对她从小爱骂街的印象，本不想跟她打招呼，但是这样一个只有我们两个人的夜晚，让我产生了同命相怜的凄惶感，我竟然觉得她很亲切。

你干啥呢？

我没干啥。

没干啥干啥呢？

没干啥就是没干啥。

我边问边走过去，近了才发现，她脸上晶光闪闪的是泪水。

你咋哭了？

我没哭。

没哭脸上是啥？

她双手胡乱在脸上抹了两把，抽泣立即就严重起来，双肩带着整个身子一抖一抖的。

谁欺负你了？

她摇头。

幸亏她摇头。我心想，如果她真的告诉我我该怎么办？已经有一个"怎么办"像比特犬一样对我狗视眈眈了，又来了一个"怎么办"。在"怎么办"面前我还能怎么办？替她出头？我谁都打不过，更何况我自己还一裤兜子屎没擦干净呢，哪有闲心擦别人的屁股。

不说算了，保重吧。这是我觉得自己在那天晚上说的最男人的一句话。

她突然就不哭了，直愣愣地瞅着我，眼神里有感动、有错愕、有喜悦、有哀伤，反正我觉得有什么都正常，又都不正常，正常是因为我跟她从不来往，不正常是因为我看到了不一样的鲁丽。

她的牙出奇地好看，以前怎么没发现呢?!

后来当她的妈妈站到南窑废弃的大烟囱顶上准备一跳解千愁的时候，我知道我还真帮不了她。

那天全北窑能走动的人几乎都聚到了废弃的砖窑上，在大烟囱下面密密匝匝地围了一圈，其中还有好多工厂里的职工。我当时想，在顶上往下看，全是一张张向日葵一样的脸，一定很壮观。我一直怀疑这是个阴谋，鲁丽她妈搞出来的阴谋，就像电影正式放映之前的假演，等观众都到齐了正片才开始。

天上的云朵在走，让人产生错觉，大烟囱在往一边倒，好像鲁丽她妈也在等着与大烟囱一起倒掉，但这是不可能的。所以，有一半人认为她只是吓唬人而已，另一半人认为这个爱骂街的泼妇什么事都做得出来。

鲁麻脸儿终于露面了，人精瘦，青头皮上一层白茬儿。

老鲁，你快看看吧。

其实鲁麻脸儿一直在仰头。

喊她下来吧，有啥话不好说呢。

鲁麻脸儿不喊，只是喉结蠕动。

快喊哪。

命是她自己的。鲁麻脸儿抹身走了。

鲁丽妈在上面喊了，姓鲁的，你敢走？

鲁麻脸儿停住，回身仰头，你想咋样？

鲁丽妈的话语被过往的风扯得零零碎碎。这么多年……我就等着今天了。接着是唱，像死了人哭九包，但全是骂人话。骂天骂地，骂狗骂鸡，骂完亲戚骂邻居。下面的向日葵听得很认真。

这得骂到啥时候是头儿啊？

让她骂吧，憋了八年了，骂到谁头上都忍着点。居民委赵主任一脸无奈。

凭啥?! 骂我一个试试。

就凭她在上面，你在下面。

吓唬谁呀! 整得跟真事儿似的。

这节骨眼儿，假的你也得当真的。

赵主任你快听，骂到你了。

赵主任的脸陷在一片云影里，黑了。

这娘们儿咋这么大冤仇?! 一个职工满脸兴奋，好像过年一样。

另一职工催道，骂街有啥看头儿，赶紧回去接班吧，晚了扣奖金。

这哪是骂街，这是大揭秘呀，你不懂欣赏就白瞎了人家的心思。

赵主任问，你们是哪个车间的？

职工乜斜着眼，哪个车间咋地？你一个居民委主任还能当车间主任使呀。

云影已经掠过，赵主任的脸还是黑的。我认识你们车间主任。

一伙儿职工悻悻而走。

老鲁，你干啥一声不吭，你老婆你不管谁管？

哎哟，脖子酸了，还剩谁没被骂过了？那人看表。

都别瞎吵吵了，棉被都拿来没？赵主任喊。

拿来了，咋整？

还用问？围着烟囱撑开，能兜住人。

兜个屁，过完嘴瘾就自己下来了，这都骂一头午了，我就不信她能骂到天黑。

咣叽——日头一沉，还真就往黑天里骂呀?！这口才比总厂厂长还厉害呀。总厂厂长开大会讲了两个半小时话，喝了三瓶子水。她骂了五个多小时，滴水未进。

照这么骂下去还能下来吗，整个北窑的人都得罪遍了。

不骂了？没声了呢。烟囱尖儿上空了。

人呢?！

我靠！往里跳了。

嗵——烟囱像个巨大的扩音器，鲁丽妈的人生最后一响，惊天动地。

冤死鬼儿错过了鲁丽妈自杀，据说那天跟他爸去了市内。我很替他遗憾，这毕竟不是天天都会发生的事儿，就像流星雨一样可遇不可求。但令我感到奇怪的是这么重要的场合鲁丽怎么也没出现。

天冷了，养鱼池结了一层薄冰，我和冤死鬼儿比赛用石子在冰面上打冰漂。石子在冰面上飞速弹落，发出啾啾的声响。我发现冬天里的声音都是尖锐的，比如北风刮树枝，还比如阿白和傻灵子坐在墙头上傻笑，听起来让人不舒服。

今天打完最后一网，我们就放假了。冤死鬼儿说，他好像对渔队还恋恋不舍。临时工就是这样，用得着你的时候就留下，用不着的时候就滚蛋，所以无所谓留下还是滚蛋。不过我心里藏着个连他也不能说的秘密。我爸正花钱托门路给我们把农业户口改成非农户口，如果这事成了，我跟我哥都能当上工人。但这事肯定不容易，听说得把家里的存款都花光，而且还得瞒着别人，争取有限的名额。虽然现在我和冤死鬼儿境遇相同，但未来将会是天壤之别。所以当他表现出对渔队的留恋时，我对他心生怜悯。我说渔队冬天休渔期也会留下两个人打更，要不我让我爸跟队长求个情，让你留下来打更吧。

你不想留下来？冤死鬼儿看着我说。他好像怕我抢了他的饭碗，我在心里觉得好笑。

我才不想在这破地方待着呢。

我想告诉你一个秘密。冤死鬼儿看着我小声说。

谁的秘密？我问。

我的。

你在我这还能有什么秘密？

我爸在给我办户口，户口办成非农的我就能进厂子当工人了。冤死鬼儿说。

啊!? 我在心里尖叫，一脸傻子式的惊诧。怕什么就来什么，这就是生活呀。

办成了吗？

我爸说快了，鲁丽她妈跳大烟囱那天，我爸带我到市公安局就是托关系去了，但我想说的不是这事。

还有比这更重要的事吗？我禁不住脱口。

你猜那天我在市局看到谁了？

我不猜，你有屁就痛快地放吧。我对他的热情瞬间冷却，脸皮上结了层薄冰。我刚才还可怜他呢，转眼我就开始恨他了。

我看到朴虎他们四个了，戴着手铐，脑袋都剃成了秃瓢，听我爸认识的那个警察说朴虎被判了五年，田光亮他们三个判了四年。

判了？好！

这个消息对我来说倒是不坏，他们既然已经定案，我也就不用害怕被咬进去了。我的心情有所好转。

这就是你的秘密？

不是。

还有？！

嗯。

你这货，学会吊胃口了呀。我在他肩膀上来了一记重拳，打得他一个趔趄，如果不是我满脸虚伪的微笑做掩饰，他一定会当真。看出他是真疼了。

我喜欢鲁丽。

你靠！我错愕的同时心里冰上加霜，说话都词不达意了。你真是，我说你啥好呢，这样吧，你能从冰面上跑到对岸，我就相信你了。

我真喜欢她，真的。

喜欢她哪儿？屁股？她屁股还没你的大呢，又窄又平，胸？胸比屁股还平。

我喜欢她笑的样子。

她妈刚死，她笑得出来吗？

冤死鬼儿满脸通红，但目光直视着我，仿佛我是他未来的大舅哥。其实我是他未来的情敌。自那晚我跟鲁丽短暂相处之后，我的生活的确发生了一些变化，天一黑我就想睡觉。以前梦见的女人都很模糊，只有两条白白的长腿，我拼命往两条腿中间爬，还没等我看清那个女人长什么样就遗精了。后来的梦中我清晰地看到了一口漂亮的牙齿，跟鲁丽的一模一样，因此我断定鲁丽就是我梦里的女人。

还是那句话，你从冰上跑过去我就信你，否则就离鲁丽远点儿。我强忍着怒火。

为啥？

什么为啥？

我为啥要向你证明？

我被彻底激怒了。爱情会让一个人失去理智。这句话的正确表述应该是，爱情会让一个人激发能量。这种能量是巨大的，也是可怕的。我对冤死鬼儿大喊一声，你不敢就看我的。

我后退了数十步之后，鼓足力气做冲刺状，我明知道眼前的薄冰根本承载不了我的体重，跑不了两步就会沉入水底，但我就是想证明我比他有勇气，有勇气才有爱的权利。

扑通——冤死鬼儿先我一步跳下去了。

在渔队的最后一网不是捞鱼，而是捞我们。

我俩身上裹着渔队里臭烘烘的被子，围坐在火炉旁。如果不是因为怕冷，我们不会聚在一块儿，是火炉让我俩貌似团结。我怒气未消，他满心委屈。

你自己要跳我不管，凭啥把我一脚踹下去？这句话冤死鬼儿已经问过我不下十遍。我懒得回答他。他的问题太多了，他以为问倒了大水怪，问住了朴虎，就可以随便提问了，幼稚！

你说呀，为啥把我踹下去？他不依不饶。

我想让你尝尝爱一个人的滋味。我敷衍道。

啥滋味？

如履薄冰。我简直被我自己的机智折服了，幸亏当时面前没有镜子，否则我会崇拜镜子里的自己。

我知道你是为我好。冤死鬼儿低下头，眼睛里的炉火晶莹剔透。我跟别人说起这事儿，他们都笑话我，只有你是真为我担心，是真正的好朋友。说着，他伸手过来捉住我的手，用力攥着。两只手离炉火很近，他因为动情感觉不到炙烤，但我没真心投入，他错把我的用力挣扎当成了积极回应，攥得更紧了。这回该轮到我哭了，不是感动，我仿佛嗅到了烤猪蹄的焦煳味儿。

他说，从今以后咱俩就是生死之交，不离不弃。

我语气庄重，对。心说，从今以后咱俩就是你死我活，各安天命。

他说，有你这么好的兄弟，我什么都不怕，就像你说的如履薄冰，我一样会努力争取。

我用力点头，心说，你死不死！

他终于撒手了。我捧着几乎被烤熟的左手，心如刀绞。

我想静一静。迎着并不凛冽的北风，走在中央大马路上，看花，花谢了；看树，叶落了；看天，鸟绝迹；看人，两个傻子坐墙头亲嘴儿。连傻子都比我强，至少他们不会像我一样遇到情敌。从小到大形影不离的伙伴，现在既是我事业的竞争者，又是我爱情的横刀人，我怎么也没想到冤死鬼儿对我的威胁会来得这么快，这么猛烈，让我一点防备都没有。我感觉自己就像个傻子一样，我也应该坐在墙头上没心没肺地嘿嘿傻笑，找个比我更傻的女孩子亲嘴儿。

你们懂啥是爱情吗？我对两个傻子喊。

傻子像看傻子一样看着我。

不懂我教你。

我用了整个下午，连说再比画给两个傻子讲我做的梦，说到尽兴处还用黄土坷垃在水泥墙面上画图解。说到关键部位我自己都脸红，但傻子看不出来我脸红，他们听得相当认真，而且看样子是听得很懂了，有点蠢蠢欲动的意思。

日头西坠，天边染红，我该回家了。除了一脚把冤死鬼儿踹到鱼池里之外，教两个傻子学会爱情是我今天做的最有意义的事情。我心情好转许多。我想我只是明确了对手，又没有输掉比赛，干吗这么沮丧呢？其实这件事对我还是很有利的，冤死鬼儿已经跟我挑明了想法，把我当成了最信任的人，而我却是在暗处。我踏着夕阳的余晖，走在回家的路上，唱着"走在乡间的小路上，暮归的老牛是我同伴，唔噢喔噢唔噢他们唱，还有一支短笛隐约在吹响……"我盘算着未来，想着鲁丽那一口好看的小白牙，心里一阵阵痒痒。

路过台球社，里面亮着灯，却看不到人。朴虎他们被抓之后，这里就由大灵接手了。大灵平时跟朴虎他们走得很近，在我们眼里跟朴虎他们混在一块儿的都是不太正经的女人。我从敞着的门往里偷看，大灵正弯着腰洗头，又长又黑的头发像是从水盆里长出来的。

瞅啥，赶紧过来帮忙。大灵说。

我以为屋子里还有别人，转身就要走。

别走哇，小江，说你呢。

我只好挓着两只手走过去。帮啥忙？

大灵两只手把头发从盆里捎出来。暖壶里有热水，帮我换一盆。

我端起盆先把水泼在街上，然后回来找暖壶。

不让你白帮，姐免费让你怼一杆儿。

我不会。我心想，还想讹我？!

姐教你呀。

水兑好了，放在她跟前。

来帮姐往头发上撩水。

她的头发顺滑得很，还有一股香味儿。她的脖子修长白皙，让人忍不住想舔一舔。顺着脖子往下，垂挂着两坨肉肉，比灌满水的气球还丰满鲜活，真想用手掂一掂。

干吗呢？水都灌我胸口里了。大灵拧出头发里的水，起身拿条毛巾包在头上揉搓。我依然蹲在地上，仰着头看她。

快起来把水倒了呀，她说，你瞅啥呢？

我不能起来，一起来心里的龌龊就暴露了。我得等两腿中间那个没出息的东西平静下来。她说，咋的，腿麻啦？

我浑身发热，脸上发烧，说我突然肚子疼了，得上趟厕所。我捂着肚子，弯腰要逃跑，却被她一把薅住。装什么装啊，起来，陪姐怼一杆儿。

我就势趴在台球案子的边沿上。她取了两根球杆，递给我一根。你先开球。她说着给自己点上了一支烟。我的鼻子一嗅到烟味，下面立即软弱了。这种情况我还是第一次发现。后来我总结，男人在发情时，嗅到讨厌的气味儿立即就会兴趣索然。其实不得不承认，大灵抽烟的样子很好看，颇有港台录像片里女马子的风范，但我哥早已在我的脑子里打下了讨厌烟味儿的烙印，如果此时她的嘴里夹的不是烟卷而是棒棒糖或牙签，我会更难以把持。我直了直腰，仿佛坦荡了许多。

干怼没意思，带点啥的吧。大灵说。

我身上没带钱。我赶紧说。我早知道他们赌球的事，二队长曾经一杆儿输进去五百块。

提钱多俗哇，咱玩儿点刺激的。

啥?! 我装出一副傻了吧唧的表情，这种表情是刚刚跟阿白学的。只要你虚心好学，从傻子身上也能学到有用的东西。

你赢我一杆儿，我就亲你一下。大灵微笑着看我。

我猛地弯下腰，大叫一声，我肚子又疼了，我得回家吃药。转身就跑。

啪——我听见台球社里白球将花球炸开的声响，浑身一激灵。我突然觉得朴虎他们应该被枪毙。

于是，在我的心里装进了两个女人，一个鲁丽，一个大灵。我暗自把她俩进行比较，鲁丽比大灵纯洁，大灵比鲁丽风骚，如果这两种优点能放在同一个人身上我就不会这么难以抉择了。可这世上没有十全十美的事，男人又都是完美主义者，在男人们心中永远都有一个完美的女人形象，而这个完美形象是靠很多个女人拼凑起来的，所以男人会因为女人身上的某一种优点就跟她好。女人只会因为钱才会跟很多男人好。为了追求完美是痴情，为了赚钱是堕落，两者相比当然男人更纯粹一些，也更高尚一些，不是吗？这个想法一冒出来，心里更加佩服我自己，居然为男人的花心找到了一个完美的理由。

家里饭菜都摆在桌上，我爸妈和我哥都坐在炕桌旁，表情怪异，沉默不语。家里似乎发生了什么事情。

咋都不吃饭？我嘟囔了一句。

吃饭吧。我妈跟了一句，端起碗筷。

我爸和我哥还僵持着，谁也没动，很长一段时间这爷儿俩都处在冷战状态。我想，准是这爷儿俩又掐起来了。我夹了一口肉菜，放在嘴里故意嚼出很大声音。我妈白了我一眼说，你吃饭别吧唧嘴。

算了，就这样吧。我爸突然叹了口气，姿态立即变了，就像秋后的芸豆架，尽管还支撑在那里，但秧子已经蔫了。与此同时，我哥的情绪突然好起来，满脸潮红，竟然夹起一片肉放到我爸饭碗里。这可是空前绝后的举动。谁知我爸把那块肉转手就扔到了我碗里，他说从今天起家里不能再做肉菜了，勒紧裤带吧。

我哥的脸色立即难看起来，但并没像以往那样撂下饭碗走人。他突然变得能忍了。

咣当——隔墙传来重重的摔门声，接着是冤死鬼儿他爸的一声怒吼，滚！

那天晚上两家的不平静是为了同一件事。我哥和英子姐像搞武装暴动一样约好了同时在晚饭时跟家里提出结婚要求。结果很明了，两家的家长都反对。我爸反对的主要原因是家里正在为我俩办户口，没有多余的钱再办婚事。我哥竟然提出户口可以不办，反正他也不想进工厂当工人。他居然为了自己娶媳妇而毁掉我的前途，这个自私鬼，我恨死他了。我私下里跟我妈说，我哥和英子姐不般配。我妈问差哪儿？我说你忘了鲁麻脸儿的事了？我妈想说什么，但咽回去了。我补了一句，钱还是留着办户口吧，你也不想让你俩儿子跟你一样一辈子都是个农民吧？这句话一出口，我妈便很专注地看着我，好像对我很陌生。

至于冤死鬼儿他爸为什么反对这门亲事我就不太明白了。

你爸为啥不同意我哥娶你姐？我问冤死鬼儿。

冤死鬼儿说，兔子不吃窝边草。

谁是兔子谁是草？

反正都一样。

你啥态度？我问冤死鬼儿。

这事跟我有啥关系，再说他们也不听我的意见哪。

是呀，他们也没征求我的意见。我惆怅起来，我觉得我们不应该被忽略，因为这事的确涉及到我的利益。他们结不结婚关我屁事，我关心的是户口，户口，户口！

渔队放假之后，我和冤死鬼儿没正事干，又不想成天窝在家里，就在外面闲逛。多数时间是到市区的录像厅看港台武打片或者买张循环场的电影票，在电影院里泡上一天。这种不咸不淡的日子就像一部挖掘机，咣当咣当地不停在把心挖空，我们都觉得未来有盼头，但又不知道盼头是什么。当工人似乎是盼头，但提起来照样没兴趣。鲁丽似乎是盼头，但我一瞅冤死鬼儿那骚样子就心情不爽。这家伙每天嘴上都挂着鲁丽。你猜鲁丽干啥呢？这发卡鲁丽会喜欢不？你看电影里那个女的跟鲁丽长得像不？

你真够贱的！我钺他。

冤死鬼儿脸立即就红了，看得出是那种幸福的红晕。

我从心里鄙视他，他根本就没有勇气跟鲁丽去表白，跟意淫没什么区别。说实话，我们在鲁丽面前都有些自卑。鲁丽是全北窑的孩子中学习最好的，考上了重点高中，将来还要考大学。我们呢，想当个工人还得剜门子盗洞，不是一路人哪。相比之下还是大灵更现实一点。但我再去台球社的时候，大灵却对我不咸不淡，好像之前的事从未发生过。看着她跟别人打情骂俏，我心里酸疼，总想走过去质问她怎么说变心就变心了。但我也像冤死鬼儿一样没勇气，只能偷偷地恨自己上次没珍惜机会。也许女人就是这样吧，当她主动给你机会，你没把握住，她就会恨你，恨的方式就是让你吃醋吃到心疼。如果真是这样的话，说明大灵还是喜欢我的。

二队长跟大灵整天黏黏糊糊。二队长的媳妇蒋春花在西大库当检斤员，左脸被整个一大块青胎记覆盖，否则长相还算说得过去。大家都叫她阴阳脸儿。她喜欢算命，看手相，用扑克摆十二月，据说也有准的时候。有段时间跟大灵关系很亲密，走路都要挎着胳膊。她看过大灵的手相说，你的感情线太乱，一辈子犯桃花，被你睡过的男人哪，不下一个连。大灵哈哈大笑。我掐指一算，军队建制是三三制，一个班十个兵，三个班一个排，三个排一个连，一个连就是一百号人，要是加强连呢，这么多名额我还不摊上一个？我很痛苦地想。我不在一棵树上吊死是对的，这年头谁忠贞谁傻。话说回来，阴阳脸儿算命没准儿，不然她怎么就没算出来自己的大限呢。

这年冬天一场雪都没下，年景不好就不适合谈婚论嫁。但在临近春节前的一天我哥还是正儿八经地去拜访了未来的老丈人。当时英子姐没在家，后来知道是故意躲出去了。我哥见到未来的老丈人，先是深深鞠了一躬，然后说，叔，我想跟你说说我和英子的事。

冤死鬼儿他爸的手开始抖，冷着眼，脸像块冻猪肉。

我们要结婚，您同意不同意我们都得结。

冤死鬼儿他爸从喉咙里咕噜出一口痰来，啐在痰盂里。高大江，我从小看你长大的，从嗓子眼儿看到屁眼儿，今天我倒要问问你，你有啥能耐娶我女儿？

我哥说，我让你女儿怀孕了，这算能耐不？

这次对冤死鬼儿他爸的打击不亚于鲁麻脸儿那次。那次他还有说理的地方，这次干脆就是哑巴吃黄连，而且这个黄连还要吃一辈子。一连三天，我晚上躺在炕上时总是能听到隔壁愤懑而又无助的咒骂声，能想象得出那是冤死鬼儿他爸在一口一口吞苦水。我哥倒是睡得无比踏实。

几天后，冤死鬼儿他妈隔着我们两家的院墙轻声喊，老高，你两口子过来一趟啊，商量一下孩子的事儿。

按老规矩正月不能结婚，又怕耽搁久了英子姐显怀，婚期定在正月过后的第一个周日。

在北窑无论谁家办事情，大家都一起帮着忙活。锅碗瓢盆桌椅板凳临时拼凑，地方不够还可以把席摆到左邻右舍的家里。头一天，我家的院子里就开始搭棚垒灶。请的厨师叫刘大拿是工厂食堂里的大师傅，我们特别爱吃他蒸的刀条馒头，小时候在红砖厂的食堂里没少吃。这人爱出汗，一身油腻，不管吃什么都蘸酱油。他带着帮手到市区农贸市场跑了一上午，食材佐料就都办齐了。那边择菜剁肉，这边起火热锅，叮叮当当，呜里哇啦。我和冤死鬼儿被这局面感染了，兴奋得像两只耗子，东串串，西转转。晚上，大家都休息去了，我俩被安排在临时厨房里看守食材，免得被狗和耗子偷吃。穿着军大衣围坐在灶火旁，这种情境是最容易让人掏心窝子的。酒菜顺手就来，我俩顶着满天的星月，映着红红的灶火边喝边聊。

你以后打算怎么办？我说。

我问他的这句话，其实也是在问自己。像散仙一样游荡好几个月了，冬天过去，春天来了，天越暖和心就越不踏实，浑身上下像有草芽往外拱。

还能咋办，等呗。

等户口办下来，等工厂招工，等等等。可是我们的年纪不等人，就像是被捆住双手拖在马后面的俘虏。我心里郁闷，一口干了半碗白酒。

我想骂人。我说。

骂谁？冤死鬼儿问。

想骂谁就骂谁，谁欠骂就骂谁。

冤死鬼儿无言地笑了。

为了不吵醒别人，我俩跑到西面，爬到公厕房顶，对着黑咕隆咚的西大库开骂。

你他妈的……

你他妈的……

你就是个大傻子……

你就是个大傻子……

我骂一句，他跟着学一句。

你牛，我就是不尿你……

你牛，我就是不尿你……

…………

我们脚下是屎山尿海，臭味儿升腾，钻入我们的鼻口，污秽我们的心脾，脏话脱口而出，畅快淋漓。整个世界只有我们两个人的声音，人们都像是睡死了，但整个北窑的狗都响应起来，骂成一片。我想到了鲁丽和她妈，这两个爱骂街的女人。我似乎理解了她们为啥那么爱骂街。每个人的身体里都积存了很多脏东西、坏东西，就像垃圾、粪便，只有清理干净了才会觉得神清气爽。可以想象鲁丽妈站在大烟囱上骂街时是何等的痛快，她把身上所有的脏东西都还给了这个世界，最后轻松愉快干干净净地离开这个世界。如果她还继续活下去的话，体内就又会被生活积存新的垃圾、粪便，那才是最大的悲哀呢。如此看来，骂街是一项有益身心健康运动，类似于给自己搓澡。我俩骂到浑身疲软，口干舌燥，嘴巴麻木，嗓音嘶哑。回身，东方见白，才发现都一脸湿漉漉的泪水。

我俩都哭了。

为啥？不知道。

天上竟然出奇冒泡地飘起了小雪花，算是给他们这惨淡的婚礼增添了一点儿色彩吧。我当然不愿意用惨淡这个词来形容他们的婚事，这不是我小心眼儿，而是当时的情形的确不怎么喜庆。双方父母的心情都很复杂。冤死鬼儿他爸自不必说，整个过程始终挂着张冻肉脸。我爸妈的心情也好不起来，家里的积蓄已经付给办户口的人了，为了这场迫不及待的婚礼，他们借了一万块钱的外债。其中四千作为彩礼给了英子姐家，其余的用来收拾新房，购买家具，置办酒席。我本以为我哥和英子姐会很高兴，可不知为什么，他俩穿着结婚礼服面对众人的时候，满脸是英勇就义般的悲壮，好像在告诉在场的所有人，这份幸福生活来之不易，是他们抛头颅洒热血换来的。自由万岁！我在心里替他们呐喊。

嘭嘭——

不是行刑的枪响，而是二踢脚炮仗在空气中的炸裂声。

一大早，迎亲的队伍从我家出来，没有直接拐进英子姐家，而是舍近求远向东走。这是老理儿，结婚出门向东，送殡出门往西。

绕了一大圈后来到英子姐家门口。院门紧闭，英子姐的几个中学同学在里面把住门不让我哥进去，逼着他说出事先没商量好的暗号。围观的亲朋好友也跟着瞎起哄。十几遍之后，我哥终于不耐烦了，一脚将门踹开，女同学们倒了一地。想不到他的武林功夫居然在自己的婚礼上露了一手。后来吃喜酒的时候没人再敢作弄这对新人，我哥的不解风情使自己的婚礼又失色不少。

一对新人穿胡同经主街往南，录像师傅走在队伍的最前面，把摄像机对着人群。大灵站在台球社门口，呆望着这对新人，眼里流露出嫉恨的目光。我和她四目有一刻的相对，被她的目光刺了一下，心里隐隐作痛，我突然觉得她很可怜。在迎亲的队伍中，我还看到了阿白和傻灵子，他们牵着手，很恩爱的样子。我的努力没有白费，从他们彼此相对的眼神中，我看到有种类似正常人的情感表达，这说明他们懂了什么是爱情。

我们按照事先规定好的路线，从北窑出来往中央大马路，兜一大圈再回到北窑我们家的那条胡同，这才回到了我家门口。我妈把喜盆交到英子姐的手上，婆媳相认，儿媳进门，典礼开始。挂钟、叠被、挂门帘、改口……英子姐穿着白色的婚纱，身子在微微抖动，脸色也有些清冷。我着重观察了一下她的肚子，并没有想象中的隆起，于是我断定这是我哥的骗婚阴谋，他这招的确很管用，尤其对女孩子的父母。阿白和傻灵子一直跟在新郎新娘后面，好像他们也是这场婚礼的主角。我心想，傻子也有非分之想了。后来我在翻看那些结婚现场照片时，发现几乎每张照片中都有阿白和傻灵子，这让我哥和英子姐很郁闷。

我没想到，我哥和英子姐结婚对大灵的刺激那么大。

在北窑，大灵是一个另类。浑河大坝的护堤林里一下雨就会生出好多野蘑菇，大约有七八种，我只能叫出两种蘑菇的名字——狗尿苔和大鸡腿。狗尿苔是不能吃的，大鸡腿很好吃。还有一种很少见的蘑菇，独支生长，一扎多高，撑起来的伞像小碗那么大，红顶白茎，鲜艳极了，我觉得它就是传说中的仙草，每次发现它的时候都忍不住想去摘，可我妈却警告我千万不要碰，它有毒，吃了会死人。以我妈给我的经验，长得越好看的蘑菇就越危险。但是我还是对它有非常大的冲动，因为它太漂亮了。大灵就像是那支好看的毒蘑菇。

大灵变坏是从那次两家打架开始的。本来冤死鬼儿妈跑到大灵家去打人是没道理的，可是大家都觉得英子比大灵更应该得到同情。因此大家对待她俩的态度就有了差别。她俩就像是两株植物，一株长在花盆中，享受着阳光雨露，另一株生在野地里，无人问津任其自生自灭。并且大灵和英子从小学到初中一直都是同班，如同影子一样，谁也躲不开谁。大家习惯于把她俩放一块说事儿。

初一那年发生了一件事，让原本自卑孤僻的大灵突然间爆发了。那是在一节体育课上，体育老师让同学们跳鞍马。英子跟老师说自己跳不了，身子不舒服。老师明白她是来月经了，便让她到一旁坐着休息。巧的是那天大灵也来月经了，起初没敢跟老师说，一直忍着。见老师给了英子假，她也鼓着勇气找老师请假。谁知老师不但没给假，还当着全班同学的面说她是为了偷懒而撒谎，使所有同学都嘲笑她。她的愤怒一下子就爆发了，当着所有同学的面把手伸进裤子里掏出带血的卫生巾摔在地上，然后哭着跑了。下课之后，体育老师把大灵叫到体育组办公室给她道歉。大灵低着头一句话都没说。

那天下午放学，大灵去找了朴虎。以朴虎为首的四兄弟在学校是出了名的混子，连校长都头疼。大灵找朴虎之后的一天晚上，体育老师的自行车胎被人放了气，他推车子回家走到半路又被人从后面套了麻袋一顿揍，在医院里躺了一个多月。老师遭暗算不久，英子姐就转学去外地了。所有人都认定是朴虎他们干的，大灵是幕后指使，可没有证据，拿他们也没办法。从此以后，大灵就跟朴虎他们混到了一起。打架、逃学、抽烟、喝酒、跳舞什么坏事都干。他们还经常在放学的半路上劫道，抢学生们的零花钱，用抢来的钱去录像厅、台球社、游戏厅挥霍。大灵长得漂亮，经常招引一些校外的地痞流氓来学校闹事。为此朴虎他们没少跟校外的地痞流氓干仗。有一次，一伙校外小流氓为了大灵争风吃醋居然起了内讧，其中一个用小牛角刀刺破了另一个人的肚皮。被刺的那个人躺在地上人事不省，全身蜡白，一小朵肠子从刀口里挤出来，竟一点血都没有。那是我第一次看到人的肠子，灰白色里透着青紫，像一朵极其诡异又难看的花骨朵。刺人的那个人吓坏了，想把被刺的人背起来送医院，但被刺的人软得像一团烫面，怎么也背不起来。因为没见到血，很多围观的同学都认为不会死人，可后来听说那个人真的死了。据说那一刀正刺破了腹动脉，肠子刚好塞住了刀口，血全流在了肚子里。至于刺人的凶手怎么样就不知道了，我想一定是被枪毙了。

发生了这种事，大灵就不能再上学了。辍学后，朴虎他们不知从哪儿搞来一笔钱，在北窑中央路上，砌起一间小房，弄来两个半新不旧的台球案子。这个简陋的台球社是北窑第一个娱乐场所。朴虎他们被抓走之后，大灵就成了台球社的主人。

我渐渐发现大灵对我哥有意思。我去台球社的那几次，她每次都跟我打听我哥。结合我哥和英子姐结婚那天的表现，我怀疑她一定是在暗恋着我哥，也许他俩早就有勾搭，只是我们都不知道而已。一想到这些，我心里便很气愤。好你个高大傻子，吃着碗里的还要霸着锅里的！我最看不惯这种人，我要大义灭亲，揭发他的丑恶嘴脸。要知道大灵可是我喜欢的女人。

我私下里对冤死鬼儿说，你姐夫是个臭流氓。

冤死鬼儿半天才转过弯儿来。我姐夫不就是你哥吗？

我不认他这个哥，他是个臭流氓。

他咋流氓了？

他背着你姐搞破鞋。

冤死鬼儿像个痴呆儿一样瞅着我，突然笑了，你净瞎扯，不可能。

我几乎要发怒了，你姐傻，你也傻呀？

他还是笑，问我，和谁？

我说大灵。

他表情开始凝重起来，小眉头像两条小毛毛虫一样往一堆拱。他当然也知道大灵是个什么样的人。你看见了？他问我。

这句话把我问住了。我说我一猜一个准，不用看见。

他脸上的两条小毛毛虫爬开了，微笑着说，你这一天天的，咋就不琢磨点好事呢？

我知道他不会轻易相信，他太单纯。想让他相信就必须得拿到证据。于是，从那天开始我便把自己当成了一名特工，我的任务就是抓住高大江和大灵的奸情。为了更像一个特工，我不管穿什么衣服都要把领子立起来，微低着头，走路尽量不出响，话也尽量少说。让别人感觉不到你的存在，你才是一名合格的特工。我忘了这句话是从哪部电影里听来的，我觉得非常正确。全家吃晚饭的时候我爸突然问我，小江，你这两天是不是犯什么错误了？

我装作没听见，心里说，还是问问你大儿子吧。我偷偷撩了一眼英子姐。这个可怜的女人哪！还冲我笑呢。

如我所料，刚结婚还没满一个月，我哥就忍不住去找大灵了。

那天早上，高大江撂下饭碗便拎着工具箱出了门。他倒是找了个非常好的理由——大灵请他去修理电视机。那为什么这么早就去呢？谁都知道一大早不会有人去打台球。我在胡同拐角里，远远便看见大灵等在台球社门口了。她穿了件薄衣服，颜色艳丽，身材毕现。虽然已经立过春了，可冬天的尾巴还没过去，我们都还穿着棉袄棉裤。她这不就叫春心荡漾吗？大灵把高大江迎进台球社后，像是怕被别人看见似的，立即关上了门。我迅速跑到她的窗根下，蹲着监听他们的举动。

大江，你在哪里学的手艺呀？她问。

开原。他答。

开原远不远，那里好不好玩儿啊？她问。

坐火车两个多小时，没啥好玩儿的。他答。

我还从来没到过那么远的地方呢？她的语调很轻，像是在自言自语。

他没接茬。

哎，不如你带我去一趟得了呗。她接着说。

接下来是一大段沉默，只能听见身体动作的细微声音。该不会是两个人啃上了吧？！我一着急站了起来，从窗户里看见他俩背对着我，高大江坐在一部被掏开了内脏的电视机前，大灵紧挨着他站着，身子似有似无地依偎着他。他们虽然没亲嘴儿，但这种表现也是不正常的。

坏了一个二极管，我这儿有个新的给你换上就行了。高大江突然说话，我吓得赶紧蹲下去。

高大江又说，用不了这么多，五块钱就够。

给你就拿着，给多少我愿意。大灵的语调温柔得像一根柔软缠人的绳子。我心里又痒又疼，真想站起来大声质问他，你难道忘了自己有媳妇了吗？

问你一个事儿呗？她说。

啥事儿？他反问。

结婚好玩儿不？她问。

接下来是一阵响动。他说，这次就不收钱了，下次再说，我走了。

我顾不得腿麻，赶紧哈着腰朝最近的一个胡同口里跑。我刚跑进胡同，台球社的门便开了，我哥从里面走出来。那一刻我见他的脸是红的，比熟透的大苹果还红。这个不要脸的家伙，也春心荡漾了呀！

我哥是个很谨慎的人，他肯定明白在北窑这么个屁大点的地方，想干点背着人的事很难。所以他修完电视后就没再主动往大灵身边凑合。我想拿住他们的证据还这真是得费一番周折。

每天晚上台球社里都聚集了一些年轻人，有北窑的闲人，也有值夜班偷着跑出来的工人。他们都是这里的常客，两台案子都被围得满满的，还有很多人坐在旁边闲侃。如果有人打赌，他们也跟着下注或起哄。

根本没人注意我的出现。我是一个不显山不露水的人，倒不是我故意这样，而是从小养成的习惯。在别人的眼里我既无个性又无特点，从不出风头，遇事喜欢溜边儿。除了冤死鬼儿之外，我不跟任何人有过多的交往。其实我也想出风头，也愿意被人重视，可是我的学习成绩太差。在学校里，只有两种人被人重视，一种是学习好的，一种是能打架的。这两种我都不是。于是我很自卑，不敢出风头，怕被人笑话。谁愿意做一个被人瞧不起的人呢？在小学时我也曾试图改变这种境况，有一次我为了提高学习成绩主动跟全班学习最好的同学交朋友，学习第二好的同学却当着我的面对他说，你怎么能跟他好呢，他学习那么差，会把你带坏的。于是那个同学就躲开我了，好像我是害人的鬼怪一样。还有一次，我突然开窍了，对老师那天讲的课特别懂，课后老师让同学们做一道练习题，谁做完谁就可以下课回家。我清楚地记得那道练习题是算一间房子里墙壁的面积，这道题的关键是要把门窗的面积剔除。那天我思路特别清楚，做得也非常快，第一个做完背上书包把作业交给老师，老师接过我的算数本看了看，突然就问我，你这是照谁抄的？我发现老师根本就不相信我会变好。这两件事对我的打击很大，我觉得我再怎么努力也改变不了别人对我的看法。为了不自取其辱我只好远离人群。虽然那都是很久远的事了，但我已经养成了习惯，无法改变。

台球社里烟雾弥漫，几乎每个人都夹着烟卷。大灵手握台球杆，身子哈在台面上，正瞄准那个白球。围观的男人们根本不看球，都把目光粘在她的身上。这也难怪，那个姿势显得她乳房很大，腰身很细，屁股很翘，总之很诱人。我躲在角落里，从人群的缝隙中默默地看着她。清脆的炸球声响过，她站起身，把球杆交给旁边的人，退出球台。

大灵，再打两杆呗，没看够。

愿意看回家看你妈去。大灵骂。

大灵从我身旁走过，肩膀几乎擦到我的胸膛，却并未注意到我。她走到门口，跟门外面的人说话，我看不见门外的人，只能隐约听到他的声音。

你咋不进来玩会儿？

不了，找我有啥事？

求你帮忙，我想买一套卡拉OK，我不会挑，你帮我挑。

行。

明天早上八点，咱俩去百货大楼。

行——我在百货大楼正门等你吧。

也行。

没别的事我就走了。

好。

我听得出来，门外说话的人是高大江。终于被我抓住狐狸尾巴了，等着瞧吧。我心里一阵兴奋。

百货大楼门前有一伙卖即刮即兑彩票的，奖品是小轿车、摩托车和自行车，人头攒动，彩票纷飞，不时有人上台去领取自行车。中奖的人会在组织者手中买一串大地红鞭炮，当场燃放。我早早就到了，蹲在地上捡别人刮过的彩票。好多人都这么干，据说真有人捡到过大便宜。我看见大灵也买了几张，刮完随手就扔掉了。已经过去了一个多小时，高大江还没出现。我心里嘀咕，不会不来了吧？我偷偷瞄大灵，她站在百货大楼门口，神情凝重，好像有点生气了。她的全部心思都在乱糟糟的马路上寻找高大江的身影，根本没心思去理会周围有没有熟人。高大江终于骑着自行车出现了。大灵从台阶上蹦下来，走过去一把揽过高大江的胳膊。高大江赶紧下了车，把车锁在路边的小树上。她的举动让他很不自在，眼神慌乱地环顾四周。他似乎想躲开大灵，但胳膊被大灵紧紧地抱住，挣脱不开便也就顺水推舟了。

大灵把高大江带进了一家小饭店，点了四个小菜一盘饺子，还有两瓶啤酒。可高大江却一直抱着胳膊坐在她对面，不吃不喝不言语。大灵自己把两瓶啤酒都喝了，有点醉醺醺的。吃完了饭，大灵又把高大江拖进了电影院。

自从录像厅出现之后，进电影院的人越来越少。电影院的承包者就把电影院的座席都改造成了半包厢，来看电影的大都是成双成对的青年男女，他们主要的目的不是来看电影，而是找个黑暗的角落亲热。我站在电影院门口，没钱买票，只能望着那扇紧闭的门，想象着他们在里面该有的举动，心里的滋味自己也说不清楚，那一刻没有因为抓住了他们的把柄的欣喜，反而有种酸酸的失落感，我突然很想哭。

我回到北窑，一头倒在炕上把头裹进被子里，此刻我谁都不想搭理。我就这样半梦半醒地睡了一觉，梦中我冲进了电影院，里面漆黑一片，我拼命地在半包厢里寻找他们两个。在我的梦中大灵是美女莫尔基拉，高大江是可恶的卡西莫老爷，而我是善良的阿里巴巴。我要从卡西莫的魔掌中拯救美丽的莫尔基拉，可是我找遍了整个电影院的角角落落也没有发现他们俩，我都快急死了，一抬头却发现巨大的电影幕布上放映着他们俩亲热的场面。他们成了电影里的人，电影院里的人都在看他们亲热，我还在人群中看到了英子姐，她全然一副看热闹的样子。我不顾一切地朝台上冲，我要把幕布扯下来，我冲啊……却无论如何也接近不了那块幕布。关键时刻还是冤死鬼儿把我拉了一把，我一翻身，坐了起来。冤死鬼儿对我说，走哇走哇，台球社买了卡拉OK，去看看热闹。

台球社里有了卡拉OK后，晚上就更热闹了。屋子太小，容不下太多的人，大灵就把音响摆到外面。明码实价，一块钱唱一首歌。高大江成了她的音响师，每天晚上有五块钱的酬劳。这可比他打游击、修家电赚得多多了。尽管这样，英子姐也不同意他去。我想英子姐肯定看出点苗头了，但她管不了他，她了解我哥的脾气，他想做的事没人能拦住。于是她也成了台球社的常客。我嗅到了一股不寻常的气味儿，就像老电影里炸药包上的导火索，刺刺冒出的白烟。我倒是很希望他们之间能轰的一声发生点什么，但又隐隐有些担心，不是担心高大江，也不是担心英子姐，而是担心大灵。这也是我一直犹豫该不该把他们的奸情传扬出去的原因。

春天来了，我和冤死鬼儿都没再回到渔队上班，我爸说户口的事办得差不多了，每年工厂都会新招一批工人，尤其今年工厂还要新上马两个光缆车间，如果顺利的话年底之前我就能进入总厂的技校接受短期培训，明年的这个时候就会穿上工厂的蓝布工作服了。一旦成了正式工人，就结束了没着没落的闲散日子，每天都得按时上下班，一直到退休，所以在拉架子等着上班的这段时间就好好放松一下吧。那的确是轻松愉快的一段日子，因为你知道肯定会有一个好结果等着你，所以你一点都不用着急，吃饭也香，睡觉也踏实，我连做梦都穿着崭新的工作服走在花团锦簇的厂区里。我常和冤死鬼儿设想我们的未来会是什么样子。他说还能是什么样，就是每天上班下班，按月开工资呗。他这人总是这么没劲。

我说你想得咋那么简单呢？

他说，这有啥可复杂的呢？

我说你还记得去年咱俩在渔队当临时工不？谁拿咱当回事了，人都是势利眼，宁可让人嫉妒恨，也不能让人瞧不起。

冤死鬼儿眯缝着眼看我。照你那么说工人上头还有车间主任呢，车间主任上头还有厂长呢，还不是比人家低一等，你还能当上厂长啊。

我白了他一眼。我跟你白说，你听不懂。

那是个温暖无风的下午，我俩坐在一面被阿白画得花花绿绿的山墙根儿下，像两个晒日阳儿的老年人。在我的脚前有一群蚂蚁，我的唾液像炸弹一样落在蚁群中，这群弱小的蚂蚁被我轰炸得一团慌乱。这样的日子倒是真舒服，可我的心总是落不了地，这种患得患失的感觉就好像一只小蚂蚁在我的心里爬来爬去。我真担心在这漫长的等待中会发生什么不好的变故。

整个下午我们就那么无聊地坐着，现在我们所有的无聊都是在等那个让我们踏实的结果。日辉染红天际，胡同里飘出饭菜的味道。我站起身，拍拍裤子上的土，准备回家吃饭了。

嗷呜——

什么声？我问冤死鬼儿。

好像是谁家杀猪吧。冤死鬼儿说。

不像，像杀驴，也不像，像鬼叫。那鬼嚎一声接一声。我顿时来了精神。看看去。我说完循着声音传来的方向跑过去。

鬼嚎声是从阿白家传出来的。他家大门紧闭，门外围了好些人。阿白妈瘫坐在大门前一边哭一边喊，别打了，好坏也就这么一个孩子，打死就什么都没了呀……看样子她是被老杨锁在门外的。有人也跟着喊，老杨，有话好好说，你可别把孩子打坏了呀。

老杨不应声，只听见嘭嘭嘭的击打声和阿白的鬼嚎。

阿白妈扶着门站起来，把头往大门上撞，要用头把门撞开，大家使劲把她拉到一边，扯着阿白妈的人喊，老杨，你再不开门我们就把门撞开了啊。

里面嘭嘭嘭的声音突然停止了，阿白的号叫也弱了下去。外面的人都安静地听里面的动静。

该不是真把孩子打死了吧?! 有人小声嘀咕。

阿白妈又大哭着往门上撞。这时，大门开了，老杨竖条条站在门口，手里拎着一根弯了的铁管子。天色暗黑，看不清他的表情，但却能感觉到他浑身的杀气。大家伙儿冲进院子里去看蜷缩在地上的阿白，轻轻一碰他的身子，他便使劲鬼嚎，大家这才松了一口气，阿白没死。

第二天一早，天刚亮，北窑又响起了喊叫声，这回不是阿白的，是老杨两口子，一问才知道，阿白半夜逃跑了。

阿白虽然是傻子，但并没有离家出走的经历，北窑之外的世界对于他来说是完全陌生的，这样跑丢在外面不饿死才怪。大家分成几伙，一伙去大坝上，一伙去胡家村，一伙往区里去。跑了整整一天也没见到阿白的影子。孩子找不着，阿白妈坐在北窑的大路口任人怎么劝她也不回家。吃饭时我妈嘟囔了几句，一个孩子能做出啥过格的事，再说他一个傻子，就算犯了错也不应该责怪呀，还能往死了打呀。我爸说你都不知道啥情况就瞎说。我妈问到底咋回事呀? 我爸扫了我一眼，没往下说，好像有我在他不好开口。我妈倒没看出他的意思，以为他被饭噎了，就又问，你倒是说呀，咋回事？我爸说我听说老童发现阿白和傻灵子的关系有点不正常，就找老杨，让老杨管管自己的傻儿子，让阿白离傻灵子远一点，别搞出什么不好的事出来。老杨没太当回事儿，可老童不干，两人戗起来，老童气不过，非要治治老杨，这不昨天白天阿白和傻灵子西大库围墙下面被他堵个正着，他就直接把阿白扯到了厂保卫科，告阿白强奸。

啊！我妈嘴里的饭差一点都掉回到饭碗里。阿白真给傻灵子那个了？！

我爸说，我听保卫科的人说，其实也没啥事，就是两个人抱在一起亲嘴儿。

我妈说，至于吗，非得闹成这样，这个老童是咋想的呀，保卫科咋说呀？

谁不清楚是咋回事呀，保卫科的人就和稀泥呗。可老童死活不干，非得要个说法。

扯！还能整出第二个鲁麻脸儿呀！？

我插嘴，他俩好就让他俩结婚呗。

我妈白了我一眼。你懂啥，吃你的饭。转脸问我爸，我看老杨也真是急了，阿白差点被他打死。

我爸忙着往嘴里扒饭，嚼两口说，这还不跟死了一样，一个傻子，跑出去咋活？

我撂下饭碗出了家门。我想起了去年我给阿白和傻灵子传授爱情经验的事，心情突然很坏，我当时只是拿他们取乐，谁承想会出这么大的事呢。我望着满天的星斗默默祈求，老天爷呀，我可不是存心造孽，不知者不怪呀，千万别有什么报应影响到我上班这件事上。

这件事就像突然飘来一小块乌云，在我心头投下一块阴影，但并不长久，毕竟那个时候我心里是一片明晃晃的希望的田野，那一小块儿乌云投下的影子只能像个飞鸟的影子一闪而过，更何况根本不会有人知道是我教会他们干那事的。

　　三个月后阿白被派出所的警察送回来了。他是从三百公里外的另一个城市被发现的。他说不清自己的家庭住址，被送到当地派出所，他又从派出所逃脱，成了流浪儿，靠翻垃圾桶为生。送回来之前派出所给洗了澡，还换了身衣服，令老杨夫妻更欣慰的阿白还比以前胖了。

　　阿白回来后依然去找傻灵子玩儿，之前的事他好像一点都不记得了。可能是阿白的出走让傻灵子受了刺激，变得比以前更傻了，不管看见谁都喊，阿白你回来啦？等阿白真回来，站到她面前时，她倒不认识了。

第五章

　　整个夏天燥热无风，时不时地就会不知从哪儿飘来一股子臭味。冤死鬼儿说他有一种不祥的预感。其实这不用他说，不祥的预感我早就有了。原来还以为那只是晴朗天空的一小团黑云，突然之间就膨胀成漫天阴霾。在这个夏天里，北窑的确在发生着很多不幸的事，最让我难过的是我的工人梦成了一个五光十色的大泡沫，当我觉得触手可及的时候，顷刻间就灭掉了。这年工厂的效益大幅下降，别说招工，连现有的工人都养活不起，于是开始减员。我们掏空家底变更的户口成了一张废纸。后来我懂了，为什么我妈把白花的钱比喻成打水漂儿，水漂儿打得再漂亮，蹦得再高，也得沉入水底，瞬间无影无踪。我爸妈和冤死鬼儿的爸妈以及像他们一样的北窑孩子的爸妈们，苦哈哈口挪肚攒的血汗钱就这样打水漂儿了，而且没处说理去。

　　工人当不了，养鱼队也包给了外地人，不再用我们这些职工家属。我们连临时工也做不成了。我和冤死鬼儿都无法理解，这么大这么牛的工厂，怎么会说变就变呢？憧憬呢？蓝图呢？铁饭碗呢？那身并不美观但很踏实的工作服呢？一下子就变成了骗人的鬼话。

我突然觉得全世界没一样东西是可信的。

当然，让我理解不了的事情还不止这些，比如我哥和英子姐，哭着喊着非得结婚，可到一块了又吵着闹着要分开。他俩住在我家的门房，一吵架就摔东西，搞出巨大的响动。我妈要去劝解，我爸拦着不让去，他冷笑说，都是他们自找的，活该！冤死鬼儿的爸妈也不露面，估计跟我爸的心态一样。我妈给我递眼神，示意我去劝架。她不知道我心里正幸灾乐祸，我觉得我哥就活该遭这份罪，他不该招惹大灵，因为那是我喜欢的女人。

能过就过，不能过就离，成天搞得像唱大戏一样，给谁看哪。我对我妈说这话的时候，我爸无声地看着我，我猜他心里一定在说，还是我二儿子懂事，深明大义。

我妈却用眼睛瞪我。你这孩子怎么这样说话，都是不省心的货！

省心?！全世界都让我闹心。他们不知道我心里怨气比谁都重。

我妈的愤怒里夹带着哀怨。这些日子她一直心神不宁，除了因为我们上班的事，还有她自己的事，另外还凭空多出了蒋春花的事。她原先在工厂的园林处上班，整天侍弄花草，她们曾被厂刊誉为工厂的美容师和美丽使者。工厂效益不好后，第一个被裁掉的就是园林处。厂长说吃都吃不上溜儿了，还顾什么脸蛋儿屁股蛋儿的。我妈和二十几个"美丽使者"被安排到了西大库当装卸工，工资减半。装卸工很累，但我妈去的时候已经没什么活干了，"使者"们成天围着头巾坐在大库里扯东家长唠西家短。

蒋春花是西大库的正式职工，因为左脸上被一块巨大的胎记盖着，大家背地里都叫她"阴阳脸儿"。她是个自命清高的人，从不参与扯老婆舌，她还特别爱洗手，那双手总是细皮嫩肉的。这么清高的她倒跟大灵来往密切，大家都觉得有点不可思议。我妈到西大库不久蒋春花就得了病。

据说那天蒋春花陪着同事去医院看病，同事的姨夫是苏家屯区医院的副院长，她也借光做了个免费体检，结果竟查出肺癌晚期，好端端的一个人，就这样被判了死刑。我妈为蒋春花的命运长吁短叹的同时还不停地吓唬自己。她怀疑弥漫在北窑的那股子臭味是从西大库里发出来的，西大库里一定存放了很多有毒的化学原料，是这东西害了蒋春花，当然受害的不会只有她一个人。我妈让我们大夏天里捂着厚厚的口罩，睡觉时都不许摘。但我一出家门就把口罩摘了，我宁可被熏死也不愿被捂死。当工人的希望破灭了，我生无可恋，我倒希望这股子臭气把所有人都熏死，要死大家一起死，谁也别想好过。

恨也没用，这回我跟冤死鬼儿可真成了无业游民。

我和冤死鬼儿站在大烟囱下面，仰头望着插入蓝天的烟囱，像两个等着奇迹发生的傻蛋。鲁丽她妈死后，厂里派人把大烟囱上的那串铁梯蹬锯掉了三分之一，就没人再上去过。我俩呆呆地望着大烟囱的顶端，眼睛酸了，脖子硬了，脑子晕了，就低下头缓一会儿再仰头望。望久了就出现了幻觉，大烟囱成了悬在太空里的一根独木桥，我走在上面，稍不小心就会一头栽在漫无边际的太空中，永久地飘浮着，没有着落，直到死去。这不只是大烟囱给我的感觉，而是整个夏天给我的感觉。

咱俩去浑河边上溜达溜达？冤死鬼儿说。

不去。我说。

为啥不去？他问。

为啥要去？我问。

冤死鬼儿思忖了好久，说，我昨晚梦见跟你在浑河里抓鱼，很多很多的鱼，把我乐醒了。

你梦见抓鱼？！你敢下河抓鱼吗？你真好意思梦。我取笑着他，心里想这倒还真是个不错的主意，如果还有什么事能提起我的

107

兴趣的话，那就只能算是去曾经给我带来无限快乐的故地发一会儿呆了。

我们告别了大烟囱，向西，经过工厂的正门。正门前有一座很大圆形喷水池，中间是一座假山，假山上落着一只展翅欲飞的雄鹰，雄鹰是用水泥做出来的，所以很沉重，飞不起来，假山也是用钢筋水泥做的，一敲空空响。水池周围摆放着一圈花盆和写着标语口号的铁板：计划生育丈夫有责。我总是觉得这八个字怪怪的，再跟头顶上的老鹰凑在一起，就显得荒唐可笑，因为我想不出丈夫跟老鹰有什么关联，老鹰跟生孩子又怎么能扯到一起。现在那些花都变成了干草，铁板上的字也不醒目了。我俩在老鹰的翅膀下坐下来，朝大门里面望。

整条马路空空荡荡，连一只苍蝇都没有，好像唯一的活物就是我和冤死鬼儿，而我俩也快被毒辣的日光晒成人干儿了。这时，一群人忽然出现在马路的一端，急匆匆地走过来。走在最前面的是二队长，后面跟着的六七个人中有男有女，围着中间一个泥鳅一样的小男孩儿。那小男孩头很大，身子细瘦，只穿了一条花布大裤头，连鞋都没有，他像是被这帮人绑架着。走近发现，他的皮肤不是被晒黑的，而是一块连一块的黑斑，他的五官丑陋怪异，脖子上挂着一个小铜铃铛。这让我想起了多年以前我家的那只大黑猫。我盯着小黑孩儿的背影问冤死鬼儿，这个小孩儿是哪儿的？

冤死鬼儿说，我听说过这个小孩儿，他是胡家村的，生的时候不这样，又白净又好看，三岁时得了一场大病，到医院也治不了，以为活不成了，扔到仓房里等死，没想到病竟然自己好了，他病好后就会像大人一样说话了，说自己能治病，他妈身上长过疥疮，淌血流脓，他趴在疥疮上一顿裹，把脓血都吃了，疥疮真就好了，后来全村的人都找他看病，外村听说了也找他看，不管什么病，他都是这么又吸又裹的，随着治病越来越多，他变得越来越丑，有人说这是因为他把病人身上的毒都裹到自己身体里了。

我说听你讲的怎么有点像神话故事呢。

冤死鬼儿说，我也是听说的，但我觉得这事不像是假的，要不二队长找他来干啥。

我立即醒悟，转头往回走，说不去浑河了，去二队长家。

二队长家在北窑的东边，挨着车来车往的马路，手能摸到的地方都盖着一层灰。屋子里已经挤满了人，我跟冤死鬼儿只能扒着窗户往里面看，但看到的也都是别人的后背。我俩听着里面人讲的话来想象里面的情节和场景。

来吧来吧。

这是二队长催促着孩子给他老婆治病。

听话孩子，治完了咱就回家，你想要啥就给你买啥，听话呀，别使性子。

这是孩子的爸，他的话音中夹杂着迅速点钞票的嚓嚓声。这说明孩子有点不听话。

爸答应你这是最后一次，以后再也不让你瞧病了。点钞票的声音又响了一遍。

几声咳嗽是蒋春花发出来的。后两声的咳嗽被闷在腔子里，好像是被人捂住了嘴。应该是在治病了。我曾在市区公园里见过一个摆摊给人瞧病的人，那人瘦高，从外貌上看是男的，从姿态上看是女的，说话高门尖嗓儿，至今我也不知道他到底是男是女。我亲眼见他给一个比他矮了一头的小老太太看病，他看病的方式很特别，嘴对嘴往病人身体里猛吹两口气。病重就多吹几口。据他自己讲，他的气是带了功的仙气。只见被吹的那个小老太太满脸痛苦，胸脯一鼓一鼓的。有感觉没？他吹完气还会问。有！有就对了，这说明我的仙气在你体内开始做功了，回家躺三天，不吃饭不喝水，有屎尿尽量憋着，到第四天再上厕所，病就一起排出去了。对了，有屁千万别放，憋住，那是我的仙气。小老太太走的时候两只手捧着肚子，迈步很轻很慢，好像是怕那股仙气不小心溜出去。

但我想象的小黑孩儿不是往蒋春花的嘴里吹气，而是吸。为了能吸出东西来，他就得用嘴紧紧裹住她的嘴，不能有一丝一毫的缝隙。如果病人不是蒋春花，是鲁丽或者大灵，而我是小黑孩儿，那就是一件再浪漫不过的事了。

吐哇，吐，小黑孩儿的爸说，吐出来，快吐哇。看来这个爸爸也很心疼自己的儿子。

爸，我吐……不出来。这是我听到那个孩子说的唯一一句话，带着哭腔。

小黑孩儿被他爸背走了，跟着来的人也都走了。我看见小黑孩儿趴在爸爸的背上，像一条空瘪的破麻袋。屋子一下子空下来，我终于可以看见躺在小炕上的蒋春花。跟我在台球社里看到的那个与大灵谈笑风生的蒋春花根本就不是一个人。眼前这个人一脸死灰，两眼暗淡，我们好像身处两个世界，我在阳光里，她被困在阳光照不到的阴影里。她的那双手扎眼的白，好像是一副深沉色调的画被弄破了，白光从破洞里透过来，那双手时不时地就动一动，一副不甘心的样子，仿佛要挣脱身体独自活下去。我想真是可惜了那双好手了。

一辆满载的大货车轰隆隆从马路上碾过，整个院房都跟着震颤，被激荡起的灰尘瞬间笼罩了我们，我和冤死鬼儿趁着尘埃尚未落定，赶紧跑出了那个小院子。

此后的几天，一脸苦相的小黑孩儿和一脸死相的蒋春花反复在我脑海里出现，我意识到原来死是躲不掉的事。原来我以为只要不像鲁丽妈那样去找死，死就会跟我没什么关系。我在蒋春花的眼睛里看到了一种似曾相识的东西，那种东西忽远忽近，但就是不肯离去。那东西让我害怕，如果我成了蒋春花该怎么办？我突然觉得我很吃亏，这个世界上的好多事情我都还没经历，而叫作死亡的东西就藏在我自己身上的某处，就好像跟我玩捉迷藏一样，随时可能跳出来告诉我游戏结束了。我突然开始珍惜这眼前的一切来，我可不想这么早就结束自己的人生旅途。经过了几天的担惊受怕和苦思冥想，我终于有点开悟了，既然如此，还等什么呢，及时行乐吧！可我的乐在哪儿呢？我连个挣钱的工作都找不到，我又开始为这个问题发愁了。

这孩子最近总是愣神儿呢？我妈跟我大舅说。

我大舅从内蒙古来，带了一大包牛肉干。我吃不下。又黑又硬的牛肉干让我想起小黑孩儿。

大舅说，大小伙子了，还当小孩子呢，上班没？

上班？！我爸一听见这两个字就满脸愁苦。花了那么多钱，白忙活一场，你说咱这可是国营的大厂啊，咋说完蛋就完蛋了呢？

大舅说，这就叫市场经济，能不能活市场说了算，妹夫，你这老脑筋得转变了。

我爸叹气说，我就是一个基层工人，目光短浅没见过世面，哪像你是个领导干部，觉悟高，看得远。

大舅在内蒙古的一个大煤矿里当不小的领导，据说我们家冬天打煤坯的煤面子就是出自他的煤矿，烟大还不禁烧，但便宜，二百块钱满满一大车斗，打成煤坯能将就一冬。现在北窑人也烧不起好一点的块儿煤。

我不想听他们提厂子的事，饭没吃完我就撂筷了。我正要出门，我哥也起身朝外走。端着饭碗的英子姐没好气地问，你干啥去？

我哥说，我吃完了，回屋。

英子姐冷笑说，你是去台球社吧。

我哥说，用你管。

我妈脸上挂不住了，对他大儿子说，你大舅大老远来一次，你不好好陪着吃点饭，干啥去？

大舅接茬说，孩子有自己的事，都忙去吧，我不是外人，不用陪，去吧去吧。

我哥出门，英子姐撂下半碗饭，也追了出去。

我哥果然去了台球社，英子姐跟在他后面，我跟在英子姐后面。正是晚饭的时间，来台球社的人还不多。我哥打开了音响，叶倩文的"天地悠悠过客匆匆潮起又潮落"又响了起来。我哥瞥了眼英子姐，把音量放大了一倍，有点震耳欲聋。大灵端着饭碗从台球社里走了出来，嘴里还嚼着饭。干吗这么大声啊？她问。

大灵，我有话跟你说。英子姐一脸愤怒，满眼委屈。

行啊，进屋说吧。大灵倒是很轻松，脸上带着淡淡的笑。

歌声突然被我哥掐死了。我哥说，你俩有啥好说的，英子你给我回家去。

英子姐没理他，像一艘横冲直撞的小驱逐舰，冲进了台球社。吭当，门被摔上了，咔嚓闩死。我哥敲不开门，气急败坏，要撞门，看见了我。你在这儿干啥？

我赶紧说，我怕你吃亏，谁叫我是你弟弟呢。

那就过来，帮我撞门。

门没用我撞自己就开了。大灵和英子姐一起走出来，站在我们哥儿俩面前，看上去都很平静。我以为他们会在里面为了我哥决斗，我想这不应该是女人应该干的事。还好，她们都没失去理智。

这时，吃完晚饭的人陆陆续续聚了过来。

高大江，今天咱们就把话说清楚吧，英子姐先说话了，你跟她到底怎么回事？

什么怎么回事？高大江一脸穷横。

别装了，你喜欢我，大灵扯着嘴角的笑，一脸得意，男子汉大丈夫有啥可不敢承认的。

高大江哑巴了。

是吗？大江。英子姐逼问。

高大江低头了。

高大江，你混蛋。英子姐哽咽了。

高大江，你就告诉她吧，你喜欢我。大灵寸步不让。

英子姐用眼睛恶狠狠地瞪大灵，因为含着眼泪，让人觉得不够狠，反而很软弱。大灵回应以轻蔑的眼神，已经是胜利者的姿态了。

英子姐慢慢走到我哥跟前，我以为她会抬起手狠扇他的嘴巴，她在他跟前犹豫了好长时间，竟伸手去拉他的手，轻声说，咱回家吧，行不？求你了。这句话一说出口，两大滴眼泪立即滚落下来，好像还很重，牵扯着她整个身子轻微颤了两颤。

我哥仍低着头，从喉咙里挣扎出嗯的一声。介乎于答应和干咳两者之间，但脚尖转动了一下，指向家的方向。

真要走哇？大灵抱着臂，盯着我哥，也走了过去。她跟英子姐的差别，或者说好女人和坏女人的差别立即显现出来了。她毫不犹豫也不容商量地一把搂住我哥的脖子，把他的脸扭过来，把自己的嘴硬生生贴在他的嘴上。

嚯——在场的所有人都惊叹了。

嘻嘻嘻……阿白和傻灵子站在人群中，手拉手高喊着我教给他们的话，爱情！他们的发音不准确，嗓音也极难听，像鹅的叫声，引来众人哄然大笑。

哄笑也没能打断强吻。大灵就像蚂蟥一样，叮住我哥不松口。英子姐当时傻掉了，她似乎能做的只是不把拉着丈夫的手撒开。因此，他们三个人构成了一副怪异的画面。

其实在那一刻我也傻掉了，我跟英子姐一样无法接受这个现实。大灵太让我伤心了，高大江这个混蛋！我比英子姐先清醒了过来。再不做点什么就枉为男人了。我调动起全身的力量，就像瞬间被灌满了电能的机器，马力全开，瞄准之后，我闭上眼睛朝我哥一头撞了过去，顿时人仰马翻，天昏地暗，惨不忍睹。

天地悠悠过客匆匆潮起又潮落，恩恩怨怨生死白头，几人能看透，红尘啊滚滚，痴痴啊情深，聚散终有时，留一半清醒留一半醉，至少梦里有你追随……

我就是从那天开始喜欢上这首歌的。我一头撞在那套卡拉OK音响上，那首歌也一下子从音响里被撞到我的脑子里。我昏死过去，它高歌不停。

在医院里躺了半个月，我想明白了好多事，人生真就像歌里唱的那样，潮起又潮落，聚散终有时。只不过他们留下的是一半清醒一半醉，我留下是脑震荡。

冤死鬼儿来看我，告诉我那天后来发生的情形。当我像一头野牛冲过去的时候，我哥反应奇快，一把推远了大灵，一脚蹬开了英子姐，给我让出了极大的空档。真没想到，他多年不习武，身手还能如此敏捷。我在心里暗自咬牙。后来呢？

后来大家伙都忙活你，把你送医院哪。

他们仨后来又咋样了？

还那样，大灵还开台球社，我姐跟我姐夫这两天挺消停，没干仗。冤死鬼儿一边说一边给我剥一根香蕉，剥到一半时香蕉瓢从皮里滑落到地上。他赶紧捡起来，用嘴吹两口递给我。我说你吃吧。他想都没想就把香蕉塞进了嘴里。我心里有点恶心。

其实我心里清楚，我可以出院了，可我觉得还差点什么事。这些天我哥和英子姐倒是经常来看我，但我希望看到的人一直没出现，那就是大灵。

大灵怎么没来？

冤死鬼儿一愣。她来干吗？

她……我也觉得这话让不明真相的人听起来有点荒唐。我的脑袋不是被她的音响撞坏的吗，她不应该来看看我？

看来你脑子真是坏了，你撞的人家音响，人家不找你赔音响就不错了，还来看你，你咋想的呢？

也是哈，你要是这么说好像也有点道理。我颇感失落。中午吃完医院的病号饭就出院回家了。

这个多事的夏天终于过去。我哥和英子姐短暂的婚姻也终于结束了。在秋天的一个上午，他们平静地走进民政局，又平静地走出来，在旁边的一个小摊子一人来了一套卷饼。然后坐在路边的铁栏杆上，迎着飒飒秋风平静地吃卷饼。这顿散伙饭吃得既简单又深沉。卷饼不大，我哥三口两口就下肚了，英子姐才吃了一半，下意识地把另一半卷饼递给我哥。我哥习惯性地伸手去接，忽然意识到什么，又把手缩了回去，说吃饱了。英子姐含着热泪继续吃剩下的那半张卷饼。

也是在这个秋天，蒋春花结束了人生旅程。在葬礼上，二队长反复对人讲他老婆咽气之前的表现。因此我们每个人都知道了，蒋春花在死之前有过一段时间突然整个人都精神起来，也不再那么痛苦，告诉丈夫她要回家了。我再次想起在蒋春花眼睛里看到的那个似曾相识的东西，觉得那东西就是她所说的"家"——我们最后的归宿。原来那个"家"从我们来到这个世界那一刻起，就一直等着我们回去，就好像一个母亲久久地站在窗前，望眼欲穿。

因为蒋春花的死，我也想到了那个小黑孩儿。我记不得是听冤死鬼儿讲的还是我自己杜撰的，小黑孩儿不但全身沉积了各种人的病毒，连别人身上的恶念和恶习也都吸纳进自己的体内。因此他不但长相变得奇丑，而且脾气也变得非常暴戾，心眼儿也变得恶毒。

他拒绝给别人看病，成天在村子里干坏事，成了村里最可恶的人。村里人实在忍受不了，合伙把他捆起来，在他爸的同意下塞进村东的化粪池里。我曾一个人去看了那个化粪池，水泥灌注的化粪池上面只有一个方形的口，方口的大小将够把一个人塞进去。我想在现实生活中，这么一个人平白无故地消失，没有个说法是不可能的。但的确如此，我以后再也没见过听过那个脖子上挂着铜铃铛的小黑孩儿。蒋春花死后不久我梦见过一次我家的大黑猫，它徘徊在我家的窗台上，瞪着黄澄澄的大眼睛，喵喵叫着，好像是在等我过去把它脖子上的铃铛解下来，我伸手要去抱它，它纵身一跃，跳下窗台，朝西边的大野地里跑去，头也不回。我心里很失落，一叹气，醒了，月亮像一只猫眼睛，高高在上审视着我。

还有，我终于弄明白了笼罩北窑的臭味儿是从哪儿来的了。那天我和冤死鬼儿去了浑河，看到了让我终生难忘的景象。几辆挖沙机不停地从河底把河沙抠上来，整条河道已经被它们抠得千疮百孔，浑河成了一条被切成几段的死蛇。挖沙斗咣当咣当砸进河底的声音传出去老远，听上去像是战场上无休止的炮声。几乎断流的河水成了红色，跟血一样，水边漂浮着很多白色的条状物，近看是鱼的尸体。那血一样的水不但触目惊心，还发出阵阵恶臭，那种臭味不是腐尸的臭味，是某种化学原料的怪味儿。当我想形容它的时候，脑海里竟然跳出战争电影里强大的德国兵团进攻的场面，大水怪和现代化兵团进行了一场殊死战斗，结果就成了眼前这样。我和冤死鬼儿站在河边，像上次遇到大水怪一样惊呆了。大水怪哪儿去了？没了，死了。我从来没有想过一条河也是会死的。现在想到了，可它死后去哪里呢？它有家吗？浑河就这样躺在我的面前，也许是死了，也许是奄奄一息。我哭了，不是号啕，是无声落泪。冤死鬼儿也在哭，从他的嗓子眼里发出低低的哀鸣。

"多大是大？"

"我就是大，我一口就能把你们整个村子吞掉。"

"不对，你回答错了。"

"你要是说服不了我，我马上就把你吞下去。"

"眼里装不下的是大。"

"你眼里能装下我吗?"

"能。"

"胡说。"

…………

死了！大水怪死了。

我从来没有意识到有一天我会拼命想念那个让我恐怖的大水怪。

它太可怜了！冤死鬼儿哭着说。

那不是真的。我说。

冤死鬼儿看了我一眼，哭得更厉害了。

第六章

在我的印象中，北窑的变化仿佛就发生在一夜之间。

一夜之间，工厂的车间停产了，上下班的工人少了一多半。原来热热闹闹的厂区突然就变得冷冷清清。

中央大马路已经无人管理，杂草遍地滋生，快速生长。一场春雨过后，砖墙的缝隙，柏油马路的裂隙都钻出嫩芽儿，这些看似柔弱的嫩芽会在一个夏天内撑破墙壁，拱起路面。它们好像是专门来破坏规矩的，人们废了好大劲儿平整出来的道路，规整出来的土地，现在如同疯子乱糟糟的脑袋。这种情况好像传染病一样，很快传染了厂区里的那些花草树木，原来漂亮整齐的花园式厂区风光不再，到处是杂乱和荒芜。

工厂里的车间像废弃的大礼堂一样安静，仓库里堆得满满的原料和成品。从前每天都有数不过来的大货车进进出出，把生产材料带进来，把生产成品运出去，可如今再也见不到那么繁忙的场面。运输科的大货车都整齐地停在大院子里，铁锈就像苔藓一样在它们身上蔓延。我爸说大部分工人都放假了，留下来的少数人也无事可做。有人还把厂子里的东西偷出去当废品卖掉赚钱。即使这样，我爸也一直没死心。他说他不相信这么大的国营工厂说完就完了。所以他还是每天按时上下班，从不迟到早退，也从来不把工厂里的东西带回家。

像我爸这样想的人大都是北窑的坐地户。别的工人可以离开，另谋生计，可北窑人脱离不开也逃避不了。我们不知道在工厂之外还有什么活路。

在这种情况下，我大舅来了，他用很少的钱承包了两个车间，让车间里的机器重新运转起来。原来车间里的工人又开始像以前那么忙碌了，但这在整个大厂区里只能算是一点微弱的心跳，根本不能让工厂这个庞大的身躯站起来。而且，后来人们逐渐明白，我大舅的车间跟整个工厂根本就没有一点关系，他是独立于"公家"之外的"个人"。车间里的工人也成了给个体老板打工的打工仔。

北窑的大人个个愁眉苦脸，每个月能拿到手的工资只是原来的一半还不到，大家都清楚，如果工厂再没有办法起死回生，大家就只能另谋活路了。工厂开始给工人们办理一次性买断工龄事宜，大部分工人在得到一笔钱之后便跟工厂断绝了一切关系。

大灵的台球社倒是比以前更热闹了。人多了，花钱玩台球唱卡拉 OK 的人却少了。大家的日子都不好过，来看看别人的热闹聊以自慰。

我哥和英子姐离婚后，成天耗在台球社里不回家，他倒是很希望这样，我以为大灵也会很高兴，可我却发现她对我哥的热情在冷却。我哥似乎也意识到了这个问题。有一天，我哥居然跟我爸妈提出要把大灵接到家里来住，我爸气得跟我哥大吵了一架，把他的铺盖都扬到了大门外，让他以后不要再进这个家门。我哥收拾起自己的东西就去了台球社。很显然，他是决定了要和大灵一起过日子。

我妈让我去把我哥找回来。到台球社的时候，却听见我哥正在和大灵吵架。

大灵说，你以后别来了。

我哥说，你这是啥意思？

大灵说，我说的是外语吗？那我就再翻译一遍，你以后别再来了，我不想看见你。

为什么？我哥几乎傻在那里了。

没有为什么。大灵回身在找烟。

我离婚了。我哥呆愣了半天，脸上强挤出一点笑容，像是讨好似的。

我知道，全北窑人都知道。大灵点燃一支烟，吐出个轻浮缥缈的烟圈儿，烟圈从我哥头顶上飘哇飘的。

可我是为了你离的。我哥的表情有些扭曲了。

大灵左嘴角向上扬了一下，轻哼了一声。为我离的?! 哼，那是你想多了，我可从来没让你为我离婚。

我想多了?! 大灵，你怎么突然变这样了呢？我哥伸手去摸大灵的肩膀，又像是自己站不住了去扶一把。可手还没碰到大灵的肩膀，就被她挡开了。她拧着眉头说，你别跟我动手动脚的，放尊重点。

我哥缩回手，稳了稳身子，低声说，你耍我?! 那语气虽然很低，却像一辆超载的大货车碾轧过来。

我预感到不妙了。

随便你怎么想都行，反正以后不想再看见你，你走吧。

很显然大灵并不了解我哥，她要挨揍了，就像多年以前我哥对鲁丽那样。

我不，我哥竟突然变得像个耍赖皮的小孩儿，一副可怜兮兮的样子。我知道你心里喜欢我，我知道你对我好，别人爱怎么说就怎么说，我啥都不怕，我想跟你结婚。

大灵冷笑说，扯淡！

求你了，我婚都离了，你还有啥可不相信的。

你离不离婚是你自己的事，我最后说一次，我对你没感觉，我也求求你别再做梦了。

做梦?! 你说我是在做梦?

对，你就是在做梦，醒醒吧你。

大灵说完这句话后，高大江就疯了似的开始砸东西，台球社里能砸的都被他砸坏了。他简直就是一头被激怒的狮子。我被吓得躲在远处不敢上前。大灵却一点也不害怕，她拿出一个小账本，我哥每砸一样，她就往账本上记一笔。围观的人越来越多，有的想上前劝劝我哥，都被那头愤怒的狮子吓退了。我隐隐听到有人在小声叫好，就得好好收拾收拾她，也太不像话了。我回头，却找不到说话的人。大家都一脸的担忧，目光深处却藏着幸灾乐祸。

砸完了所有东西，我哥攥着血淋淋的拳头站到大灵面前，瞪着眼不说话。大灵依然很平静，用笔尖点了点本子上的账说，音响你帮买的，你知道价钱，折个旧算一千六吧，电视是二手的，算七百，台球杆一根二十，窗户、椅子，我的电饭锅……一共两千八百二，给你抹个零，就两千八吧。

我哥说，还有一样东西我没动呢。

大灵说，随你便，有账慢慢算。

好! 这可是你说的。我哥咬牙点点头，腮帮子的肌肉强有力地鼓动着。突然一把将大灵扑倒在台球案子上，用手扯她的衣服。

你疯了，救命啊! 大灵惊叫，两只手慌乱地反抗着，但她的那点力气哪能抵得住已经变成了禽兽的我哥呀。她的两只胳膊被高大江背过来压在脊梁骨上动弹不得，脸和胸脯都贴在台呢上，浑身的力气都已耗尽了。

所有人都惊呆了，面对一头狮子攻击一头赤裸的羔羊，大家好像都一时失去了判断和行动的能力。但我在短暂的惊愕过后，头脑突然变得从没有过的清醒，身体里爆发出一股力量，它驱使着我走了过去，并且随手在地上捡起了一根断了的木桌腿。我走到哥哥面前，哥哥停住了，瞪着我喊，这是她欠我的。

我把桌腿高高举起。

你敢？我哥的眼睛射出一道怒火，烧在我脸上。

小江，你把我打死吧，我没脸活着了。大灵哽咽着说。

我忽然想起多年以前，我哥被朴虎四人群殴时，从土坑里爬出来，将一大块土坷垃高高举起的样子，我在那一刻似乎一下子理解了他当时那种愤怒和羞愧纠结在一起的尴尬，但我不想成为他。举在半空的桌腿晃了两晃，狠狠砸了下去。

嘭———一团漆黑。

一瞬间，北窑所有的电灯都灭掉了。好戏戛然而止，漆黑，骚乱，惊呼，喟叹。但没用多久，几束手电筒的光就像一支支雪亮的剑在黑暗中挥舞过来，剑锋所到之处一片狼藉，就是不见人影。

人呢?！

不能让流氓犯跑了。大家意识到这是一场明目张胆的犯罪，可一切都晚了，我哥在黑暗里消失得无影无踪。

第二天早上，我去舅舅承包车间，远远看见台球社前停着一辆警车，两个警察正站在门口跟大灵说话。大灵一直低着头，用摇头和点头来回应警察。这让我很害怕。

警察来过几次，找我询问那晚灯灭之后发生了什么，人是怎么跑的？我说我本来想阻止犯罪的，要不是突然停电，我就大义灭亲了，其他的我什么都不知道。警察又问居民委主任怎么会突然停电？主任也说不清楚。控制北窑供电的变电所在西大库围墙外，没有专人看管。大家都像是受了严重的刺激，在那突然嘭的一声，一团漆黑之后便都失忆了。这件事成了北窑的谜。

在我的心里也藏着个谜团，大灵怎么会那样对我哥？他们的事我比较了解，至少表面上是大灵主动勾引的我哥。她破坏了我哥的婚姻，却又不接受我哥。难道她仅仅是为了一时快乐吗？我回想起这样一个细节，在我哥和英子姐离婚后的一天，大灵和英子姐在街上偶遇，就在两个人打照面的那一瞬间，大灵的脸上呈现出一种胜利者的傲慢，她似乎在告诉英子姐，这回她赢了，是一场漂亮的完胜。

如果我猜测得没错，我哥只是她和英子姐之间的牺牲品。大灵对英子姐的怨恨太深了。

冤死鬼儿把谜底告诉我时，已经是两年以后。他说当时看见我着了魔一样拎着桌腿走过去，不知道怎么阻止我，灵机一动想到了这个办法。警察来调查这件事把他吓坏了，他认为高大江的逃跑全是他的责任，说不定警察会把他当成帮凶抓起来。我觉得他的想法太可笑，警察才不会那么想呢，没准他们会认为停电完全是因为电路老化的一种巧合，北窑又不是第一次因为故障停电。但说实话，我哥还真应该感谢他，不单是我哥应该感谢他，我也应该感谢他。

是吗？太长时间了，我早忘了。我表面上很淡然，其实那是我一辈子也忘不了的。

在我的脑海中，那个晚上灯灭之后的一切都没有图像记忆，只有听觉、触觉和嗅觉的记忆。柔软冰凉的身体，温热的脸，潮湿软滑的舌头。她的身体散发着一种让人迷醉的气息，我经常努力回忆那种味道。只能感觉，不能表达。如果非要形容的话，充足的阳光晒在柔软的被单上，久了就会有一种味道，我说那是太阳的味道，而她身上的那种味道是饱满的月光照在天鹅绒上的感觉。她的呻吟声比呼吸稍重一些，比轻语要弱一些，恰到好处，你可以理解为她无力反抗的驯服，或者内心不甘的痛苦，更或是安于享受的满足。总之，不管是哪一种，都只能让我更加努力。那是我活了二十多年最美妙的感觉。虽然当时我笨拙得令自己无地自容，她的驯服出乎我的意料，我一直想不明白她为什么会这样。后来每当我回味那一刻美好的时候都有一种虚幻感，也许是那种美妙被我的想象力无限放大了。

灯灭之后都发生了什么？冤死鬼儿打断了我的回忆。

跑。

为啥要跑？冤死鬼儿问，你真把你哥打了？

你别问了，我记不起来了。我说。

她的身子很轻，也可能是我爆发出的一股激劲。我感觉我不是在跑，而是贴着地面在飞。她很安静地趴在我的后背上，如果不是我的耳朵感觉到她轻微的呼吸，我会怀疑她死了。我很怕她挣扎，大喊大叫，我不停地说，快到了，快到了。我说的那个地方是我小学逃学后常去的南窑围墙根儿，那里有厚厚的草甸子，背静窝风。一直到我把她放在草甸子上，然后发生了后来的一切，她都没有挣扎。完事之后我赤身裸体爬上围墙，坐在墙头上，想起了我在墙头上摔泥娃娃的情景。在一团漆黑里我望着北窑的方向，那里也是一团漆黑。所有人都该进入梦乡了，我的心里却泛起一股凄凉。谁会关心一个连父母都嫌弃的女人和一个普通得可以被省略掉的男人呢？我好像听到了低声的哭泣，我什么也看不见，只好爬下围墙，摸索着回到她的身边。她的哭泣声没了。抚摸着她的身体，又让我有了感觉，我想既然已经这样了，就不能留遗憾。这次她使劲把我往身下推，但这倒让我更兴奋了。

冤死鬼儿的失望表情映在乌黑锃亮的车体上。他的手抚摸过的地方留下了一层汗气。我赶紧用抹布去擦。这是我给自己买的大宇轿车。我大舅用我的名义承包车间的第三年就给姚厂长买了一部桑塔纳。他答应也给我买一辆车，可一直没兑现，今年我只好自己偷着买了一辆。大舅是有公职的人，不能抛头露面，所以车间表面上的老板是我。原本这份美差是要给我哥的，他畏罪潜逃了。我的车间生产出多少电缆，大舅所在的煤矿收购多少，后来我干脆找姚厂长商量，把工厂仓库里积压的成品按废品买来，直接按照成品卖到煤矿，赚钱就是这么容易，这一票我就替大舅赚了一百万，所以我多花他点钱也是应该的。我大舅跟我讲过，赚钱最主要靠运气，古话讲运来顽铁生辉，运去黄金失色。我的运气来了，钱就像是一头疯牛，突然就撞到我身上，把我撞蒙撞傻撞昏头，我清醒过来发现自己已经被撞到了另一个境界。

钱这东西跟女人一样，你追它累死你，它追你烦死你，懂不？我问冤死鬼儿。

不懂！冤死鬼儿一脸傻懵，我说的对他来说近乎天书。

想当初我居然为了当不上工人要死要活的，你说傻不傻？如今看来还真有点后怕，要是那时真的进厂当了工人，还能有今天的我？你那个时候还说我当不上厂长，你看现在我不是当上厂长了吗？

冤死鬼儿看着我的新车，陷入沉思。

也难怪我说的这些他很难理解，他的脑子里弥漫着一团雾，眼睛看不见路。这层雾其实就是不同境界之间的隔膜。我在他那个境界的时候也照样什么都看不懂，想不明白。我让他到我的车间当个小工头，他问我，你真需要我吗？我说你是我最好的哥们儿，我能看着你不管吗。他对这么简单易懂的道理还是一脸茫然。我不想当多余的人。他说。靠！我照他胸脯上来了一拳，江岸他们我都没嫌多余，我能嫌你多余？

江岸、田光亮和韩东半年前相继出狱，厂长找到我，让我给口饭吃，说再让他们胡混还得进去。其实我心里很不高兴，毕竟他们小时候经常欺负我，但厂长说我现在大小算个企业家，是有格局有胸怀的人，而且他们在监狱这几年改造得很好。我知道厂长肯定收了这几家的好处，这个面子不给到怕以后不好办事，况且我也不差他们那点口粮，就让他们三个给我当跟班，替我跑腿传话。厂长说得没错，政府的确把他们改造得很好，不鞠躬不说话，对我更是毕恭毕敬。我喜欢这种感觉。

他们是他们，我是我。冤死鬼儿说。

好吧，你比他们牛，谁让你跟我最铁呢。我掀开车后备厢，抽出一条大重九香烟往冤死鬼儿怀里一塞。

我不抽烟。他说。

给你姐的。

英子姐自从跟我哥离婚后，最大的嗜好是盘腿坐在炕头上一声不吭地抽烟，她身上老有一股子呛人的旱烟味儿，那张脸老得像刚烤出来的旱烟叶子。

让你姐抽点好的吧，美容。

扯淡！抽烟美容，你咋想的。冤死鬼儿收下烟。

他突然问我，你说人活着的意义是啥？

我拍了拍车棚说，就是这。

车？！

我说，你个傻蛋，车代表的是身价，活着就不能比人矮一头。

他摇了摇头，我觉得你说得不太对。

那你说是啥？

我还没想好，但就是觉得你说的不对，你让我好好想想。

我笑说，你现在得想怎么脱贫，吃不饱穿不暖还谈狗屁意义。

中央大马路已经残破得跟人类灭亡后的地球一样。我把车速降到最低，生怕我的爱车遭到陷害。花期刚过，两侧的樱桃树上还残留着一些粉色的花瓣，叶子抽芽，新绿渐丰。

说真的，你有啥打算？我问冤死鬼儿。

我不知道。冤死鬼儿盯着这满目的荒凉，好像很伤感。

在荒凉的情境中出现了两个身影，一男一女在拍照。那是谁？我问，这破地方有啥可照的。

鲁丽和她的大学同学。冤死鬼儿说。

她回来了？！我的脑海中立即出现鲁丽那一口迷人的小白牙。现在的鲁丽更不一般了，她是北窑第一个大学生。大学生这个称谓总是会带给人一些美好的遐想，我到市里的KTV去消遣，专挑自称大学生的"小姐"陪我，尽管我知道她们都是在撒谎。鲁丽才是真正的大学生。

我一脚油门，车蹿出去，停在鲁丽跟前，卷起一层灰尘。鲁丽赶紧捂鼻子，皱着眉头往车里看。我降下车窗玻璃，探出头，一脸灿烂。鲁丽，你啥时候回来的呀？

鲁丽眉头一展。是你呀，我还以为谁这么缺德呢。

你这嘴还是那么厉害呀。我跟鲁丽说话，眼睛瞄她身边的男同学，这人我不喜欢，一看就是没安好心眼儿的那种小白脸儿。这地方有啥可照的，上车，我带你去一个地方。没等鲁丽说话，小白脸儿抢嘴道，这里感觉挺好，我们不去了。我甩给小白脸儿一记冷脸，他感受到了，嘴角挂出一丝不易察觉的冷笑。我心里骂，小白脸子，你等着。转脸对鲁丽说，晚上我给你接风，你在家等着呀。鲁丽要拒绝，我的车已经蹿出十米开外，我高喊，一定要带着你的同学呀。我从后视镜里看被裹挟在灰尘里的鲁丽和小白脸儿，盘算晚上怎么让这小子出丑。

冤死鬼儿始终面无表情，一声不吭。

傻了呀你，想啥呢？

我知道我要干什么了，冤死鬼儿突然说，我想当咱北窑的居民委主任。

真没看出来你还是个官儿迷，那挨累不讨好的破差事有啥好干的？

你帮不帮我？

你真想干我就帮你。

北窑是职工宿舍，各种生活琐碎都由工厂来管，如今工厂不行了，北窑也就成了让人头疼的烂摊子。原来的赵主任人还算负责，但被鲁丽她妈临死前一顿痛骂之后就说什么也不当主任了。现任居民委主任是田光亮他妈，全北窑嘴最碎最臭的家庭妇女，正事没干成一件，倒是经常扯老婆舌引起邻里纠纷，大家对她都不满意。

你放心吧，我跟厂长一句话的事儿。我说。

看得出冤死鬼儿对我的表态很满意。还记得这条中央大马路原来是什么样吗？他说。

我说废话，小铁轨嘛，我俩小时候扒轱辘马子上学。这条路今非昔比，我如今也是今非昔比呀！我不由感慨起来。

这里对我的影响太大了。他说。

就算你的手指头不被轧掉你也当不了皇帝。我半开玩笑地说。

我不是那意思，人活着总是会被各种各样的事和人影响，好的影响就会让人变好，坏的影响就会让人变坏，我突然想一个人的成功不是在于你多有钱，而是在于你影响了多少人，是给人带来好的影响还是坏的影响，这就是我想当居民委主任的原因。他一本正经地说。

我说，没有钱影响个屁。

他说，我想一个人走走。

他下了车。我虽然不太明白他的胡言乱语，但他的情绪感染了我，那一刻，我不但想起了锃亮的小铁轨，还想起了他被轧掉的六指儿和夜幕下苦苦寻找手指头的英子姐。他一定是想念那根手指头了。我心里泛起一丝惆怅，在我的脑海中出现了这样一幅画面，两个小男孩各自踩在一根铁轨上，张开双臂向前慢慢走着，他们像是在比赛看谁走得又稳又远，但是他们的手却又不时地抓到一起，借助对方让自己保持平衡。在落日的余晖中，他们的身影刻成剪影，定格在那里。我们都长大了，原本毫无差别的两个孩子，如今处境悬殊，这就是命运。

我的车从他身边驶过，平稳得像太空船。而他的背影则像一块飘浮在太空的陨石，没着没落，孤苦伶仃。

我推门走进老姚的办公室。姚厂长雕塑一样背对着门站在窗前。办公室的摆设全都老得掉渣，我跟厂长说过很多次，要给他全换掉，他没同意，说他应该跟工厂同甘共苦。我心说共苦个屁，现在厂子里算他在内只留了十几个人，说是处理善后，其实就是看大堆儿。如今整个厂子被他能卖的卖能租的租，剩下的也没什么了。

我说，老姚。

他没回头，也不搭腔。

我说，老姚你什么情况，有啥事想不开了呀？

他拧过身子，一副倚老卖老的臭架子。老姚也是你叫的？

我讪笑，姚叔，这不是没外人嘛。

熟则失礼，懂吗？

懂懂懂。我脸上笑，心里骂，在城里你当着我的面搂小姐时咋没说失礼呢。

你大舅可有日子没来了呀？姚厂长坐到他那个带铆钉的皮椅子上，我走到窗台前看他养的君子兰。

他不来也不耽误办事呀。我用手指捏一捏君子兰宽厚的叶子，偷偷用指甲掐出月牙状的沟痕。我很喜欢那种手感。我不希望大舅来，他一来就对我指手画脚，让我在工人面前很没面子。而且最近他对我很不满意，应该是对我的账目有所怀疑了，有一次跟我发脾气还摔了电话，很可能有一天会突然剥夺我的领导地位，把我打回原形，多可怕！在他心中我只是个傀儡而已，但我不想当傀儡，所以早晚有一天我会自立门户。

你别给我碰坏了呀，你知道这一盆花放在五年前值多少钱吗？上万呢，这东西在当时那叫绿色黄金。

姚叔，五年前你也不是现在这个身价呀。

姚厂长苦笑，你个臭小子，说话不中听。

那就说点中听的，姚叔，我想给咱居民委做点事儿，你看行不？

姚厂长仰头看我。他的脑门儿被阳光照得锃亮。五十多岁的人，皮肤还很细白。他最早是红砖厂的出窑工，一身黑皮，当上厂长后天天搓澡，尤其被国营大厂吞并后，成了有名无实的副厂长就洗得更勤了。工厂快倒闭之前总厂撤走了派来的厂长，让他守这个烂摊子，其实倒是给了他捞钱的机会，表面上老是一副苦瓜脸，脑门儿却比以前更亮了。他的眼神中带着猜疑和审视，让我不太舒服。

姚叔，你这么看我干啥？

老姚说，是你大舅让你来找我的？

这事跟他没关系。

别跟我兜圈子了，说吧你想干啥？他脸上挂出一丝微笑，好像在说小样儿，我早把你小子看透了。

姚叔，我真是想给咱北窑做点事儿。

他低下头去，闭上眼睛做眼保健操。

我想让勇子当居民委主任。

他轮刮眼眶的动作停了两秒，又继续做。然后呢？他说。

勇子是我哥们儿，他当主任我肯定大力支持。

你支持？他满脸嘲笑，你拿啥支持？别人不了解我还不了解，别瞎胡闹了呀。

他的话像一根针刺到我的神经上，我的不高兴全写在脸上，看着他不说话。他看出了我的不悦，立即改口说，哈哈，大侄子我跟你开玩笑呢，我当然愿意支持你了，可居民委主任是大家伙投票选出来的，我说了不算哪。他显得很无奈。

别逗我了姚叔，咱们这破主任我还不知道，没人爱干，让谁干还不是你一句话的事。

选举是国家政策，再说虽然北窑的物业归厂子管，可居民委是归民政部门管的，怎么能是我一句话的事呢？小江，你想给大家伙做事挺好，你年轻有为嘛，而且也应该多扶持北窑的年轻人跟你一起进步，这样吧，我可以跟民政部门帮你商量一下，问题是现在有居民委主任，不能随便换哪。做完眼保健操，他又起身扭屁股晃腰。

我心里骂，你个老贼孙，跟我摆官腔。嘴上说，姚叔，这事你就帮我看着办，需要打点的不会让你为难。

行了，我想想办法，你回去等信吧。

我说，谢了姚叔。

我走到门口，他突然又说，大侄子，其实姚叔挺看好你的，啥事还得自己说了算才行啊。

走出办公室，我在空荡荡的走廊里驻足片刻，慢悠悠地从衣兜里掏出一支三五烟，放在鼻子底下闻，头脑里琢磨他最后那句话的意思。我不抽烟但喜欢这样闻烟，我把闻烟当成一种成熟的姿态。当听到老姚在办公室里恶狠狠大声骂道，小崽子，再掐我的花把你手爪子剁喽！我才心满意足地迈下楼梯。人都害怕在别人面前暴露心机，相反，猜透别人的真实内心又是一件很必要和有趣的事。记得第一次我和大舅来找老姚办事，正赶上他和一个总厂来的人事干部谈事，两人像多年没见的老朋友，谈笑声的回音把整条走廊震得嗡嗡响。我和我大舅在走廊里等了好久，终于等到那个人事干部走了我们才进屋。可当我们进屋时却看见老姚一脸嫌恶地把那人用过的茶杯甩进垃圾桶里，嘴上骂道，你他妈算个什么狗东西，跑我这儿来装你妈的大瓣蒜！我大舅没有敲门的习惯，推门就进，在门开的那一刻，我看到了老姚那张因尴尬而扭曲的脸。他一定是以为那个人事干部又回来了。所以，延迟离开成了我的习惯。我一直想，如果此时我突然折回去出现在他的面前，他会是何等尴尬，又该如何收场呢？但我知道那样做虽然很过瘾，却对我没什么好处。他虽然吃了我的食，但并不是我的狗，互相利用各取所需而已，撕破脸皮以后就没法见面了。在这个世界上装糊涂是一门很高深的学问，老姚既然把我看成是小毛孩子，我就以小卖小装糊涂呗，其实他才是个真糊涂蛋。

走着瞧吧，老贼孙。我在心里骂。

四海大酒店牌子挺大，其实只是工厂边上的一家小饭店，四个包房，六个散台，老板兼厨师是胡家村的胡四海，老婆管账，女儿打杂。工厂好的时候几乎天天爆满，他最多时雇了六个杂工，夏天院子里都摆满桌。如今生意惨淡，店面和人一道落魄，围裙比窗户上贴着的外兑告示还脏。我把请客的地方定在这里是有考虑的，第一，怕远了鲁丽不愿去。第二，这是我们从小上学的必经之路，可以用怀旧做噱头。我还让田光亮去市里买了两大兜子海鲜，让胡四海加工。虽然饭店很寒酸，但这一桌子海鲜大餐绝对上档次。我怕鲁丽拒绝，把我们的小学班主任程老师也接来了。在我们那一届只有鲁丽考上了大学，程老师很高兴。老师都来了，她鲁丽再大的架子也得来呀。

一桌八位，我、冤死鬼儿、鲁丽、程老师、江岸、田光亮、韩东，还有那个小白脸儿。我特意让韩东和田光亮把小白脸夹在中间，暗示他俩把小白脸"照顾"好。我和鲁丽分别在程老师左右手。程老师年岁大了，吃不了多一会儿就得离开，他一走我就和鲁丽挨着了。江岸在鲁丽右手，冤死鬼儿在我左手。江岸对鲁丽没想法，我放心，我不放心的是冤死鬼儿，他惦记过鲁丽，有必要让他离鲁丽远点。田光亮把每个人的酒杯里都满上一滴香白酒，然后我作为东道主提第一杯酒。

我端酒起身，故作深沉。我现在经常想，人到底为了啥活着，可我想不明白，你们还记不记得小时候程老师问我们的问题，我们长大后的理想是什么？鲁丽，你说你那时的理想是什么？

程老师对我的开场白很满意，频频点头。

鲁丽说，我的理想是当老师。

你呢？我问冤死鬼儿。

我不知道。冤死鬼儿脸有点红。

你不是不知道，是不好意思说，你的理想是当皇帝。

大家都被逗乐了，小白脸儿笑得尤其放肆，江岸几个都用不忿的眼神瞟他。冤死鬼儿争辩道，那不是我说的，是你说的，你还说要给我当大将军呢。

我说我的理想程老师应该记得吧？

程老师说，我记得你想当飞行员。

不对，程老师，想当飞行员的是陈小欠儿，现在弄了个养鸡场，他养的鸡不能吃，全是用药催肥的，一个月就出栏。

程老师认真想了想说，科学家对吧？

也不对，咱班有十二个想当科学家的，但没我。当然他们也都没当成科学家，混得最好的是王蔫巴自己做假药卖。

那就是音乐家，我记得你跟你爸学过拉二胡。

更不对了，拉二胡的是刘大头，他毕业后在家具厂干活右手被锯掉了四个手指，现在蹬三轮车呢，单手扶把骑得嗖嗖快。

程老师的脸上泛出尴尬的红晕，但这个不服输的老头不肯承认自己记忆力减退的事实。你让我好好想想啊，咱班一共五十二个学生，我都记得，就在嘴边了。

渔民。我毫不留情地揭开了谜底。程老师看了我一眼，显得很失望。对，是渔民，我没你嘴快。

我接着说，我记得当时大家都笑话我没出息，现在看来想成这家那家的都没成家，倒是我这个想成民的成了个家，企业家，哈哈，说真话还就只有鲁丽最接近自己的理想，来，咱们这第一杯酒就为我们曾经有过的理想干杯吧，喝之前我有个要求，在座的除了程老师和鲁丽之外，王八犊子不干。

我说完一仰脖，杯空了。大家好像被我惊住了，没反应过来。我补了一句，谁想当王八犊子谁就别干。

话音未落，田光亮和韩东手里的酒杯也空了。江岸虽面有难色，一闭眼，酒也干了。就剩下冤死鬼儿和小白脸儿还僵在那儿。

鲁丽对我说，我的同学不会喝酒，别让他喝了。

我赶紧说，哎呀，你咋不早说呢，你看我把话都说出去了，不能干就算了，别把我那句话当真就行。

小白脸儿赌气一仰脖，咕咚一声，把酒咽了，小白脸立即成了大红脸，眼泪都被呛了出来。

我拍手叫好，酒品看人品，够意思，你这个朋友我交定了，田光亮你傻愣着干啥，开酒呀，都满上，我说，这第二杯酒我想咱们大家一起敬程老师。

变成了大红脸的小白脸儿说，你先等会儿，我对面的还没喝呢。他指着冤死鬼儿。

冤死鬼儿缩在我边上，看着那杯白酒直运气。我心里不忍，我逼他喝得最多一次是五瓶盖白酒，睡了一整天，我后悔没之前给他两粒解酒药吃，这东西是我从大舅那儿弄来的，喝酒前吃两粒酒量倍增。

你咋样？不能喝就别喝了。我拍拍冤死鬼儿的肩膀。

不行，他凭啥可以不喝，想当王八犊子呗？大红脸显然有点不怂了，语气中夹着酒劲，横冲直撞。

我冷笑，大声道，对，有喝死的没有吓死的，勇子，干了这杯酒还他妈能咋地，大不了我扛你回家。

冤死鬼儿在我的怂恿和大红脸的威逼下，慢慢端起酒杯，一点一点往嘴里送。那表情像喝镪水一样。整整一杯酒下肚后，他的目光发直，身子发软，靠在椅背上不动了。我顾不上他，继续发动第二轮攻击。

这第二杯酒，我们一起来敬程老师，我们都是他的学生。

程老师说，吃点菜吧，你们年轻人喝酒太急了。这老头瞅着那红彤彤的大螃蟹直咽吐沫。

我说，不急，年轻人喝酒就得有个冲劲儿，还是那句话，王八犊子不干。我端着酒杯，目光直逼大红脸。

大红脸端杯腾地站了起来，酒杯对着我，像端着一把冲锋枪。我看出来了，今天这是鸿门宴，你也不用整那些没用的，不就是喝酒吗，你说怎么喝我今天奉陪到底。

哥们儿，你这是啥意思嘛，喝酒本来是高兴的事，怎么能说是鸿门宴呢，再说我也不是项羽，你更不是刘邦啊。

好，既然不是鸿门宴，那我今天就借你的酒表白一下吧。大红脸转向鲁丽。这是我人生第一次喝这么多酒，否则我还没有勇气跟你说，其实，其实我一直在心里默默地喜欢你，做我的女朋友吧。

我把手里的酒杯劈面砸过去，正中他的面门，他惨叫捂脸，我冲韩东和田光亮大喊，给我干死他，敢跟我抢女人。他们两个一左一右，叉起大红脸，拖到一旁，拳脚齐上，打得大红脸满地打滚。

尽管在我的臆想中大红脸已经半死不活，但现实中我不可能那样做，依老姚的话说我是企业家，是有胸怀有格局的人，怎么能那么下三烂呢。我暗自咬牙但笑容依旧，说非常好，只要你连干三杯，我就不反对。

大红脸很显然是被酒精把脑子烧短路了，其实他向鲁丽求爱跟我没一毛钱关系，而此时鲁丽也被他突然的举动搞乱了分寸，坐在那儿满脸羞红，丧失了思维能力。我暗笑，这俩大学生啊！念书念傻了呀。

大红脸果然按照我的想法来了，从桌面上拔起白酒瓶子，一手酒杯，一手酒瓶，第一杯咕咚砸进去。

别喝了。鲁丽终于说话了。

一杯酒诚意哪够。我笑着说。

对，我必须够诚意。于是他把第二杯往嘴里送。

真别喝了。鲁丽站起来去抢大红脸手里的酒杯，此时大红脸已经变回了小白脸，白得像蜡像。

我说，不能喝就别喝了，表达诚意的机会以后有的是，等下决心了再表示。

听我这么一说，他更来劲了，哆哆嗦嗦地给自己倒上第三杯酒。谁说我没决心了，你们都别，别拦着我，我今天为了……爱情喝死也愿意。第三杯酒几乎从嘴角洒出去半杯。喝完了，他拿着空杯给我看。酒我都他妈喝了，你，你说话算数不？

一杯酒你洒了一半，顶多算两杯半。江岸敲了一声边鼓，我给江岸送去一个赞赏的眼神。嘴上却责怪江岸，你咋净说实话呢，人家两杯半都喝了，还能差这半杯呀。

小白脸儿嚷了起来，我一滴都不差，差一滴我补半杯，差半杯我补一瓶行不？

我们一同起哄，是老爷们儿！

鲁丽瞪我。高小江，你还将他。

我拍手大声说，佩服，佩服，我高小江当然说话算数，你向鲁丽表白吧，我不反对，慢慢表。说完，我稳稳地坐回椅子上，抱着臂看戏。田光亮，上酒呀。我冲直眼的田光亮说。田光亮赶紧从身后的酒箱子里又拔出一瓶酒，拧开盖塞到小白脸儿手里。小白脸儿像白痴一样呆愣了片刻，又开始给自己倒酒。他彻底傻了，除了用喝酒来表白之外他无路可走。鲁丽去抢他的酒瓶子，反而让他更加急于表达决心。眼前的这一幕成了小白脸儿和鲁丽的对台戏，她拼命拦着他喝酒，他拼命地要用喝酒来表白，就这样拉拉扯扯、推推搡搡，没完没了。我突然发现我的右手座位空了，程老师不知道什么时候走的，酒没喝一口，菜没吃一口。我的左手座位也空着，冤死鬼儿趁大家伙没注意，像煮熟的面条一样溜到了桌子底下。其余的几个人都静静地坐着看戏。我赶紧让江岸拿几只大螃蟹去追程老师。不知为什么，我突然伤感起来，眼前的情景让我想起了那年在渔队打工的经历，那是我第一次参加清塘。水抽干了之后我们穿着叉裤或者挽着裤腿下到池底去捉鱼，在没膝的泥浆里摸爬滚打，一开始我们都很兴奋，觉得这种工作就是玩儿，多有意思呀！渐渐地开始体力不支，直到累得几近崩溃，但是只要池底还有鱼，你就不可以上岸休息。经过了那一次，没人还会认为这是玩儿。这就是人生，我们觉得生活是快乐的，其实是在泥潭里竭力挣扎，但是总会有那么一些人坐在岸上像看戏一样看着我们，所幸我是那个提早上岸的人。前途渺茫的冤死鬼儿，重新做人的江岸、韩东、田光亮，家境凄凉的鲁丽，还有那个成了笑话的傻瓜小白脸儿，可能到现在他们也不明白一个道理，这个世界没有公平只有合理，有钱有势的人在岸上，狗屁没有的人只能在泥里，这就叫合理。现在我对什么是"理"好像越来越明晰了，什么是"理"呢？"理"就是谁说了算，说了算就占了"理"，就像这个酒局，在酒局上我说了算，我就是理。世界就是如此，其实我也没有必要伤感，反而应该替自己感到欣慰才对，我跟他们不一样了。

那天晚上我让田光亮、江岸把冤死鬼儿扛回家，我扒着小白脸儿的耳朵告诉他鲁丽是我的人，让他趁早死心，然后把醉得像个酒水车一样到处吐的他和那一桌子没吃几口的海鲜大餐都扔给了老胡，之后我亲自开车送鲁丽回家。她跟小白脸儿赌气，也灌自己两杯白酒，以至于坐在副驾驶上一直处于迷糊状态，而且始终在默默流泪，她好像心里很难过。我则故意让车围着北窑慢悠悠地兜圈子。我真不想浪费这么好的机会，但我一直犹豫不决，毕竟我现在的身份跟以前不一样了。放在以前我也可以像我哥那样干完坏事一跑了之。

还没到吗？她闭着眼睛，小声嘟囔。

没呢，车开得慢，怕你晕。

我不想回家。她两手紧紧抓住安全带，像是在做着溺水的噩梦。

那我们就不回家。我心里一阵狂喜。车平稳起速，碾着一路月光朝市区而去。

凌晨一点，宾馆房间里的灯铮明瓦亮。我跷着二郎腿坐在沙发上，鲁丽双臂抱膝靠着床头。我貌似坦然，暗藏贼心。她表面信任，实则防备。一个小时前，我把她扔到床上时她突然醒酒了，然后我们就成了这副姿态。

你睡一会儿吧，有我在你放心。

为什么带我来这儿？

你在车上说你不想回家。

她低头，把脸藏在膝盖后面。

你不相信我？我问。

她摇头，抬头看我，目光迷离，脸上挂着泪珠。其实她刚才是对危险的本能反应，并没真正醒酒，就像好多人喝醉后还能自己走回家，但一进家门就会醉死过去一样。此时体内的酒精像偷袭的贼兵一样，她稍稍放松警惕就会摸上来占领她的意识。我耐心地等着她再度醉过去。

为啥不想回家？我轻声问。

酒劲上来了，她的双臂摊开，身子朝一个方向歪，眼看就要倒在床上。我赶紧过去扶她，这是接近她的好机会。她没有拒绝，身子软软地靠在了我的身上。我轻声说，睡吧。用手摸到床头柜上的一排灯开关，咔——眼前一黑，月光凸现，像细腻的薄纱。她带着浓重酒味儿的气息让我血液沸腾，热流在体内乱窜，整个身体像一只充气过剩的轮胎。我硬邦邦，她软绵绵。再不下手我真就是傻瓜了。我埋伏在一边的左手朝她的小腹摸过去，那只手兴奋得有点发抖。

男人喜欢女人就像喜欢花，多多益善，百花齐放才是春。女人喜欢男人则更像是养宠物狗，一条足以，不容狗有一丁点不忠诚。说实话鲁丽的皮肤让我大失所望，摸上去手感粗糙，设想跟她赤身裸体抱在一起感觉不会太好，但她的一口细白的牙齿我还是很喜欢的，我很想用我的舌头去碰触那些牙齿。我在黑暗中悄悄把嘴凑近她的脸。我感受到了她那温热带着酒甜的气息。

我不想回家，你想知道为什么吗？她突然喃喃自语起来，把我吓了一跳，赶紧坐直了身子。

我心说，关我屁事，我最想知道的是跟你办事是什么感觉。我稳定了一下心绪，手触碰到了她的裤带上的那颗扣子，解开那个扣子我就可以跑马圈地了。我感觉我的胸脯潮乎乎的，她的眼泪把我的衬衫洇湿了一片。

你得保密，不许跟别人说呀。她的声音一点点弱下去。

我心说，放心吧，这点道德我还是有的，只要你不去告我，我巴不得不声张呢，我觉得我们偶尔激情一次还行，厮守一辈子就算了吧，皮肤太糙，我又不是铁杵需要打磨。

我恨他，他不回来我妈就不会死，那天我知道她要去干什么，我自己躲在仓房的角落里，缩成一团，除了哭我不知道该怎么办。

我知道她要去死，可我什么也做不了。

我突然觉得她很像一条被困在泥洼里的鱼，痛苦地扭动着，挣扎着。我十岁那年秋天，扛着小网到二道河去捉鱼，半路上经过一道水沟时，发现水沟里的水已经干涸了，在干涸的沟底有很多小泥洼，很多小鱼都被困在小泥洼里，有的小泥洼已经完全干涸，里面的鱼也都被晒成了鱼干儿。深一点的小泥洼马上也要晒干了。我在一个要干未干的小泥洼里看到了一条苦苦挣扎的大鱼。我很走运，但我觉得它遇到我更走运，否则它很快也会成为鱼干儿。

我心情重新好起来，安慰她说，都过去的事了，不提了。

我已经完全取得了她的信任，她接受了我的安慰，想用力抱紧我，但她浑身无力，只能把头使劲往我怀里拱了两拱，然后便睡着了。

她是一条可怜的鱼。这个想法挥之不去，她的肌肤也像被晒干黏膜的鱼皮，如果都是鱼，大灵则是一条水滑柔润的美人鱼。我突然变得像一个老渔民，面对着打捞上来的一条鱼产生着无限的感慨。的确，在我心里大灵是无法被替代的，对她的欲望一直压抑在内心无法释怀。在那件事发生之后，我一直有意躲避着大灵，我害怕某天她突然冲上来抓我晃着她的账本说你欠我的该怎么算？尽管我一直有侥幸心理，那天晚上她很可能把我当成了我哥，或者别的什么人，但我还是禁不住害怕，我现在是有身份有地位的人了，我不能让自己像韩东他们一样在泥潭里挣扎。我常在心里劝自己，算了吧，这么样一个女人，不想也罢，但每次回忆起那个夜晚的奇妙感觉心里都好像有个填不满的无底洞。为了断掉想她的念头，我做了很大的努力，有一段时间我在市区里每晚都要睡一个小姐，特别无聊时甚至一同找来两个或三个。但那些稀烂贱的女人都代替不了她，我腻了烦了的时候就更想她。后来我很认真地想过，她身上到底有什么魔力呢？我怎么会产生月光洒在天鹅绒上的感觉呢？我清醒地记得那个夜晚漆黑一片，根本就没有月亮。于是我真就买来一块天鹅绒放在十五的月亮下面欣赏，并不是我要的感觉。面对着真实的月光洒在真实的天鹅绒上，我不禁难过起来。很奇怪的是，当我难过的时候，那块月光下的天鹅绒居然生动缥缈起来，我突然找到了答案，那是一块忧伤的天鹅绒。在人的所有情绪中，忧伤是最动人的。也就是说，在那个伸手不见五指的夜晚，我有幸得到了一个真实而忧伤的大灵。

我这是怎么了呢？我看着熟睡的鲁丽，我突然觉得床头在后仰，然后整个床都在晃动，床在嘎吱嘎吱响，窗户在抖动，整个楼体发出轰隆隆一声闷响。

我靠，地震了?!

不是错觉，是真的地震了。幸好还没脱衣服。我从床上弹起来，朝门冲出去。鲁丽的身体失去了依靠，瘫软在床上，我知道我只有十几秒钟的时间逃命，顾不上她了，各安天命吧。走廊里一群裹着床单的裸体在奔跑，我被一个忘了裹床单的女裸体撞倒，这个屁股过分肥大的女人像一头受惊的犀牛，我怀疑地震是被她搞出来的。我爬起来朝那个女人猛追过去，我想也把她撞倒，然后踩着她的身子逃命，但她比我想象的快多了。

大街上满是惊慌失措衣裳不整的人，我站在人群中，气喘吁吁，仰头望宾馆四楼的那扇窗户。如果强震袭来，这栋楼房就会瞬间坍塌，成为她的坟墓。好在大地震颤了两次后就重归平静。人们的情绪也随之轻松起来，开始相互取笑。光着身子的人纷纷往房子里跑，似乎比逃命时跑得更快。我也跟着往楼上跑，"大犀牛"又跑在了我的前面。那个巨大的屁股就在我的面前晃来扭去，恨得我牙根痒痒。在奔跑的过程中我两腿之间的家伙竟然肿胀起来，而且比每一次兴奋都肿胀得厉害。我急需一个女人来安慰，就像是一头饥饿的豹子，但我对"大犀牛"一点没兴趣，毫无疑问鲁丽是一顿美餐，我今天无论如何也得把她办了。当我冲进我的那间客房，却发现床上没有鲁丽，房间里空着，于是，在天亮之前，我就像一个端着三八大盖儿穷凶极恶的日本鬼子，找遍了整个宾馆的房间楼道厕所，我的子弹顶在枪膛上，呼之欲出，却找不到发射的目标。所有人都不知道她到哪里去了，甚至不知道曾经有这么个女人。

　　太阳升起来，我回到自己房间，反锁上门，把自己脱光。我筋疲力尽却又躁动不安，那杆长枪依然直挺挺地端在两腿中间，不达目的誓不罢休的样子。我站到淋浴头下面，把水拧到最凉，用凉水冲击它，一边给它降温，一边大骂鲁丽。对危难时抛却鲁丽我是有一点愧疚感的，但跟我因得不到她而产生的失落和愤怒比起来，那点儿愧疚根本不算什么。

　　消息很快传过来，这次地震的震中是在内蒙古，离我大舅的煤矿很近。我妈抱着家里的电话打，可我大舅家的电话却怎么也接不通。我妈急得哭了，让我马上开车带她赶过去。我说妈，如果受灾严重解放军会去救灾，你去了只能给添乱，你放心吧，我大舅是什么人，比猴都奸，他肯定没事。我妈用泪眼瞪我。你要不去我就自己坐火车去。

　　好好，我去还不行吗，上车。

　　我和我妈刚要出门，电话响了，我妈赶紧跑回去接电话。电话是我大舅妈打来的，大舅妈很平静，说家里没事，但矿上出事了，我大舅到矿上去了。我妈才松了一口气。

第七章

秋天，朴虎出狱了。

朴虎回北窑是在凌晨，神不知鬼不觉，在台球社里睡了三天。台球社被我哥砸完之后就没再营业，只有大灵一个人住着，所以，并没有太多人知道他回来了。在这三天里朴虎一定想了很多事情。想清楚后才让大灵把韩东他们三个人叫到台球社见面。

朴虎让韩东、田光亮和江岸给每家都送去了一张请帖，上面写着：明天下午三点在四海大酒店设宴请客，敬请光临。请帖都撒出去了，可请客当天谁也没到场，朴虎白搭上了十几桌的酒席钱。酒席是朴虎跟胡四海赊下的。朴虎当然会很郁闷，后来就发生了朴虎上门收份子钱的事情。

朴虎让江岸、韩东和田光亮三人用小车推着三箱啤酒，从北窑的第一家开始，推门进屋，先鞠躬后说话。叔婶，我重新做人了，请你们喝酒你们不去，我就来了。说完咬开一瓶啤酒，深鞠一躬，双手奉上说，叔婶，我蹲了五年大狱，吃了太多苦，现在我要重新做人了，重新做人跟生孩子一样是喜事对吧，喝喜酒就得随份子，多少看着办吧。那家人赶紧翻出五十块钱，朴虎不接，又把刚才的话重复了一遍。对方没辙只好换了张一百的。

前几家还算顺利，到了司机老杨家时遇到了一点难度。朴虎进门，还没说话就被老杨喊了一声：你来干啥？滚蛋。朴虎小时候没少被老杨踢屁股，现在老杨依然不把他当回事儿。朴虎只当没听见，该敬酒还敬酒。老杨说你啥意思？要不是看在你死去的父母面子上，我早一脚给你踹出去了。朴虎操起酒瓶子砸在自己脑袋上，又粗又长的血虫立即爬了出来。老杨害怕了，不敢再多说话，老伴赶紧掏出五十块钱递过去。朴虎不接，扎开两根手指头晃一晃。老杨的老伴赶紧咬牙给了二百。有了这满脑袋的血迹，后面的钱收得非常顺利。

我接到我妈的电话时，正在车间办公室里跟库管闲扯。库管是个刚结婚不久的新媳妇，人虽然丑但很大方，跟她开过点火的玩笑也不生气。

我妈说，小江，你赶紧回来一趟，朴虎到咱家来了。

一提起朴虎，我的心里还是有点打怵，这是小时候落下的毛病。但如今我在北窑是有"理"有"面"的人，不能跌了身份。我撂下我妈的电话，马上给派出所的孙所打了电话。孙所说没事，我马上带人过去。我这才心里有底了。

江岸、韩东、田光亮一见到我都往后躲。毕竟现在我是他们的老板。我对他们说，我说怎么找不着你们呢，原来都跑我家来了呀。三个人都低头不敢搭话。朴虎看看他们三个，又看看我，说高小江，你挺牛哇！

我把手伸过去，要和他握手，他倒把手插进裤兜里了。我缩回手，脸上赔着笑说，恭喜虎哥，光荣出狱。

朴虎冷笑说，我高婶儿说了，得等你回来才能给钱，你现在是大老板，我这仨兄弟都跟着你混饭吃呢，出手大方点吧，顺便把你哥欠我的也都还了呀。

我哥欠你啥了？

台球社是我的，人也是我的，你说他欠我啥了？朴虎一脸邪恶。

这时我家的院子里已经站满了人，所有人都看着我。我干咳两声，扭头看了看韩东他们三个。他们刚偷偷抬起的头又赶紧低下了。我心里暗想，孙所说马上就到了，我怕你个屁。我对朴虎说，虎哥，你头咋破了，用我带你去医院不？

朴虎说，别跟我整没用的，等你随份子呢。

我从手包里捻出两张票子递过去。虎哥，你亲自来，我不出点说不过去，拿着。

朴虎冷笑接过钱。你拿我当二百五呢吧！

我说虎哥，看这话说的，我瞧不起谁也不敢瞧不起你呀。

朴虎说，你少他妈跟我扯，你随份子钱至少两千，你哥的账另算。

我看了看表，估摸着孙所也该到了。我从手包里拿出一整捆的票子放到桌面上，说这是五千一捆，我不拆捆了，你在头上碎一瓶酒五百，你敲碎十个瓶子就全拿走。

我话音落地，围观人群一阵骚动，有人小声说，这下好，碰茬子上了。

朴虎血红的眼珠子瞪着我，犹豫了片刻，伸手要去抓钱。院子里人群后面突然有人喊了一嗓子，朴虎，你想干啥？所有人都扭头去看，人群闪出一条路，孙所走了进来，身后跟着个年轻的民警。

朴虎立即慌了，不知所措，摆出一副可怜样儿。报告政府，我没干啥。

孙所走近朴虎，用手指戳朴虎的胸口说，刚出来皮就紧了是不？用不用我再给你松松皮？

朴虎不敢抬头，好像被戳得很疼，直往后躲。

孙所问我，什么情况？

不等我开口，围观的人们就乱嚷了起来，他讹我们钱……

孙所乜斜朴虎说，看来是没改造好哇。朴虎赶紧赔笑说，我没有，我是来请大家喝酒的，真的，酒席都准备好了。

孙所对身后的民警说，带走。

民警从腰里摘下手铐就往朴虎手上扣。朴虎吓得脸都白了，腿也软了。我赶紧拦住了，小声对孙所说，孙哥算了，其实他也是好心请大伙，给他一次机会，就算给我个面子。我的声音朴虎听得很清楚，围观的人却听不清。所以，大家并不知道孙所为什么没把朴虎带走。孙所临走时拍了拍朴虎的脸说，你小子给我长点记性，老实做人，听见没？把钱都还回去。朴虎猛点头。

朴虎表面上服服帖帖的，但我能感觉到他暗里憋着股气。他见孙所走了，便也要离开。我说虎哥，你先别急着走，事还没完呢。

朴虎扭过头来乜斜我，想横又不敢横的样子。

我说虎哥，我知道你是好心想请大家伙吃饭，大家伙也心领了，你把大家伙的钱还回去，你赊四海的酒席钱我给你出了，你看咋样？

朴虎犹豫了好久，从兜里把钱都掏了出来，拍在桌上，扭头走了。围观的人赶紧给朴虎让开一条路。朴虎一出院门，院子里竟响起了一片掌声。

我独自坐在车里，车熄了火，停在荒废的中央大马路上，周围一团漆黑。这条路曾经是很多人谈情说爱的胜地，如今连成对的鸟都不愿意驻留。可我常常愿意一个人在这里静静地待着，这里的安静跟其他地方的静不一样，让我心里踏实，脚踏实地的那种踏实。我从小到大的每一个成长瞬间都是实实在在的铺垫，只有在这里我才能回忆起来。比如我从小虽然被所有人都看成是普通得可以忽略的人，但是却一直有一种心理暗示在告诉我自己，我跟别人不一样。我甚至做过不少为了跟别人不同而特意反其道而行之的事情。今天在处理朴虎的事情上，别人都会认为我应该狠狠地教训一下朴虎，估计朴虎也会这么想，可我偏就不那么做，我不但放他一马，还会对他更好。

这是我从小到大第一次战胜了朴虎，对我来说意义巨大。第一，我摆脱了从小落下的"恐虎症"；第二，树立了我在北窑人心目中的威望；还有第三，朴虎是个地痞流氓，即便是被改造过也还是秉性难改。如果我想把生意做大，这种人早晚能用得上。

我喜欢在黑暗中思考。黑暗有一种魔力，能够让你的身体慢慢融解，与黑暗混为一体，只留下思维活动是具体而清晰的。这样你的精神意志力就都会集中在你思考的问题上，思维能力就会成倍增长。说实话我不认为我自己是聪明人，从小做过很多自作聪明的事，如今想起来自己都觉得幼稚可笑，但我却是个爱动脑子的人，有人评价我这种人叫"闷骚"，也有人称之为"蔫损"，不管叫什么，我觉得都比傻子要好。我宁可被人嫉妒恨也不能让人瞧不起。

此时，我的头脑异常清醒，这好像是安静的黑暗带给我的力量。

其实对于目前的我来说朴虎根本就不算个事，最让我头疼的是怎么处理好我和大舅之间的关系。我想脱离他的掌控就必须有自己的筹码。我早在半年前就已经开始运作一些事情了，如果能达到我的预期，估计离我跟大舅摊牌就不会太远了。

我摩托罗拉手机的叫声把我从黑暗中拽了出来，电话屏上显示是"老贼孙"。我看了看表，已经是十一点半，这么晚了给我打电话十有八九是要我去给结账的，这种事他没少干。你个老贼孙！我骂了一句。

喂，叔，有啥指示？

睡了？

哪能呢，叔这么晚了都在忙工作没睡，当小辈咋敢偷懒哪。

哈哈，你个臭小子，就是破瓶子长了个好嘴儿。

我一听他口气就知道没少喝，而且身边有其他人在场，这个时候必须捧着唠，让他有面子。我说，叔，我说的可是心里话，您这么多年的为人是我们年轻人的表率，跟您一辈子都学不完哪，哪天您再给我们哥儿几个上上课吧，要不我们这帮人心里就没底了，生活也没目标了。

好好好，你们都好好干，我看好你们，先不说上课的事，上回你说的要为居民委做贡献的事，我是大力支持呀，年轻人就得像你们这样，有理想有抱负，那句话怎么说来着，穷则独善其身，达则兼济天下嘛，只要是对社会有益处的事我就不遗余力地帮你们，这件事我已经跟民政部门的领导沟通好了，他们都是我多年的老朋友，我说话了就必须一路绿灯，你安排个时间搞一个选举仪式走走过场，懂了吧？

哎呀我的叔哇！我们愁断肠子的事您一句话就成了，我真是不知道该怎么谢谢您了，可这么多年您连个报答的机会都不给我们，让我们的心里很惭愧呀。

哎！什么报答不报答的，还是那句话，我就愿意帮助你们年轻人做好事。我正跟几位领导吃饭呢，要不要过来敬个酒呀？都是一帮有头有脸的朋友，过来认识一下吧。

好嘞，我马上到。

挂了电话，启车，远光灯为我在黑暗中开出一条路来。我轰起一脚油门儿，车蹿出去。老贼孙，你等着吧！

进了大酒店我先到吧台，我知道这个时候他们的酒局已经进入了尾声，只等我来结账。我结完账，另外要了一打啤酒拎着上楼往他们的包房走。一进包房，却只见老姚一个人坐在椅子上，桌上杯盘狼藉，头顶上一盏吊灯照得他的脑门儿油光锃亮，眼睛藏在眉骨投下的阴影里，一时看不清是张是闭，有点阴森的感觉。我以为他醉过去了，轻声说，老姚。

老姚也是你叫的。他说。

我说账我结完了，领导们呢？

都他妈走了，一帮不靠谱的货色，老姚说。

我挪凳子坐过去，起开两瓶啤酒给他的空杯满上，向服务员又要了一只空杯给自己，刚要倒酒，他说，算了，不在这儿喝了，一桌子残羹剩饭，换个地方，我还有话跟你说呢。

我心里骂，你个老贼孙，还要多宰我一刀，不过也无所谓，反正我喂你多少，你给我吐出来的只会多不会少。嘴上说，叔，还是老地方呗？

所谓老地方是一家带KTV的洗浴中心。老姚这几年养成的习惯是每次喝完酒之后都是先泡一泡醒酒汤，然后再找个KTV包房继续连唱带喝。说实话，他这毛病是我惯出来的。我大舅不经常来这边，便交代我一定得跟姚厂长把关系搞好，他也没告诉我应该怎么搞好，什么样才算好，我手里有了钱之后认识了一些酒肉朋友，跟他们长了好多见识，现学现卖。别看老姚跟我爸同龄，但接受新事物的能力丝毫不比年轻人差，积极性甚至比年轻人还高，有时候看他特别投入的样子我都害怕，这老胳膊老腿老心脏能扛得住造吗？渐渐地我发现他呈现的那种忘我状态挺可悲，就好像知道自己明天就会死似的，想不顾一切地把所有遗憾都弥补回来。

但今天，他却一反常态。他说，不了，喝茶去。

茶庄我是第一次进，我不懂茶，也不喝茶，我所了解的喝茶并不文雅。小时候我经常到窑上去玩儿，有个司窑工姓董，他有一个比饭盆小不了多少的搪瓷大茶缸子，里面焦黄黢黑全是茶锈。他喝茶是牛饮，我们渴了去他那儿找水喝，他就把那个大茶缸子端给我们，我从来不喝，嫌脏。我还看见过很多出窑工也都端着这种大茶缸子咕嘟嘟地喝茶，所以在我的印象中喝茶只是为了不被窑火烤成人干儿。长大后跟一些南方人有了接触，发现南方人跟我们喝茶路数不一样，他们喝茶很文雅，而且喝茶耗的时间比我们北方人喝酒还长，这我就不理解了，茶顶多也就是带点树叶味儿的白开水，有什么喝头？让我更不能理解的是居然好多北方人也学着南方人一样喝茶，样子摆得比南方人还足，茶海搞得像大桌子，又冲又泡，好像喝得滋有味儿，我认为那就是假模假式地装相。

芷兰茶庄古香古色，灯光柔和，音乐轻曼，的确和酒店的感觉很不一样。茶庄并没有别的客人，一个身着淡紫色旗袍的白皙女子把我们引上了二楼一个小雅间。看得出老姚是这里的常客，女子并不多问，等我和老姚落座之后便一样一样地把茶具和果盘端上来，又焚上一缕香，然后便也坐下来给我们泡茶。我一直被女子吸引着，她细瘦但挺直的身子，窄窄薄薄的肩，修长白皙的脖子，精巧生动的小嘴，透着倔强的小鼻子，细若青烟的眉，饱满圆润的额头，还有那双似乎柔弱无力却又灵巧自如的手，整个人就像是用最细腻晶莹的瓷塑成的，而且这种瓷带着淡淡的茶香。那并不是她沏的工夫茶散发的香气，因为刚沏的茶是热的，气味温热并生硬。而她身上溢出的茶香冷郁自然，若隐若现，好像在向你透露她是个不太容易接近的人。

沏好了茶，她起身欲走，老姚说，兰，给我们弹首曲子。

兰微笑点头，走出雅间，再回来时抱着古琴和琴架。摆好琴，便弹奏起来。乐曲就那样从她那轻巧灵活的手指间流淌出来，如烟似雾地缥缥缈缈在整间屋子里。其实我不知道她弹奏的是什么，是她优美的姿态让我对根本不懂的曲子产生了一种敬意，如果换成老姚坐在那里，即便弹得再好听，我也会觉得滑稽可笑。这是个我从来没见识过的女子，她的美不像大灵那样俗媚，她的纯也不像鲁丽那样粗浅，她不但同时弥补了她两个人的缺憾，而且还具有她们无法比拟的一种气质，她是我迄今为止见过的最完美的女人，如果……不行，在她面前我不能有邪念，邪念会让我觉得自己配不上和她交往。我和女人打过无数次交道，这是第一次让我感到自己很虚弱。我看得正入迷，老姚说，小江，喝茶。我赶紧端起茶杯，试探着抿了一小口儿，轻轻放下茶杯。我假装斯文，我曾在很多女人面前表现得粗鄙不堪，但此时我不想给她留下粗俗的印象。老姚一饮而尽，问我，这里咋样？

我说挺好。

这里特别适合谈正事儿。老姚看上去已经完全醒酒了。

叔你不够意思呀，我把头凑过去，压低了声音说，这么好的地方你咋早不带我来呢？

哈哈，说实话就连你大舅都没来过。

我大舅不爱喝茶，来也白来。我附和着笑了笑。

你大舅的为人不错。老姚说这句话的时候眼睛盯着我，语气上是肯定的，眼神中却透露着某种疑问，他似乎在试探我对大舅的看法。

我不知道他想在我这里得到什么，只好应了一句无关紧要的话。他是我长辈，有代沟。

我真是没看错你，你小子聪明，我告诉你交朋友一定要交聪明的人，别怕吃亏，这年头吃亏就是占便宜。他话锋突然一转，你大舅最近咋样？

我说最近没联系，应该还那样吧。

你这孩子，怎么能对大舅那么不关心呢，前两天地震了你知道吧？

我知道啊。一提起地震，我立即想起了鲁丽。我扭头看了一眼仍在弹琴的她，心里有种异样的东西动了一下。怎么了？我问老姚。

老姚扭头说，兰，你去忙你的吧。

兰起身走了出去。我的目光一直把她送到门外。

你舅的矿上出了点状况。

地震嘛，肯定会对矿井有破坏，我听我妈说有矿井塌了，幸好没有人在井下。

我说的不是这，我说的是有人想拿地震说事整你大舅。

扯！地震又不是我大舅弄出来的。

矿井里的电缆可全是你大舅弄的，有人借着抢修矿井的机会提出电缆有质量问题，怀疑你舅在采购中吃回扣。

他这么一说我才意识到了问题的严重性，这就不是吃回扣那么简单了，电缆是我大舅的厂子造出来的，如果真的追究下来我轻则被打回原形，重则受牵连进监狱。那该怎么办？

还好，事情被你大舅利用上头的关系压下了。

哦，那就好那就好。我喝了一口茶压压惊。

今天我要跟你说的关键不是这些。

还有比这更严重的？

你要说严重，也算是很严重，但你要是不严重吧，也就不值一提了。

没明白。

关系到你将来的前途和命运，你说严重不严重？说完他眯着眼看我。这让我想起了那天我从他办公室里走时他对我说的那句话：大侄子，其实姚叔挺看好你的，啥事还得自己说了算才行啊。我心想，这老贼孙是想挑拨我和大舅的关系呀，看来他跟大舅的关系并不是看上去那么好。我故意装作听不懂，说道，姚叔，我在大舅眼里是个孩子，他让我咋干我就咋干呗，我可没想那么长远。

哈哈，你以为你大舅把你当成小孩子？你大舅对你意见可不小哇，你不知道？

我说，姚叔，有啥话你就说吧，我心里有数。

好，我就挑明了说吧，老姚坐正了身子，一脸严肃。这次你大舅的事算是有惊无险，但保不了准就这么一直安稳下去，你懂吗？

懂，早晚有一天他会靠不住了。我也很认真地点头。

而且我敢肯定这一天不会太远，要么你大舅倒台，要么他把你替掉，你啥都没了不说还很可能受牵连进监狱，你打算怎么办？这个阴险的老头儿逼视着我，让我感到一种威压，不是来自他的，而是来自他说的未来。我说叔，你有啥想法？

老姚的脸像板结的土地，突然松动，拱出笑容来。你这小子，我在你和你大舅中间是个外人，我是觉得你小子挺聪明才给你提个醒的，你倒来问我有啥想法了，哈哈。

我立即双手端起茶杯，很郑重地摆出敬酒的姿态。叔，你跟我不隔着肚皮，我也不跟你打糊涂语，我以茶代酒先敬您一杯，然后说我的想法。

老姚笑得更厉害了，笑声震得整间小屋都在震颤，好像又来了一次地震。

跟老姚的这次密谈对我来说真就相当于一次地震。我以前一直认为老姚是个没有太多城府的贪鬼，这次我算是重新认识了他。他早就看出来我对我大舅的不满，也早就看出我大舅已是强弩之末，所以他给我摆了一步棋，这步棋会让我如愿以偿，但我是要付出代价的。代价是他在幕后抽走我百分之五十的红利。这老贼孙，狮子张开血盆大口哇！我大舅每年给他的顶多也就几万，可赚到的却是几十万，他早就馋红眼了。他觉得我是个小毛孩子，比我大舅要好对付，利用我把我大舅踢出局，然后再吃住我。我虽然年轻可并不是傻子，他有他的计谋，我有我的打算。老姚要想扶持我就必须给我更多的好处，让我翅膀变硬，单靠我大舅承包的那两个车间可不行。明眼人都知道，这个残破的工厂还有很大的潜力可挖，这些资源都掌握在老姚的手里。我呢，相比于做我大舅的傀儡，当然更愿意有自己的主动权，哪怕只有百分之五十，这可是完全属于我自己的百分之五十啊。老姚不是说了吗，这年头吃亏就是占便宜。他想占便宜我就让他可劲儿占，等他占得差不多了，就该我占便宜他吃亏了，而且我还得让他吃大亏。

一切敲定之后，我们准备离开。兰递来账单等我结账，我瞄了一眼账单，吓了一跳，这简单的一壶茶水和几样干果竟然消费八百元。我心想，这小女子看上去文文静静的，下手够狠哪！但脸上却努力控制着表情，不能让她看到我没见过世面的样子。我从手包里点出十张百元大票递给兰，并故作优雅地微笑点头说，就这些吧，你弹的曲子真好听。

兰冲我微笑，送我们下楼时在一楼柜子上取来一只手拎纸兜递给我，并不说话。老姚说那是兰送给第一次来的客人的小礼品，一块普洱茶饼。由此我觉得这个小女子虽然下手挺黑，但还算是个有情有义的人，我暗下决心，一定要把她搞到手。

一切都似乎要重新开始了，不只是事业——我现在可以用事业来定义我做的事了。还有我的爱情——如果可以把我对兰的渴望算作爱情的话。我有了非常明确的目标，身体里仿佛一下子被注入了无穷的力量。不过越是这个时候越需要我冷静，冷静，再冷静，我得认真考虑一下这第一盘棋该怎么下。跟两个老江湖玩儿计谋可不是开玩笑的。

如今的工厂在老职工的眼睛里是一片废墟，厂房老旧，机器锈死，垃圾成堆，荒草成灾，但在我的眼睛里则是一片能长出金元宝的沃土。老姚给我的暗示是整个厂子里除了已经承包或卖出去的土地厂房设备之外，我可以随便挑，他会让我以最低的代价拿到手。当然省下来的钱就算是他的投资了，那百分之五十的利润就是他应得的回报。我一连开着车在工厂所属的土地上转了三天。其实不用转我心里也有数，主厂区外的那些养鱼池、果园都包出去了，目前还有厂区之内的三个大型生产车间和独立于主厂区之外的动力科、运输科还闲置着，未来这都应该是我的。现在我还没有那么大的能力接下这所有的盘子，得扎稳马步一步一步来。

冤死鬼儿满头大汗跑到我的车前，呼哧带喘地说，小江，你这一天像捉迷藏似的，找你可把我累死了。

我说你找我有事？

冤死鬼儿说，你怎么忘了呢，今天是居民委换届选举大会呀。

哎呀！你看我这脑子，我自己安排的事都给忘了，你准备得怎么样了？

冤死鬼儿说，我都准备完了，就等你呢，你不去大家伙都不开会。

可想而知，自从跟朴虎过招之后，我在北窑群众心目中的威信一下子高了很多。这对我将来的事业无疑是个好开端。

冤死鬼儿不知从哪儿弄了套西装，我怎么看都觉得别扭，不像他了。

选举大会的会场设在居民委的院子里。两天前我把江岸派给冤死鬼儿去筹备会议，看见现场的横额、彩带、气球都弄得很有气势，我正准备夸奖一下江岸，却发现鲁丽在会场上忙活得正欢，显然她才是总策划，江岸只能被指派干一些搬搬椅子扫扫地的杂活儿。

我问冤死鬼儿，这都是鲁丽弄的？

是，你觉得咋样？

不错，有点学校开联欢会的意思。

冤死鬼儿不知道我是褒是贬，只看着鲁丽傻笑。

我在耳边对冤死鬼儿说，你和鲁丽好，你家人能同意吗？你们两家可是有仇的呀。

冤死鬼儿说，过去的事还提它干啥。

北窑的居民委选举从来都只是走走形式而已，参加的人也越来越少，大家都知道这是个不死不活的破烂摊子，没人关心谁来管，更没人愿意管。但今天却跟以往不同，几乎全北窑的人都来了，院子里坐不下那么多人，只好撤掉凳子，大家都站着，院子外也都站满了人，隔着矮墙跟里面的人呼应。面对这么高涨的热情，冤死鬼儿紧张得像个木头人。他把自己当成今天的主角了，其实我知道，今天大家伙都是冲着我来的。大家都认为有钱有势又有正义感的我才能给北窑带来希望。果然，当鲁丽把现任主任（江岸他妈）和冤死鬼儿的名字作为候选人写在黑板上让大家伙准备选举投票时，底下有人喊了，怎么没有高小江？我们要选高小江。场面有点尴尬，我不得不站出来说话了。

我感谢大家伙对我的信任，但是这个主任我是不能当的，我这个人随便惯了，没有当官儿的素质，我认为勇子当这个主任最合适，大家伙都选他吧，我在背后一定全力支持勇子把咱北窑改善好。

他能行吗？我们从小看到大，还能不了解？

就是，从小他就窝窝囊囊的。

啥能耐没有咋干哪，还是得你干。

江岸他妈不等我开口，抢话道，咱北窑就这点破事儿，有啥可不行的，我觉得勇子能行，我支持他。她上前把自己的名字擦掉了。江岸妈的思想工作我早就做好了，她是个爱小的女人，两件上海羊毛衫就搞定了。

大家伙并没有因为江岸妈的"倒戈"而转变态度，但这种情势大家还是看明白了。我不干，江岸妈也不干了，就只剩下了冤死鬼儿。这似乎又回归到原来不死不活的老路子上，大家一下子没了心气儿。

行啊，这破烂摊子，谁爱干谁干吧，反正都是粪坑变茅坑，一个味儿。

也是，咱们这北窑就是粪坑，有能耐的谁爱往这里搅和呀。

有人离开了，会场松散起来。但有人似乎不太甘心，把矛头指向了冤死鬼儿。

一个说，冤死鬼儿，既然你要当主任，那就得给解决点实际问题，自来水太混，还一股子怪味儿，不沉淀喝不了，水流儿还没小孩尿粗呢，半天接不满一盆，你看咋办吧。

另一个说，你还好意思说，不是你成天用自来水浇菜地水流儿能那么小？冤死鬼儿，你得管管，好多人家都用自来水浇菜地呢。

这水被污染了，得把人喝出病来。

冤死鬼儿，我们这趟房的瓦碎了好多呢，一下雨就漏，你赶紧找人收拾收拾呀。

冤死鬼儿，路灯坏了好几年了，晚上走瞎道儿太危险，给修一下子吧。

冤死鬼儿，我们农工给厂子卖命了那么多年，工人还有个买断呢，俺们啥说法也没有，你让俺们咋活？你赶紧给找找人哪。

冤死鬼儿，老马家的狗天天半夜叫，吵得人睡不好觉，你不管管？

养狗的又不是我一家，你睡不好觉那是你心里有事，别拉不出屎怨地球没有吸引力。

冤死鬼儿……

冤死鬼儿……

算了，你们这是干啥？他是我们看着长大的，有多少能水儿你们不清楚？算了，大家伙都别难为他了，回家自己想办法吧，不管谁当这个主任，咱们的日子还不都得往下过，别抱希望心态就好了。老杨终于替冤死鬼儿说了句公道话。

大家摇头无语，纷纷散去。

冤死鬼儿本来是准备了讲话稿的，一直裤兜里捏着，人散了才掏出来，全被汗溻了。看着水淋淋的讲话稿，冤死鬼儿一脸尴尬和委屈。

鲁丽走过来把讲话稿拿过去，很仔细地打开，让阳光晒上面的汗水，说其实你也不用太难过，大家都不抱希望也是好事。

冤死鬼儿低下头，看着他那双被脚撑走形了的大鞋，说，我是不是像个小丑？

我说，我劝过你，你不听，非得干。

我目光扫过鲁丽的脸，看见她的眼圈也红了，眼眶里溢满了泪水。

夏天刚过我就让父母搬进了市区里的新房。这套一百平方米的新家在整个市区是最好的楼盘。这是一举三得的事，第一改善他们的生活质量；第二证明我的实力和孝心；第三我不想他们干涉我的生活和事业。我爸每天只要一见面就问我在搞什么名堂，他对现在的我似乎很不放心。我妈则总是催我给她找个儿媳，生个孙子。我每天具体都在想什么做什么，他们无法理解，也没必要知道，更无权干涉。我让他们过着衣食无忧的生活，可他们却每时每刻都想掌控我，真让我受不了。最近我的确做了很多事，比如拿下工厂运输科和那十几台没烂掉的"大红头"（捷克进口太脱拉货车）成立了自己的运输公司。如今楼市火爆，开发商跑马圈地大兴土木，运输建筑材料的活儿也多得干不过来，但这行当鱼龙混杂，得不择手段抢生意，干这事朴虎这种人最合适。

朴虎自上次被我灭了气焰之后，再没敢做什么出格的事，只一个人窝在家里成天以酒浇愁。江岸他们倒是经常去看他，但总是被他骂跑。我走近朴虎家的时候，心里也七上八下的。

虎哥，在家呢？一推开他的家门，隔夜的酒味儿混合着变质食物发霉味儿直冲我脑浆子。炕上地上散乱着食品包装袋和空酒瓶子，简直就是个垃圾站。朴虎躺在炕上似睡非睡。

你来干啥？他用疑惑又愠怒的眼神看着我。

请你出山。我说。

他冷笑，你他妈真会说，请我出山！不就是让我去当垃圾工吗，滚吧你，让我给你们扫垃圾，咋想的，我宁可他妈饿死，靠！

我有点糊涂，但转念一想就明白了。北窑的生活垃圾需要有人清理，居民委雇垃圾工每天清理垃圾，每月三百块的工钱，活不累钱不多，通常这种活都派给那些老弱病残没有生活来源的人。肯定是冤死鬼儿之前来找过他，他倒真是好心，我心里暗笑，可也太幼稚了，估计他被朴虎骂出去算是轻的，挨上两酒瓶子都有可能。

虎哥你是什么人，怎么可能去做那种低贱的工作呢，我说，我来是请你干一番事业的。

接下来我把让他替我管车队的事说了。他听着听着便坐了起来，脸色泛红，期初的那种愠怒最终被感激取代。

虎哥，你帮我干我肯定不亏待你，现在是创业期一个月只能给你八百，其余的看业绩说话，年底分红，最低一万，上不封顶，咋样？

朴虎激动得眼圈都泛红了。小江，够哥们儿，既然你这么信任我，你放心，以后只要你一句话，我就玩命儿往上冲，谁要是敢跟你叫横，我要他命……

好好，不说别的了，我们是干事业，不是打打杀杀，我笑着打断他的话，朴经理，那咱就怎么定了。我把手伸过去，这次他两只手一起扑过来，一下子把我的手紧紧握住。

我果然没看错朴虎，他不但凶狠，在牢里还认识了一些黑道的人，上手没几天便把路子蹚开了，运输队的生意出奇地好。半年不到我又添进十辆新车，更牛的是朴虎连唬带骗把附近几个村子里搞运输的散户都收编到公司里来，我公司大大小小的运输车辆达到八十辆，成为这个行当里的老大。

另外，我还把四海饭店盘了下来，紧挨着饭店的包装车间也拿到了手，来了个二合一。我用大舅的两个车间的设备到银行做抵押贷了五百万，把其中三百万都用在了装修上，取名逍遥宫，餐饮、KTV、洗浴、客房一应俱全，我还特意从外地招来一批年轻漂亮的"小姐"。这几年豪华酒店生意异常火爆，有钱有权的老板们一到晚上就像饥饿的老鼠一样往高档娱乐场所里钻。市区里的玩腻了，再加上不愿意碰上熟人，就都往郊区跑。因此郊区一下子冒出很多农家院、度假村，其实都是吃喝嫖赌的场所。我的逍遥宫不远不近，装修豪华，项目齐全，姑娘漂亮，哪有不火的道理呢。更何况我是让大灵做了我的大堂经理。

大灵倒没像朴虎那样表现得非常感动。她从始至终一直冷眼看我，等我把想法说完之后，她沉思了好久说，为什么找我？

我说，我想为你做点事儿。这当然不是我的真心话，我的目的只是想笼络她，我觉得除了她再没第二个人胜任。另外，也为了我心里的那份情结，她是我放不下的女人。

不能不说大灵在这方面是很有天赋的。在开业之前我送她到省城一家最高档的娱乐中心去学习了一个月，回来后简直就让我刮目相看了。

每天夜色初上，逍遥宫灯火辉煌，豪车盈门，彻夜不眠。如今想在逍遥宫吃住得提前一周预定。

能撺起运输公司和逍遥宫这两摊事业，当然没有老姚不行。在开办运输公司和逍遥宫之前，我跟他在芷兰茶庄谈了几次，他对我的想法非常看好，敲定方案那天，他跟我说，你的事业做大了没有个管账的不行，我给你介绍个财务经理吧，这人可是正经的财会科班毕业，你肯定能相中。我当然明白他的用意，他这是给我身边安插一个监控，创业初期很多事都得依靠老姚，所以我不能拒绝。我只能在心里骂这个老贼孙！在我的印象中搞财务的都是些脾气古怪又老又丑的女人。我说姚叔你看好的人肯定不会差。老姚笑了笑，把兰叫到我跟前说，就是她。

这可真是给我一个惊喜，我正愁没机会接触兰呢，老姚就把她送到了我的身边。从第一次见到兰后，我就再也放不下她了，有几次做梦都听她给我弹琴。可这份喜悦里也掺着一丝忧虑和失落，因为很明显兰是老姚的人。

老姚说兰是老红砖厂一个老职工的孙女，父母都病死了，孤苦伶仃。

我脸上故作平静，等兰出去之后我小声对老姚说，兰好倒是挺好，就是太不爱说话了。

老姚说，她说不了话，是个哑巴。

啊?!

这结果让我很伤感，我曾想象过她的声音一定也跟她的相貌一样美丽动人。可见人是不可以没有缺陷的，她太完美了，所以老天爷就夺走了她的声音。

兰的确如老姚说的业务能力非常强，两个项目的前期财务预算全都是她一手做的，在后期融资贷款和资金使用上她也都起到了决定性作用。我常常想如果兰不是老姚的人该有多好！那样我就可以完全信任她，毫无顾忌地对她好。在项目开办初期我们每天在一起工作，我几乎成了她的小跟班，为她端茶倒水为她跑腿，我对她的照顾简直都颠覆了我对自己的印象，这个心思细腻知冷知热的人是我吗?!我得承认我对她有一种依赖，她在我身边我就觉得踏实，她不在我的心就落不了地。看着她安静地忙碌着，我常会生出一丝心疼，她真是一个能干又安静的兰。

估计老姚也看出来了我对兰不一般，公司运作一进入正轨他便让兰回到茶社，只有每个月固定几天才会到公司来管账。还告诉我为了避嫌尽量不要到茶庄去，日常工作只用短信沟通。我心里想这个老贼孙，咱们就走着瞧吧，看我怎么把兰变成我的人的。

我的事业和爱情都进行得风生水起时，大舅来了。

在我的预想中他早就应该露面了，为了筹建新项目，我把他两个车间赚来的钱都投了进去，他见不到钱了。他之前给我打了几次电话，问我为什么很久没有钱进到他的账上，对我私自买车的事他也很恼火。我一直用效益不好来搪塞。他当然不会相信我的话，那段时间他一直为了摆平自己的危机无暇顾及我这边，这就给了我时间和机会，如今我的翅膀已经硬了。

我俩坐在车间办公室里。他对我摆出一脸和蔼可亲的长者风范。我则努力装出一脸愁苦相。我在心里早就想好了怎么对付他。

小江，大舅没看错你，来之前我跟你妈唠了很多，这些日子大舅不在，没想到你会把生意做得这么风生水起的，好哇！再过几年大舅干不动了，就指望你了。他一上来就给我戴高帽子，这倒是挺让我意外。估计他也明白自己处境不妙了，所以先跟我来软的。还把我当成给个糖球就能乐半天的小屁孩儿啊？我暗笑，现在跟我打亲情牌，我可不吃这套了。我说大舅，咱这两个车间一直亏损，是我没管好，你找别人给你管吧。

大舅笑了说，怎么不好了，我看挺好的嘛，老母鸡都下了鸡崽了，小江啊，别有压力，好好干，大舅心里有数，走，你带我到运输公司和逍遥宫去看看。他起身要走，我坐着不动。我心想，我可不是你的傀儡了，想让我干啥就干啥，我没跟你翻脸完全是碍于我妈的面子，如果你不是我大舅，我有必要跟你坐在这里客客气气地讲话吗？

我说，大舅，说实话吧，现在我有自己的生意了，你的电缆生意我不想做了，你找别人管吧。

哈哈，小兔崽子，你怎么跟大舅还分得那么清呢，什么你的我的，我的不就是你的，你的不就是我的嘛，我没有儿子，我都把你当我亲儿子了，再说醋从哪酸的盐从哪咸的还不知道吗，现在公司扩大规模了，还多元化发展，你功不可没，等年底的时候大舅给你包个大红包。他伸手过来摸我的头，我表现得异常冷漠，往后一靠身子，躲过他的手，我说大舅，话不能这么说，你的从来都是你的，我的当然也只能是我自己的，还有，以后你别老拿我当小孩儿，我最讨厌别人摸我的头，把我头型都弄乱了。他摸了个空，又被我的话呛到，脸色阴成一块大铅皮，坐回到椅子上冷眼看着我不说话。

大舅，想必你心里也清楚，车间生产出来的电缆全靠卖给你们矿上赚点钱，可自从地震之后这条销路就断了，我帮你苦挨苦撑这些年也算是尽力了，我真是不想干了。话虽这么说，却并非我的真实想法，我这叫以退为进。其实现在我的电缆已经不像刚开始那样靠大舅包销，为了不当他的傀儡，我早就着手另辟销售渠道了，他的渠道销量只占百分之四十。如今主动权握在我自己手里，如果他要收回的话，没有我那百分之六十的客资他玩不转，我可以带走客户另起炉灶，反正工厂的车间有的是。如果他还得让我干，我就要谈条件了。我看着大舅的脸，与他冷眼相对，在那一刻我们之间只有赤裸裸的利益，没有血脉亲情。这就是他小看我付出的代价。

今天不谈这事了，我跟你妈说好了晚上跟你一起回去吃饭，估计你妈现在正忙着做菜呢。他缓了缓，强挤出一丝笑容，那笑容是走了形的，看上去更加沉重了，就像一座被万吨巨石压顶的火山口，内心炽焰翻滚，表面还要装作很平静，我知道，这对他来说太难了，那块无比沉重的巨石他快顶不住了。

大舅，不能不谈，今天咱得把话说清楚。我的一只脚踏在了那块巨石上。

说得清楚吗你，他腾地站起来，如我所料，火山爆发了。你少在这跟我得便宜卖乖，你拿我的钱搞你自己的什么他妈的事业，还用我的车间贷款，你以为我傻吗？他大喊起来。你长能耐了哈，坑起你大舅来了哈！这几年你黑了我多少钱你以为我心里没数？你搞运输开酒店的钱都是他妈我的，今天你有脸跟我在这扯他妈的淡，我早就看你小子不地道，你们老高家人都他妈不地道，当初我妹妹嫁给你爸我第一个反对，结果咋样，生出来的崽子一个比一个狼……

他越骂得凶我心里越高兴，他正在朝无法挽回的绝路上走下去。我平静地看着他，甚至有点可怜他。生意场上无父子，如果我自己没把腰板做硬，他随时都可以把我踢出局。可现在我腰板硬了，成了大闹天宫的孙猴子，他除了骂街还能做什么呢？他起身在屋子里边走边指着我骂。门口招来一大群工人看热闹，韩东和田光亮要进来，被我摆手制止了。我等他骂累了，气焰弱下去，讪笑着说了一句，大舅，你非得把事情搞到这个地步，这又是何必呢。

他像被一颗子弹击中了一般，突然就僵住了，继而浑身瘫软一屁股陷在沙发里，用两只手掐着太阳穴，喉咙里发出咕噜咕噜的声音，好一会儿才说出一句话：外甥，大舅有点失态了，对不住哇。

我说我能理解，我知道这两年你的日子不好过，有人在背后搞你，谁摊上那么多事谁都会心情不好，可我觉得你越这样对你自己越没好处，船破经不起大浪啊。

他苦笑，无力地摆下手说，不提那些了，娘亲舅大，不管怎么说我也是你大舅哇，比外人还是要强的吧？

我说，大舅，亲情归亲情，生意归生意，两回事儿。

他说，那好，咱就走着瞧吧。

那天大舅没再去我妈家吃饭，直接回了内蒙古。

大舅咽不下这口气，收回了厂子让他的女儿管理。我的表姐夫长得溜光水滑，却是个标准败家子，成天带着我表姐吃喝玩乐，偏偏我表姐又是个胸大无脑的花痴，这些年我大舅赚的钱大部分都被她给挥霍了。这都在我的预料之中，我找姚厂长以更低的价格租下了两间更大的车间，摆出了一副大干一场的架势，并带走了百分之六十的客资，给我大舅来了个釜底抽薪。在我的设想中，他的电缆车间最多只能挺三年，这还是在公平竞争的情况下，但我不想被他牵扯太多的精力，更重要的是我不忍心看着我辛苦做起来的产业被那两个败家子败光。做生意跟打架一样，不能给对手以任何喘息的时机，只要占了先机就要速战速决，我必须尽快把他的厂子弄到手，正常手段达不到目的，就得使点特殊手段。其实我租的两个车间根本不是用来生产的，我没时间按常规的建厂模式走，我跟外地一家快倒闭的国营电缆厂联系，把他们生产出来的产品低价买进我的车间，再大摇大摆地从我的车间里运出去，造成生意火爆的假象。然后我把表姐夫请进我的逍遥宫，吃喝玩乐一通，让他说服表姐把厂子转让给我，我答应给他五十万的好处费。就在我的计划马上就要成功时，却突然接到了一个惊人的消息，大舅肝癌晚期，快死了。

大舅的病情急速恶化，短短一个月时间就已经下不了床。我去过几次，都是在病房外面站一脚就走，我怕他一见我就会提前死去。但后来我妈给我打电话说大舅想见我，我只好跑去医院，硬着头皮走进了病房。

大舅已经瘦脱了相，让我联想到死眉瞪眼的鱼干。

大舅……看着他悲惨的样子，我不知道该说什么好。

他抬起枯枝般的手，向我伸来，好像要跟我握手，又好像是要抓我，我不由害怕，往后躲。他的手抓空了，像一只突然中枪的瘦

165

雁半空跌落下去。

小江，你过来，我跟你说句话。他很虚弱，我不得不把耳朵凑到他的嘴边。我怎么也没想到，那只被击落的瘦雁突然挣扎着再次飞起，给了我一记耳光。尽管那记耳光只能算是比抚摸重了一点，但对他来说已经是使出了浑身力气。我心里一惊，身子挺了起来。那一刻我俩一高一低，隔空对视。我看到他僵硬的脸上一点点融化出微笑来，他说，你小时候我经常这样揍你，小兔崽子，你再怎么能耐我也是你大舅，记住。那一刻他的目光竟然是和蔼的，亲切的，好像忘记了我们之间所有的怨恨。

大舅葬礼那三天，我几乎断绝了与外界的一切来往，对葬礼全身心的投入为我赢得很多好评，尤其是我妈，她逢人便说我懂事，仁义。大舅妈对我也非常满意。由此看来大舅把我和他的恩怨带进了棺材里。葬礼结束之后，我回到厂子的第一件事就是全盘接手了大舅的厂子。这是大舅妈对我的恳求，比起不争气的女儿她更愿意相信我这个外甥，这倒替我省下了给她女婿的那五十万好处费。作为回报，我只需要每年给她百分之二十的红利，我能这样做她已经感激不尽了，其实赚多赚少还不是我说了算？

那天晚上我抱着很复杂的心情想把自己灌醉。大舅没了，本来是件挺让人悲伤的事。但我赢了，不但永远摆脱了他对我的掌控，而且他的厂子也如愿成了我的盘子里的菜。这一悲一喜像掺和在一起的鸡尾酒，说不清什么滋味。尤其是我和大舅最后一次见面的情景，老是在我脑子里过电影，好像在一遍一遍地提醒我对不起他老人家。我偷偷在心里说大舅你别怪我，这都是命，蒋春花死的时候我妈说人不能跟命争，所以你要怪就怪命不好吧，换句话说你要是活着，我的命就不好了。

你们信不信命？我问。

我把朴虎哥儿四个和大灵都找来陪我喝酒。

信！韩东说。

什么是命？我又问。

他们认真思考着。

命就是一口气，没气了命就没了。江岸说。

我灌了一杯酒，摇头。不对。

命就是运气，命好就走运，命不好就倒霉。田光亮说。

我又灌了一杯酒，还是摇头。我说虎哥，你说说什么是命。

朴虎冷笑说，命就是个王八蛋。

我把目光移到大灵脸上。童经理，你说呢？

大灵说我不信命。

你凭啥不信？没等我说话，朴虎抢嘴问道。

路都是自己走的，要说信命，我比你们任何人都应该信命，可我就是不信，我告诉你什么是命，命就是你根本不想要别人却强加给你的东西。

别人是谁？朴虎追问。

别人是所有人，也包括你，你，还有你。大灵用手指着我们每一个人。

不知是大灵的话让大家伤感了，还是根本没听懂，反正我是听得稀里糊涂的，我们都沉默了，只剩下喝酒。

我抱着喝醉的心态，一杯紧一杯往嘴里灌，朴虎他们实在扛不住，都借尿道儿逃跑了。跑就跑了吧，我心里清楚他们四个拜过把子的王八蛋不会真跟我一条心，跟我真好的只有冤死鬼儿，可这小子现在躲着我，他看不惯我如今的样子。当上个破主任就不知道自己是谁了，一群忘恩负义的王八蛋，在我最需要人陪的时候跑的跑，躲的躲。还好，大灵躲不了，她是我的大堂经理。

大灵，我就想问你一句话，我算是个什么人？

大灵坐在我对面，双臂抱在胸前，冷眼看着我。整晚她很清醒，一直在不停给我倒酒。

你怎么不说话了？刚才不是说得挺好吗。

大灵还是保持原来的姿态，在她眼里看不出对我的一点爱怜。她也是一个不懂感恩的人，我让她当大堂经理，相当于把她从泥潭里捞了出来，但是她从来没跟我说过一个谢字，哪怕连个感激的眼神都没有。

我挣扎着站起身，天旋地转，差一点一头栽在堆满了酒瓶子的茶几上。她扶了我一把，我顺势坐到她的沙发上，倚着她的肩膀，她并没有拒绝。她的肩膀柔软圆滑，我倚不住，一滑，身子倒斜，头被她的大腿接住。那里太舒服了，温暖，柔软，像天鹅绒。她想起身，让我离开她的腿，但我两条胳膊已经抱住了她的腰，我的头靠着她的小腹，脸埋在她的两条大腿根儿中间。我哭了，不知道为什么，那一刻我只想哭，像受了委屈的孩子终于找到了妈妈的怀抱。我的哭泣让刚刚还在挣扎的她平静了下来。我的眼泪在她大腿上洇湿了一片。同时，我嗅到了一种味道，那是被我暗藏在记忆里的味道，让我迷恋的味道。月光下的天鹅绒又出现在我的脑海里，这一次太真实了。我不禁用嘴唇去亲吻她的大腿。我的嘴唇和她大腿的皮肤只隔了一层薄薄的丝袜。那片被我泪水洇湿的皮肤，有一丝丝的凉，跟多年前那个晚上一样的凉。她又开始挣扎了。我死死地抱住她，就像海难中幸存的人抱着救生圈。

你别这样，她终于说话了，再这样我就喊人了。

喊吧，我不怕。我的这个窝是整间酒店最靠里面的，而且隔音很好。所有人都知道这是我的私密空间，没有我的同意谁也不敢闯进来，更何况在这个酒店里，哪个晚上还听不到几声女人的喊叫。

我的嘴更加放肆，像猪一样往她的两条腿中间拱，并咬破了她的丝袜。她用两只手使劲推我的头。

你喝醉了。她说。

恰到好处，我说，你得感谢我，除了我谁还能让你过上好日子，朴虎能吗，他就是个劳改犯，要不是我给他机会，他连屎都吃不上。

你喝醉了。她又说。

你想要什么？我说，你们女人啊，总是不满足，我会让你满足。我用嘴在她的大腿根上咬了一下。

她疼了，哎呀一声，但并没有挣扎。你是个混蛋。她骂。

混蛋问你呢，你想要什么？我嬉皮笑脸，仰头看着她。

她的身体发生了变化，由最开始的挣扎反抗，变成了僵硬，现在则松弛了下来，但小腹的起伏证明她的内心并不平静。

你想要我？她低声说。

我说不是我想要你，是你想要什么，说呀，想要什么？只要你能说出来的，我一定满足你。我飘飘悠悠的，像躺在温暖的天鹅绒上，天鹅绒漂浮在海面上，随着浪潮起伏。

我要什么你都能给吗？她说。

那当然，我现在可是企业家，我他妈就是什么都有。

大灵猛一起身，让我猝不及防，差一点从沙发上滚到地上。她起身站在离我两步远的地方，双臂叠在胸前看着我，眼神里透着嫌恶。她这种姿态彻底激怒了我，我坐起身指着她质问，你这是在瞧不起我吗？你走吧，以后不用来上班了。

她神情变得有些慌乱，放下手臂，把两只手交叉叠在小腹前，这是标准的站立服务的姿态，她说，对不起高总，是我错了，一时糊涂，您别生气。说完对我深鞠一躬。

我乜斜着眼，伸手去够茶几上的酒瓶。她赶紧先一步拿起酒瓶给我的酒杯倒酒。

我说，你们都是一群不懂感恩的混蛋。

她低着头不接话。我又说，我刚才说的话你没听见吗，走吧，不用你了，回去继续开你的台球社吧。

你不能让我走。她说。

我是老板，我他妈想让谁滚谁就得滚。我吼道。

我不走！她突然盯着我，虽然泛着泪光，但眼神里有某种坚硬的东西在凸现。我上小学的时候是全校的领操员，我是所有人的榜样，我是我们班第一个加入少先队的，我虽然数学成绩不好，但爱写作文，我的每一篇作文都被老师当成优秀例文念给大家听，我记得有一次老师让我们写一篇作文，题目是我的理想，我记得我是这样写的，如果生活是一片草地，我的理想是做那片草地上绽放的最美的花朵；如果生活是一片树林，我的理想是做那片树林中歌声最动听的小鸟；如果沙漠是一片荒漠，我也要做荒漠里闪耀着太阳光芒的宝石……她越说越激动……那时候好多男同学都围着我转，因为我漂亮聪明学习好，老师也都宠着我……她眼泪流了下来，整个身体都在激动中颤抖。

我说你跟我说这些有屁用，别跟我这儿废话了，走吧，等我叫保安把你撵出去就不好看了。

她突然抓起了茶几上的水晶烟灰缸，猛地砸在自己的脑袋上，血虫立即爬了出来，爬到下颔，断成血滴，染到雪白的衬衫上。

这是我没预料到的，我第一反应是她要用烟灰缸袭击我，我一下蹿起来跳到沙发背后。我隔着沙发喊，你是个疯子！

她说，可是后来所有人都嫌弃我欺负我，没有人相信我根本就不是我，我根本就不是现在的我，我恨死了现在的我，我恨死了你们所有的人，你们就是一群内心恶毒，不把人往好了想的王八蛋。接着又是一下。

我绕过沙发冲上去一把抓住她握着烟灰缸的手，拼命抢夺烟灰缸。她扔了烟灰缸，双臂搂住了我，整个身体都贴了上来，把我死死缠住，我们两具纠缠在一起的身体摔倒在沙发上。

你弄……我一脸血。在她疯狂的亲吻中,我的嘴很难有机会说话。她就像一排来势汹涌的海浪,一下子把我卷了进去,淹没在她的浪潮中,我完全失去了自主权,被这股浪潮裹挟着,拖拽着,拍打着,撞击着,在拖拽、拍打和撞击中,我们的衣服一片片脱落。

她的血一直在流,那股激情让我和她都血液沸腾,因此我很怕她在做爱中因失血过多而死。但我没有办法制止她,因为我在短暂的惊惧后陷入她的疯狂中。我敢说没有人有过这种体验,跟一个决心向死的女人做爱,那是垂死挣扎的生命状态,就像窒息到死亡临界点时突然获得呼吸的权利,那种快感来源于极度的恐惧和绝望,你根本无法形容。血成了我们之间的黏合剂,在不停的吸吮中,血腥味通过舌头上的味蕾刺激着大脑,大脑失去了理智,连续不断向全身发出指令——干死她。在指令的作用下我浑身的肌肉紧绷,每个细胞都释放出所有力量,变被动为主动,把下身变成了一把刺刀,猛烈而快速地反复刺入她的身体,每一刀都注入了浑身的力量,她在垂死挣扎的绝望中惨叫不已,但她不但不躲避,反而每次都迎刃而上,她已经做好了死在我手上的准备。一个画面突然从记忆中跳出来,那是多年前我那张被鸳鸯刀映着的脸。

要命的刀子,流血的伤口,这更像是一场惨烈的肉搏战。双方都把全部兵力投入进去,厮杀,呐喊,不给对方丝毫喘息的机会。厮杀到最后,我想保留一丝生的希望,但她用最后一丝力气把我死死地拖住,让我全军覆没。

她瘫软在沙发上,像一只被冲上海滩的水母。她终于被我捅死了,伤口凝固,血凝成痂,叉着双腿摊开双臂,她似乎想用这个极其不雅的姿态说明自己真的死了。我的刀丧失了刚性,小鲶鱼一样从她的体内滑出来,我也从她的身上滑到地毯上,仰面朝天,成了一条搁浅的鱼。天棚是用茶色和蓝色玻璃镶嵌的几何图案,在那里,我和她赤裸的身子被切割,犹似分尸现场。

激情的潮水退去，我意识逐渐清醒，理智回归大脑。另一股潮汐又悄悄地涌上来，那是浸漫我神经的凄惶感。这很奇怪，我睡过很多女人，每次与女人做爱过后都会产生强烈的失落感和厌烦，都会觉得自己失去了，而不是得到。唯独与她的两次做爱，让我产生的不是失落感而是凄惶感。凄惶是比失落更可怕的东西，它令我自卑，让我认识到自己很渺小，甚至让我对生活绝望。无论是月光下的天鹅绒，还是血色浪潮，带给我的都是不可想象又无法复制的特殊感受，我无限贪恋，却又无力把握，这是凄惶的根源。

我从天棚的玻璃中审视她的身体，就像一个被孩子玩儿坏了的芭比娃娃。她的身上脸上狼藉着血迹。我与她的目光相碰，我心一惊，原来她也一直在看着我，而且面带哀怨。

她说，你之前说过我要什么你都给，是吗？

我心里咯噔一下，完了！我以为这是一场遭遇战，却不料这是一场围歼战。那种凄惶立即被一个懊悔的浪头拍得无影无踪。

我装作没听见她的话，好在她也没再追问下去。她起身静静地穿衣，然后面无表情走出房间。

许久，我盯着茶几上带着她血迹的烟灰缸，问自己，她想要什么呢？她无声的离去让我的心绪渐渐平复下来，但我知道这种平复是暗藏着某种危险的。冷静下来后，我独自在屋子里闷了好久，因为屋子没有窗户，我又懒得看表，所以根本不知道过了多长时间。大灵的话在我脑子里不停地回响。愤怒和懊悔都没有用，我得想办法把这件事解决掉。走出逍遥宫，天色灰暗，下着小雨。大灵的助理小魅打着伞站在我身后，高耸的乳房有意无意地触碰我的胳膊，看她对我搔首弄姿的样子就知道这是个我随时可以扔到床上的女人，也许是她看出我和大灵之间发生了一些事情，她早就想隔着锅台上炕，但一直被大灵打压着。我看了她一眼，想对她笑一下，可我现在已经无能为力。

这种霏霏细雨让我很平静，就像小雨天坐在河边等待起网时的那种平静，这才有利于我思考对策。我从她手里接过雨伞，示意她不要跟着我，我想独自走一走。一抬眼，发现一个人站在离酒店门口五十米开外，打着一把耷拉一角的破伞，伞压得很低，正挡住了脸面。我只能看见他上身印有广告语的红色T恤衫，下身洗得发白的牛仔裤，脚上是一双黑皮鞋。这身打扮本不出奇，出奇的是他站在那里一动不动，好像憋着一个阴谋。

小魅并没走，她看出我对那个人起了疑心，便对那个人高喊，哎，干什么的？

那个人把伞略微抬起，露出脸。我大吃一惊。

哥?!

高大江在那个雨天回到了我的生活中，时隔多年他变化很大，不用说也知道他这么多年在外面混得很不好。他的眼睛里似乎有一层膜，那层膜好像起着某种保护作用。他额头上那道疤痕把我勾回到多年前的那个晚上。那真是我那一桌腿留下的吗？我暗想。

他并不知道爸妈的住处，先回了老房子，老房子已经闲置，又一路才找到逍遥宫来。我想安排他洗个澡，换身体面的衣服，然后开车带他去见爸妈，可他说想独自回老房子去，不用我跟着，也先不告诉爸妈。

他拿了钥匙，打着那把破伞独自走了。当他的身影消失在雨中时，我又有了那种幻觉，就像小时候他融化在茫茫黑夜中那样，融化在霏霏淫雨之中。不知为什么我突然有了很强的宿命感，我的一切都被一种未知的力量操纵着，我哥的出现也同样是被安排好了的。

冤死鬼儿要为北窑办的第一件大事是找水。

北窑并不缺水，从前红砖厂多斗机挖出的土坑最深也就三米，便有地下水冒出来。但如今地下浅水层都被污染了，想要干净的水就得打一口深井。冤死鬼儿从胡家村请来了井把式，围着北窑转了两圈，最终在南面鱼池附近找到了深层地下水线。打一口五十米的深井，全套下来得五千块，居民委穷得连公厕都修不起。冤死鬼儿拿着水务局审批好的材料去找老姚，倒被老姚数落了一顿。老姚说你想一出儿是一出儿，厂子要是有钱还能轮到你来管这事儿？欠国家几个亿的银行贷款都还不起呢，你别给我添堵了呀。最后，冤死鬼儿只能来找我。

他就坐在大灵曾赤身裸体坐过的地方，情绪很沮丧，说小江，这笔钱我是跟你借，我给你打借条，你放心我肯定还，再说，打出好水来咱们大家不也都受益吗？

我微笑看着他，说我用不着，自己有井。

那就算我求你了，你以前说过我想干什么你都会帮我。

我说的是你自己的事，打井不是你自己的事。

我现在是主任，全北窑的事都是我自己的事。

我讪笑，给你扔个草垫子你就下蛋，你还没看出来，谁把你当回事了？

冤死鬼儿沉默了，脸色阴郁。

我知道这话让他不舒服了，改口说，我给你出一个主意。

他眼神一跳，啥主意？

既然是给大家办事，就让大家伙集资，一家出二百，你还能赚一笔。

他刚刚兴奋的眼神一下子就暗淡下去了。咱北窑的情况你也不是不知道，家家都困难。

钱我可以借给你，但我问你，这钱你怎么还？你穷得连根毛都没有。

那就算了，我想别的办法吧。他脸色暗红，重重叹了一口气，站起身来要走。

看到他为难成那个样子，我哈哈笑起来，转身走到我的老板台后面，打开抽屉，拿出一捆钞票放到他跟前的茶几上。你还他妈跟我犯倔，除了我谁能帮你？

冤死鬼儿立即高兴起来。我就说你最够意思嘛！他从我的老板台上取来笔纸，一挥而就，把借条拍在茶几上，拿着钱就往外跑。

我说你就这么走了？

他转回身，一脸羞赧的笑，冲过来一把将我紧紧抱住，说好兄弟，不言谢。

临出门时，冤死鬼儿突然回头问我，你哥回来了，你知道不？

我说我知道。

尽管我哥不愿意让任何人知道他的存在，但他回来的消息还是很快在北窑传开了。他回来的第三天我妈给我打电话问我是不是你哥回来了，我说是。她撂下电话就打车回了北窑老房子。见到我哥的那一瞬间，她竟站立不住，靠在院墙上一句话也说不出来，眼泪哗哗淌。我哥叫一声妈，她就扇我哥一个嘴巴，小时候她可是连一根手指头都舍不得碰我哥。我哥叫了七八声妈，她就打了七八下，后来就不是打了，而是抚摸。我妈这几年老得很厉害，头发几乎都白了，全是因为惦记大儿子。我爸不露面，似乎对大儿子的怨恨更深了。其实他失踪的这些年，我爸养成了一个习惯，地上的垃圾宁可用手搂也绝不碰笤帚一下。

院门是从里面插着的，我拍了好半天没人应声，只好转到房后去，可后窗户也被窗帘遮挡得严严实实的。我敲窗玻璃喊，哥，我是高小江，你开门哪。喊了十几声也没见动静，我有些慌了，会不会是他在里面自杀了？说不定尸体都臭了呢。我更大力气敲窗户，几乎要把玻璃拍碎。我想如果他再不出来，我就得破窗而入了。就在我捡起一块砖头准备破窗时，里面的窗帘突然被掀开一角，一张满是厌恶的脸露了出来。

当我再绕回到正门时，院门已经开了。他站在门廊里，身上穿着一套很旧但并不脏的灰色衬衣衬裤，头发有些油腻，脸上倒很干净，看来胡子是每天都刮。我进门，他马上又把院门插死了。我发现两侧的院墙都被他加高了，小院子被封闭起来，窝风又压抑，简直像个小监狱。我以为屋子里会像猪圈一样脏乱，落魄的男人都会这样的。没想到他把屋里收拾得不但干净而且很规整，连被褥都叠得规规矩矩，没有一样物品摆放在不该摆放的地方。我暗自为刚才的担心觉得可笑，这哪是一个颓废的人啊，我能自杀他都不会。我坐在椅子上说，哥，这两天我妈又来看你没？

他淡然说道，来过两次，我告诉她别来了。

在这住得还习惯不？

这是我的家，怎么会不习惯？

那就好。我说。从小我俩之间就不太爱说话，现在更不知道说些什么好，场面一度很尴尬。

听说你现在是老板了？

还可以吧，公司越大就越操心，有空我带你到我的公司转转。

他突然一侧嘴角上扬，扯出一丝带有嘲讽意味的笑来。我心里一凉，他依然瞧不起我。我本想让他到我的企业里做事，话在嘴边又咽了回去。哥，我没别的事，就是过来看看你，给你送点东西，你缺什么就找我。

他有些犹豫，似乎想说点什么又没拿定主意。

我从停在胡同口的轿车后备厢往老房子里搬米面粮油，这些都是我给他准备的，可他一手不伸，站在院子里看着我搬，那姿态好像他是我的老板。我有些气闷，把东西放在院子当央，头也不抬往外走。经历了这么多年，我们也都已经成人了，我和他之间也会有所改变，谁知从前的那些东西还在。由此我想人骨子里的东西是无法改变的。他从小就瞧不起我，现在依然如此。我从前受不了这个，现在更加受不了。

你先别急着走。

有事？

进屋说。

我又坐回到那张椅子上，双臂叠在胸前等着他说话。

我就是想问问你，大灵这些年过得怎么样？

我暗自一惊，心里有些发虚，想把话题岔开，含含混混地答了一句，还好吧，也没怎么样，你怎么不问问英子姐怎么样了？

他迟疑了一下说，她现在不是挺好吗？

看来他并没有让自己与世隔绝。

跟我哥离婚后，英子姐整个人都变了，不出门不见人，沉默寡言，在家里憋屈了三年，把自己熬成了小老太婆。她爸看不惯她成天沤在家里吃闲饭，托人给她介绍对象，一心想让她从这个家里出去。她不愿意，用沉默来对抗，她爸就成天骂她。她最终没能拗过她爸，同意嫁给三十里外农村的一个半傻不茶的男人，大她六岁，倒是很听她的话。她出嫁那天，迎亲的头车是黑色奥迪，后面跟着三辆红色桑塔纳，相当气派，这可比跟我哥结婚强多了，他爸妈也很兴奋，北窑人都请到了，唯独没请我爸妈去喝喜酒。英子姐走出家门连头都没回一下，从此再没回北窑一次，也不让家人去看她。

我听说大灵在你手下打工？他接着又把话题扯回到大灵身上。

我说，哥你怕她告你？你放心，我认识局里的人，摆得平，再说都过去这么多年了。

弟，我不是那个意思。他看着我，多了不想说，我想请你帮我一个忙。

什么忙？我问。

我要娶大灵。

我惊愕，哥，你到底是怎么想的？她是个什么样的人大家伙谁不知道，你非要娶她，就算我同意我爸妈也不能同意呀。

怎么想的是我自己的事，我这些年在外面经历了很多，也想了很多，要不是为了她我就不会回来了。他目光像两只锥子，透过眼睛往我的心里扎，好像我不同意的话他就要把我刺破。

我说哥，能帮我也不帮你，你让咱爸妈遭的罪还少吗？

那好吧，你走吧，没事了。他语气很平淡。

我说，哥，这事你再好好琢磨琢磨，别……

滚！

从老房子里出来，我脑子里一团乌烟瘴气。都因为大灵这个迷惑人的毒蘑菇，本来我和她之间的事就够闹心的了，偏偏我哥又搅了进来。

妈的，别逼我！我狠砸了一下方向盘。

北窑南面养鱼池的边上围着一大群人，冤死鬼儿正领着人打井。打井机咣当咣当地响个不停，地上汪着一大摊泥浆和沙子。我把车停在路边走过去，井把式正在给冤死鬼儿讲地下的情况。据井把式说在很久很久以前北窑这块地方曾是浑河的老河道，地面以下五米之内是黄土层，五米以下全是砂层，细砂渗水性强，浑河里的脏水渗入地下，污染了水源，井越深水才会越干净。

我对这事不感兴趣，北窑这个生我养我的地方在我的心目中已经不同以往了。小的时候我从来没想过会离开这里，从没觉得还有什么地方比这里更好。但现在我只把这里当成暂时的栖身之地，因为我的事业在这里，就好比是供我种植和收获的土地，我关心的只是地里能长出什么，而非能不能放下一张让我睡得舒服又踏实的床。我知道早晚有一天我会离开这里，去到另外一个没有污染、适合居住的地方生活。到那时这里的一切都将与我毫无关系。冤死鬼儿他们就不一样了，他们没有能力走出去，只好拼命想让这里好起来。

　　来看热闹的人越来越多，我站在人群的后面，很专注地盯着那台哐当哐当的打井机，大钻头一寸一寸往地下钻，不停地把地下的砂浆掏出来。看着那细腻匀净的沙子，我的头脑里突然一个闪念，这些沙子可都是钱啊！

　　前些天朴虎告诉我，运输公司丢了一桩大活儿。浑河的四个沙场突然之间全被政府勒令关停，我的三十辆专供拉沙子的大卡车"失业"了。这些年靠浑河挖沙暴富了好多人，抢这块肥肉的人越来越多，搞得浑河惨不忍睹。浑河禁止挖沙的事政府也喊了好几年，但一直都是雷声大雨点小，吓跑了一些胆小的，倒是让胆子大的更肥了。这回突然动了真章，而且还不止挖沙的问题，前些年浑河沿线村庄开办了很多私人工厂，工厂的废水都灌进了浑河里。我之前看到龙头湾的臭烘烘的"血水"就是上游前湾村的一家大型化纤厂排泄出来的。看来这回政府治理浑河是要动真格的了。浑河的沙场被关闭了，可城里盖楼的开发商不能停啊，城市的发展不能停啊，用沙子的地方太多了，沙子的价格在近期肯定会疯长。这就是商机。我脚下可是个聚宝盆哪！这些想法让我无比兴奋。

　　这是令所有人都高兴的一天。

　　深水井打成了，干净的地下水被引了上来。冤死鬼儿点燃了鞭炮，噼里啪啦一阵炸响，硝烟腾起，大家一阵欢呼。冤死鬼儿蹚着砂浆跑过去，两手捧水吸了一大口，用力品咂，一抬头满脸傻笑，甜的，真是甜的！大家也都凑上去抢着喝水。真是啊！一点怪味都没有了，以后咱们能喝上放心水了！人们又都朝家里跑去，取来锅碗瓢盆。

　　冤死鬼儿挤出人群，笑着走到鲁丽的身旁说，这水真甜，不信你去尝尝。鲁丽笑着说，我信。冤死鬼儿转身跑回去，用双手把水捧到了鲁丽的眼前。鲁丽低下头去吸吮他手里的水，嘴唇碰到了他的手心，抬起头时满脸绯红。咋样，我说的没错吧？

我还想喝，鲁丽说。

好好，我再去。鲁丽的话还没说完，冤死鬼儿已经转身跑去了。这次他从别人那里借来了一只大水舀子，接得满满的端过来。鲁丽看着眼前的水舀子，仿佛挺生气的样子，说你这是饮牲口呢？

冤死鬼儿以为鲁丽真生气了，有点不知所措。鲁丽接过水舀子喝了一大口，然后突然一把搂住冤死鬼儿的脖子，把嘴贴到他的嘴上，把嘴里的水全都喂进他的嘴里，然后红着脸说我想让你这样喂我。

妈个蛋，在我眼皮底下秀恩爱！我在心里骂，从旁边人的手里抢过一只水盆，接来满满一盆水全泼到了冤死鬼儿和鲁丽身上。鲁丽想撒手跑开，却被冤死鬼儿紧紧抱住。没想到我的恶作剧引来了很多人的响应，大家一起用水泼他们。他俩在众人欢呼中成了一对落汤鸡。很快大家又互相泼起来，我的恶意攻击最终变成了泼水节，所有人都欢笑高呼，唱歌跳舞，都像吃了疯药似的。我也被泼得全身湿透，我狠狠地用水反击泼我的人，他们以为我玩儿得比谁都痛快，其实我是真生气了，我身上的衣服是新买的名牌。一群疯子，一群大傻子！我一边努力回击一边在心里骂。我想追上那个泼我最狠的人，把他撂倒把头按进泥浆里，可我的两只脚都被陷住，动弹不得，低头一看，我的脚不是被泥浆陷住，而是被两只浑身裹着泥浆的怪物抱着，一个是阿白，一个是傻灵子。他俩活像两条大怪鱼，在泥浆里翻滚着，并发出刺耳的怪笑。我想用脚把他们踢开，却失去了平衡，整个身体直挺挺倒下去，拍起一团泥花。这下我可真是被彻底激怒了，挣扎着坐起来一拳砸在阿白的面门上，他松开了我的脚捂着脸滚开。我抬起被解救的那只脚朝傻灵子的脑袋踹过去，傻灵子也被我踹得怪叫躲开。我刚站起来，冤死鬼儿突然朝我扑上来，我和他一起滚进泥浆里。很多人也学着我们的样子扑倒在泥浆中。

冤死鬼儿抱着我在泥浆里滚来滚去，我挣扎着大叫，你他妈的放开我，我没跟你开玩笑，我真生气了。他疯了傻了，丝毫不在乎我的感受，他还以为我也跟他一样疯了傻了呢，依然死死地抱着我，翻来滚去。那就只好对不住了，我想用两只手抱着他的脑袋使劲往泥浆里按，或者给他两记重拳把他打蒙。可这家伙不知哪儿来的那么大力气，一翻身把我压在了身下，泥浆立即盖住了我的脸，涌进我的鼻孔和嘴巴。我无法呼吸了，整个身子动弹不得。他依然在笑，并没察觉我正被泥浆窒息，我想喊救命，一张嘴泥浆就灌进嘴里。我能做到的只是努力往上勾着头，使脸尽量露出泥浆。小时候我看见过一部苏联电影《这里的黎明静悄悄》，那个陷入沼泽的女战士一点一点被沼泽吞没的情景一直让我触目惊心。现在我跟她有着一样的感受。我要死了，死在大家的快活之中，死在和我最好的朋友手中。他的笑脸在我眼前晃动，是那样的天真无邪，可在我眼里却万分的狰狞恐怖，让我绝望。我的目光越过他恐怖的笑脸，看着头顶那片悠远安静的蓝天，我的意识跟着目光飞升上去。在那一刻我冥冥之中好像明白了一些事情，我的宿命就是死在他的手中，无论我怎么挣扎都逃脱不了。怎么会这样呢？巨大的悲伤涌上心头，我还有好多的大事没做完，还有好多的钱等着我去赚，还有我可爱的兰，我不甘心哪！我的身子忽然一轻，我被一种力量从泥浆里拔了出来。我立即开始大口喘气，眼泪鼻涕一起涌了出来。

我哥矗立在我的眼前，像《大闹天宫》里的魔礼红。

我的意识重新回到我的身上，我清醒过来了，同时遏制不住的愤怒也回来了，一跃而起扑向被我哥拖翻在地的冤死鬼儿，骑上去瞄准他的脑袋一顿乱拳。冤死鬼儿被我打得嗷嗷叫。我把所有愤怒发泄出去后，竟大哭起来。鲁丽和大家把我从冤死鬼儿身上扯开的时候，我哭得上气不接下气，让所有人都看傻了。

那晚，我们在水井旁边架起了一大堆篝火。我们这群泥猴子围坐在篝火边上，身上的泥浆被烤干了，我们都成了"兵马俑"。

我和冤死鬼儿像亲兄弟一样坐在一起，好长时间我们都不知道应该跟对方说点什么。我的手背斑驳着血迹，他的脸上一片狼藉。这场乐极伤悲导致的遭遇战让我们都筋疲力尽。后来我们几乎同时说了一句：对不起！

对不起，我有点高兴过头了。他说。

对不起，我被你的疯病传染了。我说。

要不是被大家伙拉开，我就被你打死了。他惨笑。

要不是我哥，我也死你手里了。我回应，靠！

你没看见大家伙有多高兴吗，这就是我想要的。

我心里骂，去你妈个蛋吧！

我沉默了。我心里的愤怒虽然早已烟消云散，可那种恐怖却一点也没减弱。刚才濒临死亡的那一幕被深深地刻在了我的意识中，强烈的宿命感如同刻痕里渗出的血。我想眼前这个奸不奸傻不傻的家伙真的会成为我无法逃脱的噩运吗？也许是我想多了。老师从小就教我们不要相信迷信，但愿我的感觉是假的。

他突然问我，你打我的时候为啥哭得那么厉害？

我看着他的眼睛说，心疼。

我就知道你最够意思！他拍了我的手背一下，又冲我使了个调皮的眼神，他以为自己的表情很可爱，其实那张破脸让他显得很滑稽，令人心酸的那种滑稽。他的心情就这么好起来了。我的心情却没那么容易好起来。此情此景我似曾相识，那是我和他在渔队，他说他喜欢鲁丽，被我一脚踹下鱼塘。他还是那么单纯。他还是那么单纯吗？我开始怀疑。我俩都变了，这是肯定的。他在我心中突然变得很可怕。

我讪笑说，当然。其实我心里在说，我是心疼我自己。

你还得帮我，他说，我想开个福利小工厂，把咱北窑没工作的人都拢到一起，我已经打听过了，像阿白和傻灵子这样的在福利工厂里上班，国家还给免税。

你要干吗?! 我的语气明显带着新的愤怒。

我想好了，就给你做电线电缆的线盘，反正你也是把这个活儿包给外人干，不如就包给我，对了，还有废料粗加工，这样大家就都有工作了，生活也会改善。

我说，你拿狗屁开厂子?

要不怎么说你得帮我呢，鲁丽帮早帮我算过了，启动资金有个十万就够了，设备就用厂里原来旧的，你去跟姚厂长说一下，卖也行租也行，当然要是白给就更好了，反正那东西扔在车间里也只能是锈死。厂址我也看好了，就在那儿。他抬起胳膊指了指打井机东面的一块空地，那里漆黑一片。

我说你可真是好意思呀，你打井欠我的钱还不知道拿啥还呢，还要跟我借钱，你是不是脑子进水了。

说的也是呀，我不开福利厂赚钱拿啥还你，所以你必须得帮我。他竟愉快地哈哈大笑了起来。

靠! 我怎么交了你这么个朋友呢! 我盯着他，仿佛盯着一个怪兽。他眼睛里跳动着的篝火甚是诡异，令我极其不安。

开沙场的事我不想让老姚掺和进来，他从我这里盘剥得已经够多的了。但是在这片地盘上做事却又绕不过他。怎么办呢? 想着脚下的聚宝盆就是不能下手去捞，心里急得直痒痒。我苦思冥想了好多天，仍无好办法。这天，突然想起有好几天没见兰了，心里顿觉丢了什么东西似的空落，我决定马上去看看兰。

关于兰的身世我已打听得很清楚，他爷爷是江苏人，红砖厂建厂初期被派来援建，便在北窑扎下了根。兰的爸爸是厂里开老嘎斯车拉砖的司机，妈妈是财务科的出纳员。兰五岁那年，她妈搭他爸的车去外地办事出了车祸，双双离世，她便由爷爷奶奶抚养长大。她上中学的时候，爷爷和奶奶也相继因病去世，只剩下她一个人。因为是职工的子女，父母又是工亡，厂里一直照顾着她，本来准备等到她大学毕业便安排进厂子工作，谁知工厂说倒就倒了。这些年老姚一直资助她，这间茶庄也是老姚出钱给她开的。从这一点上看，老姚倒还算是个挺有人情味儿的人。但对我来说却不是好事，我想把她从老姚那边争取过来就很难了。

兰见我进门，含笑迎接，眼睛越过我向门外看。我说不用看了，就我自己。我径直上二楼奔常去的雅间。兰跟进来，给我泡了一壶茶，取来纸笔坐在我对面，在纸上写字：找我有事？

她的字规整秀气，小巧灵动，却透着拘谨。

我说没事，就想来看看你。

她脸色微红，低下头为我倒茶，我赶紧去抢她手里的茶壶。我自己来就行。她松手，起身出去后便没再进来。我下楼，见她坐在一楼的木墩上伏着根雕几案上摆弄一只茶偶。我坐在她身边装作很随意地闲聊。你爷爷是红砖厂的司窑工？

她点头。

那你也算是红砖厂的职工子弟了？

她点头。

咱俩一样，我小时候老跑到窑上去玩儿，怎么没见过你？

她摇头。

摇头是什么意思？

她取过纸笔，写字：我从来不到窑上去。

哦，这就难怪了，要是那时候就认识你该多好哇！我给你烤家雀儿吃。

她应付着笑了一下。

我比画着我的嗓子说，你这是天生的？

她摇头，在纸上写道：五岁时得了一场病。

你怎么不用手语？

她考虑了一下，写道：我的手喜欢安静。

我拿过笔也在纸上写字：你的手好看，手写出的字也好看，你哪儿都好看！

她看完整个脸都粉红了。

她写：你该走了。

我写：我想听你弹琴。

她摇了摇头。

我在纸上画了一个大大的问号。

她写道：你没必要像我一样写字，我的耳朵还好用。

我对着她张口说话，却故意不出声音。

她拧着小眉头看着我，写道：你说什么？

我又像刚才那样做了一遍。

她不高兴了，写：再见。然后起身做了一个送客的手势。

我急了，脱口说出四个字：我喜欢你！

她顿时慌乱起来，赶紧扭过身子去。我见她白嫩的脖颈都红了，那可爱劲儿就别提了，我情不自禁地去搂她的肩膀。她像触了电一样，反身甩给我一记耳光。啪——我僵在那里。

她拿起手机，我知道她是准备给老姚发短信。我上前一把抢下手机，拍在几案上，大声说，你用不着这样，我没想把你怎么样，我就是喜欢你，你……我连气愤带着急，一时语言功能错乱。你应该打你自己，谁让你长得那么好的，活该，人好就别怕被人喜欢。我转身走出茶社，重重摔上门。

茶庄门前的大马路是市区的主流车道，车流量大。我心里憋了一口气，启车时动作过猛，车一下子蹿到马路上，使一辆正常行驶的金杯面包车猝不及防，一头撞在我的左前侧，我的车被撞成了陀

185

螺，在马路上来了个三百六十度大旋转，我在剧烈的震荡中昏迷过去。

我的身子僵硬，像躺在棺材里，动弹不得。有一首歌在我的耳畔忽远忽近地回响，我细听，不是叶倩文的《潇洒走一回》而是周华健的《让我欢喜让我忧》。我还闻到了一股香味，感到了一丝气息，那是护士正俯下身子为我检查头上的纱布。她白净的脖子和胸口离我的眼睛如此的近，我只要稍微努努力就能够到。那股香味是从她的内衣上散发出来的，这贴身的香味儿和忧伤的歌声让我浮想联翩。女人哪！真是让我欢喜让我忧，我觉得喜欢女人是一件非常危险的事，真的！又是被打又是撞车，我真是倒了血霉呀！

别害怕，你只是受了一些外伤。护士说。她看见了我不知不觉流出眼角的一滴泪，并用药棉轻轻擦拭。我则忽忽悠悠地再次睡去。

…………

眼前一团温暖明亮的肉色。

儿子，儿子……我妈的声音，大夫，我儿子怎么还不醒啊？

他的头部受了强烈的撞击导致脑震荡，不过应该问题不大，得好好让他休息。

我儿子会不会变成傻子呀？

应该不会。

什么叫应该不会呀，到底会不会呀?!

…………

嘭——撞击声把我震醒，仿佛又回到了车祸现场，一束强烈的光刺得我眼睛生疼，不是车的灯光，而是窗外的日光。

儿子……你可算醒了。我妈的脸像是用憔悴、焦虑、忧伤和惊喜熬出来的一锅乱炖。

妈，我想吃你烙的馅饼！

我妈笑着哭了，情绪和行为看上去都有点错乱。我爸说我妈，你赶紧回家烙饼吧，快去快去。

我醒过来，大家都安稳了，来看我的人像走马灯一样，水果鲜花和各种营养品堆成山。

我妈坐在一旁看着我吃馅饼，不停地安慰我，没事儿，儿子，大难不死必有后福。儿子，那个女孩是谁呀？

哪个女孩儿？

就是长得好看不爱说话的那个，我听大夫说是她找120把你送来的。

我想那就一定是兰了。我说不认识。

我妈说，不认识？不认识怎么对你这么关心，你昏迷这两天她天天来，就是一声不吭，你老实跟妈说是不是对象？

我皱起了眉头。妈我头疼。

我妈赶紧说，哎哟哟，头怎么疼了，好儿子妈不说了呀，等你好了再说。这场车祸不但没把我怎么样，反而给她带来了新希望，这让她心情大好。她不经意间眼神停在门口，脸上的喜悦浓重起来。我顺着她的目光朝门口望去，见兰站在门口，手里捧着一束鲜花。

兰走过来，把花放在床头柜上，然后有点局促不安地站在那里看着我。她的眼睛里有一种柔柔的东西在漾动，那是掺杂着恐惧和焦虑的一种关心。我妈赶紧拿过一个凳子让兰坐下。兰坐下后，塞进我手里一张纸条。我妈把头凑过来要看纸条上的字，我说妈你刚才不是说要出去找大夫吗？我妈立即会意了，笑着说，对对对，我去找大夫，你们聊天吧，不过大夫可能很忙，一时半会儿过不来，你们慢慢聊。起身出去时把我爸也扯走了。

我打开字条，上面只写了三个字：对不起。

我说这跟你没关系，又不是你撞的我。

她从自己的拎包里拿出笔和便签，写了字给我看：要不是我对你那样你就不会被车撞。

我看她自责的样子，心里偷着乐，女人的心是水做的，别看冷若冰霜，一旦融化就南流北淌。她这样自责，说明对我还是有点意思的，我得顺着她的情绪把戏演下去。我微笑看着她说，都是我不好，我虽然喜欢你也不该对你那样，我知道我在你的心里什么都不是，你那么好，我配不上你。说到这儿，我满脸愁苦，装出被爱折磨得心力交瘁的惨相，不知情的人一定会认为我这是为情自杀未遂。我真不如直接被车撞死了！说着，我的眼泪滚出眼角。

她突然握住了我的手，用力摇头，眼睛里溢出了泪水。

我内心里一阵欢呼。我怕被自己的眼睛出卖，赶紧故作伤感地闭上了眼睛。

她松开我的手，我听见笔尖在纸上滑动的声音，这次她写了好长。她写好了字让我看。

你千万别那么想，我没你想的那么好。我五岁那年，为了要一件洋娃娃玩具跟妈妈生气，非逼着她给我买，那个洋娃娃很贵，而且这里没有卖的。爸妈都很生气，说我不懂事，但还是答应了我。那天他们从外地回来的路上出事了，出事的时候妈妈怀里一直抱着那个新买的洋娃娃。我知道要不是因为我那么不懂事，他们就不会离开我了，所以，我不希望再有人因为我发生不幸。

兰的眼泪一直在无声地流淌。

我微笑看着她，轻声说，别担心，我的命比王八铁还硬。

她被我的话逗乐了，擦了擦眼泪，情绪好了些，在纸上写道：看见你好起来我就放心了，祝你早日康复。然后起身。我见她要走，赶紧说你得答应我一件事。

她看着我，满脸疑惑。

我说我想听你给我弹琴。

她犹豫了一下，然后点点头。

我说我要在这儿听。

她把眉头皱了起来，摇头。

我说你如果不同意我就……说着我用右手去拔左手手背上的输液针头。她急了，一把按住我的手。

我说你同意了？

她皱着小眉毛，不情愿地点了点头。

我说每天都弹，一直到我出院。

她生气了，使劲摇头。我又要去拔针头，她拿出纸和笔唰唰地写了几个字给我看：你真是个无赖！

我笑了起来，说反正你不答应我，我就放弃治疗，再硬的王八铁也完犊子。

每个人都有软肋，善良是兰的软肋。不管她心里有没有我，我就用这种方式硬钻进她的心里。装可怜死缠烂打是泡妞秘籍，这个我上中学时就懂。从第二天开始，兰每天都来病房为我弹琴，弹完一曲就走，病友们都觉得这事很新奇，兰弹琴的时候他们也都围在旁边听，很多人以为是我花钱雇的，我就告诉他们她是我的对象，兰听到了就皱眉头。没几天整个医院里都传开了，我和兰的事情被传为佳话。半个月后的一天，兰空着两手进到病房里，我正纳闷她怎么没带琴，她把一张便签递给我，上面写道：我已经问过大夫，你可以出院了。

随后，她又交给我一个牛皮纸信封，然后便头也不回地离开了病房。

我打开信封，居然是她的辞职信。

我还在养病期间，老姚便为我找来了新的财务经理。江岸在电话里对我说，那个矮个儿小老太太，从那双三角眼就知道她不是什么好饼，刚来这两天像个特务一样什么都看什么都打听，还挨个儿找工人谈话，整得自己像大老板一样。因此，我在没见到这个人之前就已经很反感了。

我进到我的办公室时，见她正在翻我老板台的抽屉，我问你找啥呢？她竟然立起三角儿眼斜了我一眼，很不客气地说，你出去，这是你随便进的地方吗？然后继续翻我的抽屉。

我说这也不是你能随便进的地方吧？

这回她抬头很认真地看了看我，那张冻秋梨似的脸瞬间解冻，两片抹得血红的薄嘴唇突然咧开，爆出一串刺耳的假笑。你就是年轻有为的高总吧，哎呀！可把你盼回来了。她急忙绕出我的老板台，冲过来要跟我握手。

我一肚子火，根本没给她握手的机会，继续问道，我问你呢，你在我这儿找什么？

老鼠，对，我看见一只老鼠跑进来了。她并没有因为被我拒绝握手感觉到难堪，表现得很沉着，一看就是撒谎的老手。

我这里有老鼠？！

有，灰毛儿的。

真他妈可恶！我嘟囔了一句。

是够可恶的。她附和了一句。

我指着她的鼻尖说，我不管你是谁，给我记住了，不允许随便进我的办公室，否则不管你是谁，都给我滚犊子，还有，以后不许你随便找我的工人谈话，你没资格更没权利，懂吗？

我把小老太太赶出去，摔上门后给老姚打电话。

兰干得好好的，为啥换人？我质问道。

老姚语气平和，说兰最近身体不好，提出要休息一段时间，再说一个不好好工作只会弹琴的傻丫头有什么好的？

我谁都不要，就要兰。我冲着电话喊。

老姚并不生气，语气依旧平和，说你别激动嘛，为了一个女人因小失大值得吗？再说，我不管推荐谁做你的财务经理，不都是给你干活吗，你是大老板哪。

老贼孙，扯他妈的淡！我心里骂。但我突然意识到，为了兰我的确有点不淡定了。沉默数秒，我缓下口气说，老姚，你要换也得给我换一个养眼点的呀，这个小老太太长得像灰毛耗子似的，我最他妈讨厌耗子了。

老姚在电话里哈哈大笑起来。你就凑合着用吧，越丑越安全。

我也笑了起来，说真安全，看着她我啥心思都没了。

你就应该一门心思把企业做好，扯别的都没用，对不对呀，大侄子？

对，下回你来逍遥宫我也给你找个又老又丑的。对了，我有点小事儿你得帮忙。

老姚哼了一声说，你小子可真是一点也不让份儿哪，啥事说吧。

是别人的事，我说不明白，我一会儿把他带去跟你当面说。

刚刚跟老姚通电话时，我突然灵光一闪，为开沙场的事想到了一个好办法。冤死鬼儿开小福利厂和老姚换掉兰这两件看似毫不相关的事放在一块儿，倒给我创造出一个机会。首先，老姚背着我换掉兰这件事很不仗义，如果这个时候我提一些小小不然的要求找个心理平衡，他大概不会拒绝。其次，冤死鬼儿要开小福利厂这种事他不会太看重，他只要顺水推舟，我就能借机成事。至于兰，不在一起工作我倒更可以堂而皇之地追求了，这不是一举两得的事情吗？

我撂下电话立即拨通了冤死鬼儿的小灵通，让他十分钟之后到我这里，跟我一起去见姚厂长。

我一开门，差点跟正在门口偷听的灰皮耗子撞上。她赶紧说，高总我有事要跟您请示，正要敲门。我忍住心头怒火说，你以后有什么事向江岸汇报，不用找我。

她反倒有点不高兴了，尾随着我说，我是姚厂长请来的，我的工作是直接对你负责，他算什么人？而且……

而且什么？我突然停住，回头盯着她，我想骂她两句，脏话刚要出口被拦了回去，我知道对她这样会让老姚不舒服，容易坏我自己的好事，便尽量放平语气说，江岸主管这两个车间，我经常不在，所以我不在的时候有事你就跟他说，有什么不对吗？老大姐呀，去工作吧。

她愣了愣，一时没想好怎么跟我对付，我则转身匆匆离开。走到大门口，她突然喊，你不该管我叫大姐，得叫大姨。

我在大门口叫过来江岸说，你寸步不离地给我盯紧这只灰皮耗子。江岸使劲点头，放心吧高总，我属猫的，克她。

冤死鬼儿坐在副驾驶上，兴奋得满脸通红，一个劲儿地问我，姚厂长能同意吗？

我说我答应过你的事就必须办到，不管多难，谁让咱俩是好哥们儿呢。

他居然被我感动得眼圈泛红。我得怎么感谢你呢？

看你说的，咱俩谁跟谁呀！我说。我心里说到时候你不跟我对着干就行。

进到老姚的办公室，他正站在窗台上给君子兰浇水。君子兰肥厚的叶子上布满了月牙形伤痕，那都是我用手指甲掐出来的。我笑嘻嘻地说姚叔，这两盆花还没死呢？老姚放下喷壶，转身，冷着脸说有啥事赶紧说，我忙着呢。

我说，姚叔，你给我找的啥人哪，长得又老又丑就不说了，还偷摸挨个找工人谈话，把我的人搅和得乌烟瘴气的。

老姚说这事刚才电话里不是都说好了吗，不谈这事儿。

我说姚叔，你要么给我换一个，要么我自己找一个。

冤死鬼儿见我始终不说福利厂的事，有点着急了，悄悄用脚尖捅我，我装作没感觉。老姚坐在椅子上，表情有点烦躁，说你刚才电话里跟我说有别的事？

我说姚叔，我就这么一个事儿，没有别的事儿了。

冤死鬼儿真急了，提醒我说，不是还有我的事儿吗，你咋忘了？

我说，哦，对了，你的事你跟姚厂长说吧。

冤死鬼儿说姚叔，我想申请一块地皮，开个小福利厂……

老姚听完，一摆手说，这事我知道了，我得向上头报批，回去等着吧。

我笑说姚叔，还报啥批呀，不就是你拍板的事吗，别人不了解我还不了解吗？

有外人在老姚从来都是一本正经的，听我说这样的话，他的脸色更难看了，说高小江，你胡说什么呢，厂子里一草一木都是公家财产，是我一个人能定了的吗？你俩别跟我这儿胡搅蛮缠了，都走吧。

冤死鬼儿见老姚生气了，无助地看我。我假装没注意他，摆出一副小孩儿耍赖皮的嘴脸对老姚说，叔，反正我不管，你今天不答应我，我就不走了。说完靠近那两盆君子兰，用手摆弄花叶子。老姚说，你给我离那花远点。我说，叔，你都愿意在办公室里养好看的花，你整个又老又丑的老太太放我身边，我整天看着多闹心，把兰再给我呗。哎呀，叔，不好意思呀，这叶也太不结实了，一碰就掉呢！我故意扯下一片叶子给老姚看。

老姚腾地从办公椅上站起，把那盆君子兰抱在怀里。高小江，你……小兔崽子，让我说你啥好呢，你大小也是个企业家，跟人家勇子比一比，你看人家想的是啥，想的是给大家谋福利。你呢？满脑子乌七八糟的东西，我警告你呀，你要是再碰我的花，我可真急眼了呀。

我心里暗笑，赶紧顺杆往上爬，嘴上说，叔，我和勇子今天来找你，不能一件事都办不了吧，这要是传出去，我这个企业家多没面子呀，这样吧姚叔，勇子的事先放一放，你把我的事先解决了，行不？

冤死鬼儿急忙插嘴说，不行，我的事不能放，这是改善北窑人生活的大事。

老姚立即说，我只能答应你们一件事，你俩商量好再找我。

我说好。把冤死鬼儿扯到办公室外面，大声对他说，勇子，我事比你的重要，你别跟我争了，你先回去吧。

冤死鬼儿拧着眉毛说，小江你这话啥意思，怎么能说你的事比我的事重要，来时你咋说的？你说我的事你一定帮我，现在可好，你倒跟我争上了。

我说你小点声，姚厂长不是说了吗，你的事得审批，他说了不算，没把握的事就算了嘛。回头我在我的企业里多给你安排几个人上班不就行了吗，够意思，你回去吧。

冤死会儿气得脸色青紫，用手指着我说，你可真够意思呀！转身要走，被我一把扯住，我拍了他肩膀一下，大声喊，哎，你敢动手打我？活腻歪了是不？冤死鬼儿一脸惊诧，刚要开口解释，我立即捂住他的嘴，冲他使眼神，示意他别出声。

老姚在里面喊，你俩给我进来，不许在这里胡闹。

我薅着冤死鬼儿的脖领子进了办公室。叔，今天这事怎么办吧，他敢跟我动手。

老姚说，你俩来打架的吗？这是办事的态度吗？你把手松开。

我松了手，和冤死鬼儿竖条条站在他跟前。

老姚停顿了一会儿，用手挠了挠秃头说，勇子是为了大家伙做

194

好事，我支持，咱们都得这样才行，小江，你的事先放一放，你别一天老想着看美女，多大点出息！

我佯装生气，对冤死鬼儿说，勇子，姚叔偏向你，你等着吧，你打我那一下不能算完。我气哼哼大步走出办公室，下楼，钻进车里，不禁哈哈大笑起来。

拿到批件，我和冤死鬼儿来到那块地，如今那里被道边的居民开垦成自留地，种上了玉米和豆子。

干得漂亮！我拍了下冤死鬼儿的肩膀说。

冤死鬼儿兴奋得不得了。我差一点都被你给骗了，你演得太像了。

我说你表现得也不错。

整个下午，冤死鬼儿都在不停地给我讲他的设想，我表面上应付，暗自盘算着自己的计划。我明知道这件事是瞒不住的，所以得来个闪电战，就像二战中德国偷袭波兰一样，打他个措手不及，先捞一把再说，反正我跟老姚在一根绳上捆着，搞垮我对他也没好处。冤死鬼儿看上去比我还着急，紧着问我什么时候资金能到位。我摆出一副很为难的表情说，最快也得半年以后。

冤死鬼儿的兴奋劲儿锐减。怎么这么慢？

我说我手里的钱全都投到项目里了，抽不出来。

他开始发愁了，问我那咋办哪，我可等不及呀。

我说办法倒是有，你同意我们就可以干。

快说呀，什么办法？

现在浑河里的沙场都被关停了，我运输公司有一半货车都趴窝呢，有个房地产老板让我找渠道买沙子，可以先付款，如果这笔买卖我能拿下来，给你投资那点钱很快就能到位。

冤死鬼儿一脸迷茫。我没明白，钱从哪儿来？

卖沙子呀。

浑河不让挖沙了，沙子从哪儿来？

我踩了踩脚说，就在脚下。

冤死鬼儿愣愣地看着我，你不是在骗我吧？

我说，你要是这么想那就算了，等我有钱了再说吧。

冤死鬼儿犹豫了许久，咬咬牙说，那好吧，你这么帮我，我还有啥可不相信你的呢。

我微笑着拍了下他的肩膀，嘴上说，这就对了嘛。

我用了三天时间解决了两件事，第一件是搭好了沙子的销路，朴虎跑运输认识很多房地产包工头，如今他们干工程都得从外地高价购沙，我的价格比外地低了很多，所以几乎是一呼百应；第二件是安抚那几个垦荒的人家，把地收回来。虽然地是公家的，但在他们心目中，只要没人种，谁占了就是谁的，跟他们讲道理来硬的都不行。我出钱冤死鬼儿出面，挨家去唠，再给个三头五百的好处就搞定了。然后，我的推土机和大铲车便开了进去，拱开地皮，露出沙层，我的大货车开始日夜不停地往外运沙子。沙子在源源不断地变成钞票。我知道，只要我动起来，老姚就会找上门来。我不兑现投资款，冤死鬼儿也会纠缠我，我便让朴虎负责沙场，自己带着爸妈去南方旅游了。临走时我办了个新电话卡，把旧卡关掉，除了朴虎、江岸和小魅之外，没有人能联系上我。临走时我告诉朴虎，谁敢阻拦你挖沙子，你就用你的方式办，但千万别搞出人命来。这一个月里，我在海南金色沙滩享受着清凉的海风，喝着啤酒吃着海鲜，欣赏着穿着暴露的美女；我在西双版纳的原始森林里跟当地人唱歌跳舞，吃着当地的美食，教傣族姑娘玩猜拳游戏；我乘舟徜徉在漓江上，鲜鱼美酒，晴空朗月……也是在这一个月中，北窑被平地抠出一个二十几米深的大坑，我赚了八十万，这笔钱不走公司的账，直接划到我的私人账面上，灰毛耗子也没有办法。这种一本万利的买卖让我很兴奋，我开始谋划把沙场的面积扩大，实际情况是沙坑的北面隔着一条道便是北窑的宿舍，所以往北扩绝不可能。沙坑的东面是公路，也不可行。沙坑的南面是承包出去的一片养鱼池，西面是中央大马路。中央大马路虽然废弃，但开垦起来会很耗费财力，养鱼池就太合适了，抽干了水就可以挖沙，地皮都不用刮。养鱼池的老板是胡家村胡老尕的弟弟胡连山，上学时跟我是一届，比他哥老实。我对他哥还比较熟悉，他哥跟我哥在大坝上决斗被我哥一板砖拍在脑袋上，后来就再没见过。我想朴虎应该了解，毕竟他和老尕好过。

朴虎说胡连山的爸爸早几年就没了，他家的钱一半是被他爸自己败光，另一半是给大儿子治病，穷得叮当响，如今剩下老妈和傻哥哥全靠他一个人养着。养鱼池是他家的主要生活来源。我说你私下里找胡连山唠唠，能不能把鱼池让出来，我可以给他一笔钱。朴虎在电话里犹豫了一下，说你打算给多少钱？我说这得看情况，你先侧面打听一下他养鱼一年能赚多少钱，然后我再出价。两天后朴虎给我回复说每年鱼市的行情不一样，平均下来大概也就五六万吧，但是……

但是什么？

但是我看他的意思合同到期了还要跟厂子续签。

续不续约跟我都没关系，我说，他的合同什么时候到期？

签了十年的，眼下还剩下三年。

我说，你去跟他谈，给他一年六万，让他把这三年让给我。我心里想三年时间足够了，挖沙子是一锤子买卖，照我挖沙的速度，用不了三年这地方就会被掏空，到那时他续不续签跟我又有什么关系呢，当然到那时候这块地已经成了一个巨大的沙坑，什么也做不了了。

朴虎说，我试试看吧。

撂了电话，我把目光投向秦淮河对岸，那里霓虹璀璨，在一条

197

古香古色的船上，两个穿着古装戏服的人正在唱戏，这样的情形又让我想起了兰。这次旅游我常常会想到兰，每当看见稍有姿色的女子便不经意地与兰进行比较，她们都比不上兰。每当我被某处的美景所吸引，被某处的美食所打动，都会想如果此刻兰在身边该有多好哇！这似乎成了我心里的一大遗憾，我只好不停地拍照，我要拍好多好多照片带回去给兰看。

在这一个月中，我每天都给兰发短信，早上起来问"早晨好我的小宝贝儿"，中午问"干啥呢我的小宝贝儿"，晚上睡觉之前说"睡吧我的小宝贝儿"。她只在第一天回复了我一句"请你不要再打扰我了"，后来就再没给我回过一个字。

一个月很快过去，我突发奇想从南京飞到天津，我准备在天津港买一辆虎头奔，直接开回家。

冤死鬼儿满脸憔悴，瞪着我，像一只斗鸡。

我说你用不着对我这样。

钱呢？他问。

买车了，你也看到了，虎头奔。我笑说，那点钱儿没够，我自己还添里不少。

你是个大骗子！他嗓音低沉沙哑，满眼敌意，看得出这一个月把他折磨得够呛。

别说得那么难听嘛，我面带微笑，语气不冷不热。你这个主任是我帮你当上的，打井的钱是我给你出的，开福利厂的地盘也是我帮你弄下来的，都是你欠我的，帮忙是人情，不帮是本分，怎么我就成骗子了呢？再说我又没说不借给你钱，只不过晚了几天嘛，早几天晚几天厂子都能建起来，你至于跟我这样吗?!

你给我挖了那么大一个坑，你让我在坑里建厂吗？我的话让他微微脸红，但眼里的愤怒依旧。

我说，我答应过你的事就肯定算数，我保证在两个月内把厂给你建起来。

冤死鬼儿是个厚道人，从小到大一贯如此，厚道人习惯把别人往好了想，所以哄骗他并不难，更何况在见他之前我已经想好了一番说辞。我说眼下到处都在大兴土木，建筑工程会产生大量的建筑垃圾和残土，这些东西得找地方排放，建筑工程公司就得花一大笔钱安置这些垃圾，懂没？

你的意思是用垃圾把大坑填平？他皱着眉头。

你终于变聪明了！我笑说，你还记得我们小时候到西大库砸钢筋卖钱的事吗？那就是建筑垃圾，全是废砖烂瓦，埋在地下对啥都不影响，我们还能赚一笔。

冤死鬼儿努力思索着我的话，他仍有疑虑，半信半疑的眼神看着我。

而且，我接着说，回填垃圾赚的钱我一分都不要，全归你，我粗略算了一下，填满这么大个坑至少赚这个数。我用两根食指交叉做了个"十"字。到时候你还需要跟我借钱吗？

这就是你两个月建厂的办法？！

一个月回填，一个月基建，绰绰有余，不用你操一点心，该办的我全给你办利索。

他犹犹豫豫，似乎在信与不信之间做思想斗争。

我说，如果你有更好的办法那就当我刚才是在放没味儿的屁。

那我就再相信你一次，就两个月，不能再拖了。他终于下定了决心。说完起身要走。

我说你就这么走了？

他回头看着我，我起身向他张开双臂，做了个拥抱的姿势。他迟疑了一下，走过来跟我抱在一起。我很用力，但明显感觉到他是在应付。

他离开我的那一刻，脸上显出一丝苦笑。我感觉到我俩之间有一种东西正在像酒精一样挥发掉，那是我们从小到大厮混出来的感情。我给他拿了两盒从南方带回来的礼品，仍然没能让他高兴起来。我心想，这家伙变了，变得越来越让我讨厌。

　　在这一个月中想急于见到我的人肯定不少，除了冤死鬼儿之外还有老姚。但我想见的人却只有一个，那就是兰。送走了冤死鬼儿，我便准备带上一大堆从南方捎回来的土特产和洗出来的照片去兰的茶庄。急切的心情使自己有点忙乱，两次已经走出办公室又返身回来取忘了的东西，我心里都笑话自己，兰让我像个傻子！真搞不明白，我见识过那么多的女人，却唯独对一个说不了话的兰这么认真，这就是爱情吧！一直以来我是不相信爱情的，所谓爱情只不过就是男女之间为了那点事儿产生的冲动，那点事儿做腻了冲动没了爱情也就没了。但是现在我开始怀疑这种想法了。如果真是如此，我把她放在床上那天就会是爱情消失的开始，这个想法竟让我很伤感，我不愿意兰受到一点伤害，哪怕这种伤害来源于我。在我的心目中兰是完美的，就连不会说话也是完美的，她的身上没有一处我不喜欢。她越是拒绝我，我就越是渴望，我甚至很害怕她远离我的生活，因此我告诉自己，兰必须是我的。

　　我的车路过北窑，我看到拉沙子的大货车像一只只巨大的昆虫从那个洞口里爬上来，轰隆隆向市区的方向驶去，所到之处都被它们搅得烟尘四起。在灰尘笼罩下的北窑显得越发的陈旧没落。被阿白粉刷过的墙壁也都像褪了色的照片，黯然失色。说实话，我也觉得有点残酷，但这是没办法的事情，我不这么干早晚也会有别人这么干。如今的人都削尖了脑袋往钱眼儿里钻，发财就是英雄好汉，受穷就是傻瓜笨蛋，我生在北窑，我发北窑的财也算是肥水没流外人田。为了不让我的新车沾上更多的灰尘，我加快速度超越那些货车，每超过一辆我都会鸣一声喇叭，表示慰问。司机们都不认识我的新车，如果我开的是旧车，他们都会向我鸣笛致意。我不怪他们，我对他们没别的要求，能为我赚钱就是好样的，有了钱就有了一切。

兰的茶庄一切如故，我双手拎着礼物，用肩膀拱开玻璃门，发现一楼没人，便连喊两声，兰，我回来了。仍不见兰从楼上下来，我只好放下东西往楼上去。

进来吧，等你半天了。老姚的声音突然从那间小包间里传出来。我心里一惊。

老姚表面上很平和，这有点出乎我的意料，我以为他见到我就会大发脾气。兰坐在旁边，专心泡茶，一如从前的平静优雅，对我的到来显得无动于衷。

大孝子，带着父母去旅游，走了这么长时间，回来了也不先看看我。老姚面带微笑。

我赶紧笑说姚叔，我这不刚到家吗，厂子里一大堆乱事，还没腾出空去看你呢。

没空看我，怎么有空跑这来喝茶呀？

我这不是……我看了一眼兰。我一猜你就在这儿，也想看看兰，一举两得嘛。我给老姚的茶杯满上，继续说，叔，我在外这一个月天天都想着你。

想我干吗？我长得又老又丑，又不会弹琴。他用眼睛瞟了一眼兰，兰低着头，脸绯红。他转而又说也对，你应该想我，你得想着怎么对付我，老姚哈哈大笑。这次干得就不错嘛，瞒天过海，跟我玩儿三十六计。

瞧你说的叔，我哪能跟你动心眼儿呢，这不是为了成全勇子开厂子吗，他没钱，就得先挖沙子挣点钱，我走得急忘了跟你打招呼，再说这又不是什么大事儿。

老姚冷笑一声，我信。说完就不言语了，把身子靠在椅背上，半仰着头做闭目养神状。我心里盘算着，他当然不会相信我说的话，估计他是在酝酿怎么开口跟我要卖沙子赚的钱，他当然会把这笔账算到我们合作收益中。反正钱我已经花出去，想让我吐出来是不可能了，大不了一拍两散，看谁吃亏。

他长久地沉默，我也一声不吭。雅间里弥漫着一股沉闷压抑的气息。我偷眼看兰，正巧她也把目光转向我，我冲她努了一下嘴，她脸猛一红，赶紧把目光移开了。

老姚竟轻微地打起了呼噜。我轻松了许多，用食指蘸着茶水在桌面上写字给兰看：想我没？

她怕被老姚看见，赶紧伸手去擦，我则借机一把捉住她的手。她使劲挣脱，胳膊肘碰到了茶盏上，出了响动。老姚的呼噜声停了，却并未张开眼睛，说兰，你出去吧。

兰红着脸起身走出雅间。老姚这才张开眼睛看着我，那目光晶亮，深邃冰冷。小江啊，有件事我得警告你。

我嬉皮笑脸地说，看你说的，我咋的了，还警告我。

你做事不能只盯着钱，你给北窑挖了那么大一个坑，要是犯了众怒我也替你擦不干净屁股。

我说姚叔你放心，过几天我就把坑填上了。

我实话告诉你，你回来之前勇子已经到我这儿告你的状了。

不应该呀，我对他那么够意思！我愕然。

在利益面前哪有什么应该不应该的，而且他说了，我要是不管他就往上面告，是我把他稳住了才没出乱子。

妈的！一股怒火从我心头燃起。敢在背后整我！

老姚讪笑说，你还是年轻啊！抖搂小机灵可以，干大事儿还差远喽。

老姚的话就像给烧红的铁上泼了一盆冷水，我来时的好心情都刺的一声化成一股白烟儿挥发没了。老姚对我的轻蔑更让我无法容忍，这都是因为冤死鬼儿，太可恶了！我没兴致再坐下去，起身告辞，老姚并没拦我。

一坐进车里我就给冤死鬼儿打电话。我憋了一腔子的脏话像上了膛的机关枪子弹，正要发射，脑子里又把老姚刚说过的话虑了一遍，冷静下来一想，老姚这番话的目的一是强调他的重要性，为要钱做铺垫，二是使我和冤死鬼儿反目，让我不好收场。老贼孙真狡猾呀！我跟他玩儿瞒天过海，他跟我玩儿一箭双雕，那我就跟你们玩儿一个借坡下驴。我在心里冷笑。冤死鬼儿你个大傻子，就不该被人利用，活该！

小江有事吗？冤死鬼儿接了我的电话问。

我对着手机骂了一句，冤死鬼儿，你他妈真够仗义的，我这么帮你，你居然跑到姚厂长那去告我的状。

我……冤死鬼儿一时语塞。

算了，你啥也不用解释了，你好自为之吧。我果断挂了手机，顿觉一身轻松。

今年冬天只下了两场比浓霜厚不了多少的薄雪，纱一样覆盖了地面，风一扫便了无踪迹。但气温却比往年低了很多。我盼着一场大雪，北方的冬天如果没有大雪覆盖，就会显得很丑陋。干枯的草木和光秃秃的大地满眼土灰，房屋农舍似乎都缩小了一圈，像是被冻得缩脖端腔的老年人。北窑宿舍更像是一群挤在一起被冻得瑟瑟发抖的老头儿。我和冤死鬼儿的关系变得比这个冬天还要冷酷。我对填坑的事再无下文，他彻底对我失去信任后便开始公开跟我叫板，纠集了北窑的一帮闲人到沙坑去手拉手站成一排不让我的车辆进出，还到处去告我的状。我的沙场被迫停工。老姚找我跟我商量，他要当我和冤死鬼儿之间的和事佬，我说想让我跟他让步绝不可能，这对我来说根本就不是钱的问题，在北窑有我没他有他没我。老姚跟我很生气，但他拿我也没办法，他明知道我倒了他损失更大。我心里暗笑，老贼孙，这不是你想看到的吗？

别看我表面上显得很愤怒，其实很是悠然自得。我心里有一笔账，入冬后天寒地冻沙场自然就得停了，再说我目前急需的是扩大沙场的面积，而不是再往深了挖，我已经为明年扩大沙场打算好了。有老姚的人脉，再加上我的钱，冤死鬼儿根本翻不了什么大浪，大冬天闲着也是闲着，耍他玩玩儿而已。

我几乎把全部精力都放到追求兰上，成天跟兰软磨硬泡，我成了她生活中的一部分，不管兰喜不喜欢我，都必须习惯我的存在，人一旦养成了习惯就很难改变，突然有一天我没有出现，她就会觉得自己少了点什么。相处久了，我发现兰清高的外表下面是一颗非常敏感又自卑的心，这源于她小时候的经历和自身的缺陷，其实她的清高是装出来的，她害怕被人轻视或怜悯而拒绝与人交往。我偏要给她自信，偏要把她当成公主一样捧着。我发誓，这不是我为了得到她而使用的伎俩，我是发自内心的，我爱她。兰终于没能扛住我死缠烂打的追求，她虽然同意做我的女朋友，但却不让我近身，一定要等到结婚那天才会让我碰她。我决定一到春天就举办婚礼。

第八章

我怀孕了。

大灵独自走进我的办公室，坐在我曾和她刺刀见红的沙发上，很严肃又略带紧张对我说。这让我的内心深处一阵慌乱，好在慌乱的余波被我及时按捺住。我表面上显得很平静，近乎冷漠地说，然后呢？

她用门牙咬了咬下嘴唇，面有羞赧之色，说孩子是你的，你说了算。

我冷笑。大灵，你是不是觉得我是个二傻子呀？

你不信？

我信？！我信我就真成傻子了。大灵，我告诉你，钱我有的是，你要是有什么难处跟我张口我也可以帮你，但你要是跟我玩儿埋汰的，想讹我，那你是看错人了。

大灵的两只眼睛死死地盯着我，她好像被什么东西噎住，说不出话来，憋得满脸通红。

我接着说，大灵，你现在马上在我眼前消失，我就当这事没发生过。

她仍一动不动地盯着我。

大灵，别等我跟你翻脸，对你没好处。我一脸愠怒，威胁道。

她突然长出一口气，似乎堵在喉咙里的东西被硬咽下去了。她站起身来说，你不信咱俩就赌一把，我会把孩子生下来做亲子鉴定。她转身朝门口走去，推开门后又停住，回头补了一句，从今天开始我辞职了。说完走出门去。

我望着那扇重新闭合的房门，脑子里始终回荡着大灵高跟鞋踩踏地面的笃笃声，那节奏始终不紧不慢，声音不远不近，仿佛一匹可怕的猛兽在门外踱步。我对这件事并没感觉到特别惊诧，是因为那次跟大灵激战过后便隐隐产生了一种不祥之感，只是心怀侥幸不愿承认。我怎么办？现在摆在我面前只有两条路，要么死不承认，她即便是真的把孩子生下来也是几个月之后，到时候我已经跟兰结了婚，可就怕她现在就弄得满城风雨，坏了我的好事。要么就跟她谈条件，给她一笔钱把孩子做掉，这样当然会更稳妥一点，但她狮子大开口怎么办？等等，我突然想，如果她真的是在撒谎呢？她一直跟朴虎住在一起都没怀孕，我只跟她弄一次就中了，也太巧了吧。没准这是她跟朴虎合谋来讹我的钱呢。沙场停工之后朴虎基本属于半闲置状态，收入也比以前少了一半，他心里肯定会不舒服。朴虎是什么人大家心里都清楚，这种事他绝对能干得出来。这样一想，我顿觉轻松了一些。如果真是他们合起伙来骗我的钱，倒正好给我借口让他们这两个狼心狗肺的东西滚蛋。我的脑子飞快运转着，我自认为是个聪明人，聪明人的脑子里装着一个大问号，无论什么事都要用问号滤一下。在没弄清楚真相之前不会轻举妄动。我决定探一探朴虎。

虎哥，十分钟后你跟我去趟市区。我在手机里跟朴虎说。

有事呀高总？朴虎问。

一会儿你就知道了。

半个小时后我把朴虎带到市区一家高档KTV的包房里。只有我们两个人。朴虎以为我是约了客户或者朋友，让他来陪酒。我说，虎哥，今天我是特意请你喝酒的。

为啥？朴虎问。

我请哥喝酒还需要理由吗？我笑着说。在我和朴虎这两年的相处中，我们的姿态都发生了极大的变化。我小时候对他的那种畏惧已经消失殆尽，而他也早已习惯了对我的服从，当然他的服从很可能是表面的。这种变化完全是由于财富和地位的转变带来的，让他卑躬屈膝的不是我这个人，而是我现在的身份和实力。

朴虎一副受宠若惊的样子，忙不迭地为我开啤酒。端起杯说，高总对我够意思，我敬你一杯。

我说，先别急。我话音刚落，包房门开，十个穿着简单打扮妖艳的"小姐"鱼贯而入，站成一排。经理是个油头粉面的胖男，笑起来像个开口大肉丸子。高老板大驾光临，我把我店里最漂亮的美女都找来了。

我对朴虎说，你先来。

朴虎连忙推辞。

我说，跟我你有啥可不好意思的，你不选我替你选。我随手点了四个，两个陪我，两个陪朴虎。肉丸子经理又给我加了十瓶啤酒和一只大果盘。我和朴虎被两个"小姐"夹在中间左拥右抱，我警告"小姐"们如果不把虎哥陪好，我一分钱小费都不给。于是一杯紧一杯地喝酒，一首接一首地唱歌，没一会儿朴虎就被"小姐"们忙活得晕头转向了。我看差不多了，便把坐在我和朴虎中间的两个"小姐"赶走，紧挨着朴虎坐下，左臂搂着他的肩膀，和他一同唱周华健的《朋友》，间奏处气氛烘托起来，我跟他对吹了一瓶啤酒。我大声说，虎哥，你是我亲哥，这两年你对我鞍前马后，委屈你了。朴虎激情上来了，又抓起一瓶啤酒，咕嘟咕嘟往肚里灌。喝到一半时，我一把夺过酒瓶子，你喝多了，别喝了。朴虎使劲掐我的肩膀说，好哥们儿！我说，虎哥，你是不是有啥事瞒着我？我这句话正被歌曲的高潮部分淹没，朴虎大声说，弟，你说啥？我薅起一只空瓶子啪地摔在地上，冲唱歌的"小姐"大骂道，你妈蛋，给我闭了，没看见你爹们唠嗑呢吗？"小姐"立即跑过去关了音响，屋子里顿时一片安静，只剩霓虹灯光在无声地闪烁，显得很怪异。

我重说一遍，你是不是有啥事瞒着我？

朴虎直愣愣地看着我，许久没说话。我俩的脸色都严肃起来，被灯光闪得忽红忽绿。高总，你这是啥意思？我仔细观察朴虎的情绪变化，并看不出他有什么破绽，立即缓和了口气，假装开玩笑说，你肯定有事瞒着我，哥，你跟我不坦荡了呀，哈哈。

朴虎见我的语气变了，脸色也有所转变，应和着我浅笑说，我咋不坦荡了？你说不明白得罚酒。

我说，那我问你，你是不是跟大灵姐吵架了？

朴虎的表情再度严肃起来，狠灌了一口酒问我，她找你了？

我看着他，不置可否，等着他往下说。

还是不提她了，扫兴。朴虎又独自灌了一大口酒。

我说，别不提呀，你把我当外人了哈，我为啥找你出来喝酒呀，我就觉得你最近情绪不对，我还以为是工作压力太大呢，想给你减减压，你心里有事不能憋着，说出来，我能帮你的我两肋插刀，我帮不了的咱一起想办法。

朴虎被我的话感动了，使劲一拍我的肩膀说，你真是我的亲兄弟呀！可这件事谁也帮不了我。

说出来听听，没准能呢。

朴虎酝酿了好一阵子，说我想跟大灵成个家，好好过日子。

我笑了，哥，你现在不就是跟大灵是一家的吗？

朴虎苦笑，傻弟弟呀，我们现在这只能叫搭伙，我跟她领了证办了婚礼，那才能是成了家。

这还不简单吗，形式上的事儿还不说办就办吗，我民政局认识人，帮你打个招呼，婚礼我帮你操办，小事一桩嘛。

朴虎摇头，这事我跟她提好多次了，我一提她就翻脸，她变得越来越暴躁，两个月前她搬回家去住，说从此以后跟我拉倒了。

在一起住都住这么多年了，为啥不同意呀？我嘴上虽然这么问，其实心里已经有了答案。

我他妈哪知道为啥！朴虎满脸愁苦，拿起酒瓶子晃一晃，要跟我共同喝酒的意思，我有点走神儿，没回应他。他自己喝了一口，想说又好像难以启齿。我也没再顺着他的话往下问。话题搁下，我们各怀心事，继续喝酒唱歌，酒喝到肚子里又在狂喊乱蹦中变成汗挥发到空气中，我和朴虎一直都处在半醉半醒的状态中。午夜我们带着四个"小姐"离开KTV，在附近的宾馆开了两间房，继续挥汗如雨。那一夜尽管两个"小姐"很努力，但我始终无法投入，我被心事纠缠着，具体说是被大灵和兰纠缠着，她俩的形象在我的脑海中轮番出现，中间还夹杂着大灵搞毁我哥和英子姐婚姻的那一幕，搅得我心神不宁。隔壁房间里倒是闹得很凶，"小姐"的尖叫一声比一声高，简直就不是人动静了，好像是在故意炫耀，真他妈令我烦躁，我真想冲过去把朴虎的家伙砍掉，让他变成死太监。估计宾馆整栋楼都被他们的淫荡之声弄烦了，每面墙壁都被人擂得笃笃作响。后来淫荡之声终于停止了，我的房门又被敲得笃笃响，好像所有被激怒的人都来砸我的门了。两个"小姐"吓坏了，赶紧把裸体往衣服里钻。我让她俩去开门，她俩吓得直哆嗦，但还是去了。从门外闯进来的不是警察，更不是被惹恼了的房客，而是被朴虎弄得尖叫的两个"小姐"。她俩披头散发，一个面色惨白，一个满脸通红，一进门就冲我嚷嚷，老板，你那朋友纯他妈的是个变态，自己不行事儿就往死了作践人，你瞅瞅把我俩整的满身是伤，青一块紫一块，以后让我们咋见人啊，你得给我俩多加钱。她俩给我看身上伤痕。脸白的"小姐"似乎惊魂未定，身子一直在微微发抖，大概是刚出道没见过这种世面，也可能是气的。

他咋样了？我问。

被我俩削蒙了，要不我俩还不出来呢。

我笑了，哈哈大笑，笑得眼泪都出来了。我就那么一直笑，我也不知道笑什么，其实我心里既惶恐又悔恨，按说我应该哭，可我还是笑。四个"小姐"围着我的床，傻呆着看我笑，像围观怪物。我笑着从床头柜上拿过手包，拉开拉链掐出一沓钞票朝她们一扬，她们便开始围着我的床抢那些钱。抢完纷纷出门去了，那个红脸"小姐"临出门时还骂了一句，这俩傻×！

嘭——门被重重摔上。笑立即就从我脸上消失了。我看见对面梳妆台的大镜子里的自己，一脸可怕的严肃，这让我再次想起多年前被鸳鸯刀映出的那张脸。

直说吧，多少钱？我把车开到了浑河岸边，望着荒凉残破的浑河河道，我觉得一股彻骨的凄冷。

你把我拉到这么个偏僻的地方，是不是想害我呀？大灵冷笑。

不至于，有事说事，我又不是黑社会，说吧，想要多少钱。

你觉得这只是钱的事？她问。

除了钱我给不了你别的。我答。

她突然开门下车。我赶紧追下去。她朝河边走去。冬天河水断流，被挖沙机抠出的大沙坑里存着的河水已经结冰，如果从高空俯视，浑河必定会很像是一条不均匀的珍珠项链。我以为她要走到冰面上，她却停住不走了，望着冰面沉默着，不知道在琢磨什么。我说，还是回车里吧，太冷。

她没动，说我一开始是这么想的，用肚里的孩子换一笔钱然后到离开北窑，越远越好，重新开始生活。

你想得没错。我说。

可我现在不这么想了，我想把这孩子生下来，让他在北窑长大成人。

你这就有点没意思了。

我倒是觉得这样才算活得有点意思。她泰然自若，仿佛在跟我说一个与她无关的故事。她的这种姿态令我极度不安。

何必呢，我的语气中恳求的意味越来越重，这样做对谁都没有好处，我尽量满足你的要求，说吧，多少钱。

多少钱能买回别人对我的尊重？我自从小时候发生了那件事后一直到现在从没被人真正尊重过。她淡淡地说。

你离开北窑，就可以重新开始了，没人会知道你的底细。

可我自己知道，北窑给我的太多了，这些东西我只能还给北窑，我背上它连一步也走不动。

你这就是跟自己较劲，倒霉的还是你自己。我在背后瞪着她。她猛地一回头，目光和我的目光撞到一起，她的目光寒冷尖锐得像冰刃。这不是我自己的事。我被她的目光刺得心惊胆寒，但我的目光不能逃避，一旦逃避就彻底失去了谈判的资格。

好好好，你可以不离开北窑，答应朴虎，跟他结婚，我照样可以给你们一笔安家费。

她冷笑一下，收回冰冷尖锐的目光。我不可能和他结婚。

就因为……我犹豫了一下，还是说出口了，他那方面不行？

他连这都告诉你了？她突然笑了，很畅快的样子，他从监狱出来那天就什么也干不了了，但根本不是因为这个。

我俩陷入沉默和冷峭的北风中，谈判也陷入僵局。我不知道该怎么让谈判继续，我在心里恶狠狠地骂，妈的！

你怎么不说话了？她突然问我。

没啥好说的。我赌气回答。

你们从来都不相信别人的好，她莫名其妙地说了一句，然后自嘲似的笑了笑，咱们回去吧，有点冷了。

从开始到现在我一直被动，我还从来没这样狼狈过，她的姿态让我无法容忍，一股怒火在心头蹿起来，我说，话还没说清楚呢，你想走就走？你以为你是谁。

她停住脚步，回头看着我，说你想让我说清楚什么？

我冲她吼道，你到底想怎么样？

我亲爱的高总，我告诉你，我说不清楚，因为我想不清楚，等我想清楚了才能说清楚。她扭头继续朝前走。我冲过去一把扯住她的胳膊。

你想干什么？她扭头怒视我。

她此时像一头咬人的母狗，我服软了。我……求你了！我松开她的手臂。

又一轮沉默。

她的脸色逐渐恢复正常，抬起右手抚摸我的脸颊，说早知如此何必当初呢，你们男人哪，都他妈是这个德行。她上了车，把我晾在寒风里。那一刻，我真想冲上去把她从车里薅出来，塞进冰窟窿，让她从这个世界上永远消失。但我不能那样做，我浑身被寒风打透，好在寒风也令我的大脑保持冷静。我听说过太多类似的案件，那些一时冲动的人最终都没能逃脱噩运。我今天拥有的一切都来之不易呀，不能冲动，千万不能冲动，一冲动整个人生就全完了。我压制住内心的愤怒，一步步向轿车走去，开门上车时我的脸色已经平静如常。但我并没有开车把她送回去的打算，这个结果我不能接受，谈判还没结束。我决定换一种方式。

她坐在副座上面无表情目视前方，一副软硬不吃的样子。我伸过手去抠开副驾驶的手套箱，从里面拿出报纸包好的两捆钱，一捆五万，共十万块钱。这是我事先准备好的，我最初的打算是用五万块钱搞定她，最多出到十万，但现在看来还得从长计议了。我把两捆钱放到大灵的腿上说，这些钱你先拿着，过两天我就去市区看房子，给你和孩子买一套，以后你和孩子我都管，孩子是咱俩的，既然来到这个世上，就不能让他受苦，你也是，这么多年不容易，以后不用再遭罪了。

大灵似乎无动于衷，始终保持着原来的姿态。

我继续说，大灵，我知道这么多年你受了很多委屈，虽然不全是我给你的，但我也希望你能过得好一点，我可能给不了你太多，但我发誓会尽我所能补偿你，替我自己也好，替北窑也好。我的语气可谓情深意切，连我自己都深受感动。她看上去仍是不为所动，但我还是捕捉到了她气息上细微的变化，人不同的情绪会散发出不同气息，她此时的情绪如同冰雪在悄悄融化。

我启动轿车，离开浑河，并未回到北窑，而是与北窑擦肩而过，直奔市区。她问我，你这是要去哪儿？我说，我们这就去看房子，看好了今天就拿下。她立即把脸扭向车窗一侧，我估计她是怕我看见她流泪。

我的提议她没拒绝，我心里暗自庆幸，我以退为进的策略是正确。

从那天开始，我和大灵达成了某种默契，我给她提供优越的生活，她保持沉默，也不过问我的事情。这是我的明智之举，既然不能让她彻底从世界上永远消失，那就只能先稳住她，退一万步讲，如果能这样一直保持下去，就算孩子生下来，养大成人，倒是也不错，这世界上有私生子的人多了去了。但我知道这个想法有点幼稚，我隐隐感觉这同样也是她的缓兵之计，她不会甘心被我包养一辈子，那不符合她的性格，也许她在等孩子出世，到那时候她可能就会把脸一翻，又变成咬人的疯狗。对我来说她肚子里的怀的不是孩子，而是定时炸弹，我可不想被炸个半死。

我给大灵买的房子在市区的最东面，离北窑很遥远，而且交通也不方便。但我告诉大灵那里未来将要建一座火车站，楼盘的升值空间非常大。大灵看上去很喜欢，她把心思全放在了装修新家上，不缺钱从不给我打电话。我则开始筹备我和兰的婚礼。我只想尽快把兰娶到手。我对大灵仍然不太放心，所以我筹备结婚的事一直在暗地里紧锣密鼓地进行着，表面上看不出我有任何变化。我迟迟不定结婚的日子，我爸妈以为我不想结婚，就天天追我。那天他们拿着一张红色的请柬对我说，你看看人家勇子马上都要办了，你咋就不着急呢。我才知道冤死鬼儿和鲁丽也要结婚了，婚礼在一个月后的四月二十三日。我突然冒出一个令我激动的想法，我必须要办一场轰动的婚礼，而且婚期必须在四月二十三日。

大地完全融化了，生出一片毛茸茸的新绿，北窑四周被开垦出的菜地里，一畦畦的嫩葱和韭菜在明丽的阳光里散发着新香。春天哪都好，就是爱刮大风，潮湿的大南风把地上的浮土扬到半空，把远天的云拉扯过来，暖暖昧昧的春雨便从云层里飘下来，把飘浮在半空的浮土压回到地面。风停雨落，仿佛是一个人的脾气从暴躁到安静的转变。在这种悄然的转变中，大地再绿了一层，树变得更宽厚了。

这天，北窑来了一伙人，在中央大马路上平出一块地搭起台子来。只用了半天工夫，一座舞台便搭好，音响，灯光一应俱全。台子搭好了，两辆中巴开进了北窑，从车上下来一大帮装扮各异的男男女女，大家都明白了，这是要演节目。但谁也不知道为什么要演节目。这种事对于北窑来说好像是上辈子的事了。在我上小学的时候，胡家村来过一次马戏团，表演口吞宝剑、胸口碎大石、骑独轮车，把我们都看傻了，还想看却再也没来过。露天电影倒是隔三岔五就放一场，我们全北窑的人都抱着小板凳去看，因为看电影北窑的孩子没少跟胡家村的孩子打架。电线厂吞并红砖厂后，为了丰富职工文化生活，经常在一座巨大的空厂房里对着一面白墙放电影，胡家村的人也一群一群地往厂房里挤。自从家家都有了电视之后，露天电影就成了过往，但那种集会般的热闹场面已经印在脑子里，每每想起都别有一番滋味。如今农村办事情讲排场的有钱人家，也会在露天摆场子，有的雇敲锣打鼓的秧歌队，有的搭起戏台，请草台班子唱二人转。二人转唱的都是黄段子，妇女和孩子都不避讳。我不想搞得那么庸俗，我请的是市里的专业演出团体，唱你情我爱的流行歌曲，穿露肉装跳现代舞，还有三点式的时装表演。别人搞个一天半天的就很不错了，我要搞就搞他一个星期。每天晚上六点开始，先演一个半小时节目，完了就放电影，全是美国大片。我告诉韩东的哥哥韩北，你就看着整，把全北窑乃至北窑周边村子的所有老百姓都给我招呼来。韩北用车拉着几个美女挨个村子走街串巷，用喇叭筒子广播，发放小传单。

韩北在我上小学的时候就辞了工职跟秦皇岛的一个草台班子跑江湖了，现在自己经营着一家演艺公司，专门接各种庆典的活儿。他留了一脸大胡子，头顶倒锃亮，穿着牛仔裤和全是兜的马甲，春夏秋冬全是那双憨头憨脑的高腰糙皮鞋，颇有文艺范儿，但为人特别谦和。我问他，你这胡子留下来可不容易，我记得那时候你成天用罐头瓶盖儿拔胡楂儿。他满脸笑说，高总，人家都说贵人多忘事儿，可你这记性也太好了！要不说你不是一般人儿呢。他身上那股子傲劲儿一点都没了，让我很失望。

正搭舞台的时候，冤死鬼儿来了，问带头干活的人，谁叫你在这儿搭台子的？干活的说，你谁呀？冤死鬼儿说我是这里的主任。干活的用手一指在一旁监工的韩北。韩北过来说，台子是高总花钱搭的，要唱七天大戏，还放电影。冤死鬼儿问，为啥？韩北说，谁给我钱我给谁干活，我管他为啥，你问他去呗。冤死鬼儿便没再往下说，走时骂了一句，有俩臊钱儿不知道咋嘚瑟好了。韩北跟我学，我笑说，为啥，就为了气死他。韩东一脸诡笑说，高总，你这不是为了丰富老百姓文化生活吗？我突然大笑，对对，你宣传的好。

如我所料，整条中央大马路比节日的中街还热闹，以舞台为中心围了好几层人，再外围就是车，自行车、摩托车、三轮车、四轮车。这应该是自有了这条中央大马路之后最热闹的一次。我从来也没想到我会让这条大马路重新焕发活力，这样说仍不够准确，因为这条路最风光的时候也就是在竣工那天放了几束烟花，点亮了整条路的路灯而已，可以说我不但让这条路起死回生，而且比任何时候都风光。我甚至产生了把这条中央大马路开发成农村大集的想法。

节目开始，先是几个穿着超短裙露胸装的美少女跳了一段劲爆的开场舞，然后主持人上场，一男一女，都是港台范儿。两个主持人一替一句地夸我，告诉大家是我这个大企业家不惜重金给老百姓带来欢乐。还鼓动大家一起喊口号：高总高总，高大威猛，财源广进，不忘群众。谁喊得最卖力气就会得到一份小礼物。

全场一起高呼：高总，高总……

我和朴虎、江岸、韩东几个人坐在舞台前沿的几把椅子上。我的父母和他们的父母也都坐在那里。我对韩东说，你哥可真能整，是个人才。韩东说，是，那年辞掉工职跟马戏团跑了差点把我爸气死，现在看还幸亏没死心塌地当工人，要不现在只能靠蹬倒骑驴活着。

全场高呼我名字的时候，我的手机在裤兜里一直在响，我没听见。高呼声一停才听见，赶紧拿出来接，是大灵打来的。

小江，你赶紧来，快来。

你等会儿，我这里太吵。

我起身挤出人群，钻进轿车里，说咋了，钱又不够了？我现在忙着呢，要送钱也得明天白天啊。我心里有点烦躁，但语气上尽量保持着平和。

不是，你快来吧，快！

晚上施工人员下班，大灵看见卫生间拉门的大玻璃门上面的商标没撕下来，够不着，就搬来一只工人用的塑料凳，站到上面去够。塑料凳子用得太久，已经发脆，她上去又站得有点偏，全身重心都压在一条凳腿上，咔嚓一下子就断了，她摔下来，肚子又硌在凳子上，一阵剧痛，下体还流了血。我去的时候她已经自己挣扎着爬上了床，蜷缩在床上呻吟。新买的席梦思，塑料包装还没撕，她疼得直冒汗，身下的席梦思上湿了一层。她穿的牛仔裤裆部一大片殷红。

我把大灵送到医院，忙活到半夜，终于安顿下来。大灵躺在病床上打滴流，问大夫，我肚子里的孩子没事吧？大夫说，得观察一下，不好说，最好打保胎针。大灵说，那就打。我站在旁边一直没吭声。大夫出去，我跟着去了办公室。办公室里就他一个人。他摘下口罩，我看清他的脸，大概四十岁左右，脸色阴暗，耷拉着两个大眼袋，似乎心情很差，左嘴角溃疡了，下颌有两道长短不一的抓痕，好像刚跟女人打过架。我说大夫，我跟你商量点事。大夫说，说吧。我说，孩子能保住吗？大夫说，这个我不敢保证。我说，最好保不住。大夫用疑惑的眼神看我，什么意思？我说，这孩子生下来就得出人命。大夫皱起了眉头。我说，孩子是我姐跟一个有妇之夫的，人家想跟老婆好好过日子，不想跟我姐再扯了，给了一笔分手费，我姐拿了钱又反悔了，非要逼着人家离婚，我见过那个人，心眼儿窄又很偏激，逼急了就鱼死网破那种人，当初也是我姐勾引的他。大夫沉默片刻嘟囔了一句，真不道德！我说，是呢，所以我想求你帮忙。大夫明知故问，帮什么忙？我拉开手包，拿出准备好的五千块钱，快速地拉开他的办公桌抽屉塞进去。他刚要阻拦，我已经把抽屉推上了，并用手顶着，他拉了两下没拉开。我说，你放心，这件事除了我俩没人知道。大夫皱眉说，你出去。

回到病房，大灵问我，你出去这么长时间，干吗去了？

我说，刚才朴虎给我打电话。一提朴虎，她把头扭过去不想再听，我便很自然地把话题转移。你这两天可千万别乱动了啊，把身子养好。

她突然说，你心里是不是偷着乐呢？

我说，你这是说的啥话。

你走吧，我现在不想看见你。

我从包里拿出五千块钱放到床上，你要是不愿意看见我，我这两天就不过来了，你好好养病。我将要跨出病房门的时候，犹豫了一下，回头说，对了，其实我这两天一直合计给咱们的孩子取个什么名字呢。

她说，滚。

我从医院里出来，心情大好，很想和兰在一起，便直接去了芷兰茶社。茶社一楼漆黑，大门上了锁，二楼的灯亮着，这么晚了兰还没睡。我给兰发了个短信：我在楼下，开门。兰很快回了：这么晚了来干吗？我回：想你了，来看看你。她回：你赶紧回家休息吧。我回：我今晚不想回家了。二楼的灯突然灭了，她没再回短信。我心里被一股又热又痒的东西鼓噪着，让我无法平静。这些日子暗中筹备婚礼把我累够呛，谁知又添了大灵这个麻烦，我就像是一名孤军奋战的士兵，现在终于可以喘一口气了，我特别希望能够依偎在兰温暖又柔软的怀抱里，像个孩子一样睡去。但她却不能理解我，让我在这样一个清冷的深夜里，怀揣着这样一种孤寂落寞的心情，像一只流浪狗得不到安慰。好吧！这就别怪我了，我是男人，有时候也需要安慰。我开车离开，去了我经常光顾的地方，自从和兰好上之后，这个地方就几乎没来过。我找了两个"小姐"，我被她们赤裸裸地包围着，让她们紧紧拥抱着我，就像三明治的火腿，但我不想碰她们，只想让她们给我带来温暖和踏实的感觉。

三天后，大夫打电话让我去医院一趟，我去的时候他在医院大门口等着我，穿着一身便装，像是刚下夜班。他的情绪仍然没有好转，或许他天生就是这种冷脸人。他把我领到背静处，从衣兜里拿出个信封递给我，说这个你拿回去。

我心里一震，怎么？

没保住，是天意，我什么都没做。

我顿时松了一口气，这个你必须留着，不管怎么说我都得谢谢你。

他满脸怒气，把信封往我身上一拍，说，我要是收了，就觉得自己真做了什么似的。转身走了。

我走出医院正门，在超市买了好多营养品，水果，还买了一束鲜花。自己拿不过来，雇了水果店的一个小伙计帮忙。走进病房，见大灵侧卧，背对着门，仿佛在睡觉。我轻手轻脚把东西堆到床头柜上。

这回你如愿了。她轻声说，声音发闷，像感冒了鼻子不通气。

我说，你别想太多，身子重要。

她转过身来，眼睛红肿，满脸泪水，估计哭了好长时间。我不知道该说什么，就坐在陪护的小凳子上发呆。尽管病房里的气氛令人压抑，但那是我最近一段时间里感觉最轻松的一个下午，日光从窗户照射进来，使整个屋子既明亮又温暖，这阳光就好像是专门照顾我一个人的，让我心情明朗。其实，外面天气并不好，从飘浮在半空的塑料袋就能看出正刮着大南风。我想老天爷还真是照顾我呀，万事顺我的意。

我的手机进了微信，是兰的，让我跟她去取婚纱照。我起身说，厂子里有点事，我得回去。

她淡淡地说，你走吧。

我开门，门前站了一个人，挡住我的去路。四目相对，我心一惊，对面的人竟是朴虎。我还没做出第二反应，他的拳头已经砸在了我的脸上。我本能向后弯腰撤身，退进病房里。朴虎紧跟着冲了进来，两只手薅住我的头发，把头往他的膝盖上撞。我蒙了，下意识地用两只胳膊拼命护着头，心里只有一个想法，我这张脸不能受伤，和兰结婚还得用呢。

朴虎，你住手。大灵从床上弹起来，光脚冲下床去掰朴虎的两只胳膊。门外两名护士也冲了进来，站在门口惊叫，打架了，来人哪！

你他妈给我起开，我今天非干死他不可。从前的朴虎又回来了，他怒吼着，没有住手的意思，我把自己缩成乌龟，蜷在墙角，用胳膊和腿抵抗他的脚。大灵用身子护住了我，朴虎的最后一脚踢在了大灵的后腰上。大灵惨叫一声。

门口已经围了一大堆人，两名男医生挤进来，把朴虎拽开了。我从地上站起来，两只胳膊保持着很狼狈的防御姿势，准备随时护住我那张宝贵的脸面。按道理我应该愤怒起来，我是他的老板，但我愤怒不起来。我感觉一下子又回到了若干年前，回到了我惧怕朴虎的那些年。我以为我已经不是从前的我，已经战胜了对朴虎的恐惧，其实不是，那恐惧感就像遗弃在家里某个角落的一件旧家什，我以为它不存在了，其实只是忽略了它的存在。我微微低着头，盯着朴虎的两只拳头，不敢正视他的眼睛。我痛苦地意识到，无论你把自己变成了什么动物，骨子里的东西是改变不了的。

我们三人经历了一段长久的沉默对峙。看热闹的病人和家属们逐渐散去。我的后背渐渐感觉到了日光的温热，朴虎的愤怒气焰也暗弱下去。我们的正常意识都在恢复，同时恢复的还有身份意识，愤怒向尴尬转变。

你太他妈不仗义了。朴虎从兜里掏出烟盒，抽出一支，点上，刚抽一口。

抽烟出去抽，不知道这是医院吗？大灵疯了一样喊。

朴虎赶紧躲进卫生间，把整支烟淹死在马桶里，再出来时竟一脸羞赧。

出去，你俩都滚，越远越好，滚。

第二天，我把朴虎找到我工厂的办公室。工厂办公室里有监控录像，那是特意为监视财务经理老太太安的。他一看就是昨晚喝大了，像是一只被抽走了筋骨的狗。我则恢复了老板的姿态。

朴经理，我找你来是想跟你把话说明白，你不要冲动，我这里可有监控，你要是……我就得报警了，我想你也不想再进去吧。

朴虎摇摇头，说你放心，今天我不冲动，有啥话你就说吧。

我深深地叹口气说，虎哥，这几年我对你咋样你心里应该有数，要不是我给你机会，你能活得这么滋润？说不定犯事儿又进去了。我和大灵的事儿是我没把握住，她想从我这里得到更多的好处，所以才主动勾引我，男人嘛，总是很容易在这种事上犯糊涂。事情已经出了，说太多也没啥用。换句话说，你和她不是合法夫妻，你进去这么多年，她跟过多少男人你也不一定都知道，而且前一段时间她也跟你提分手了，我觉得你跟我这样就有点没道理。昨天在医院你给我一顿揍，我不追究，算我让你一步，仁至义尽，今天我给你两条路选择，第一条路，你辞职，我不拦你，咱桥归桥路归路，但你要是跟我整别的，我白道黑道也都有一帮朋友，咱就整起来看，看谁能整得了谁，但我告诉你，现在是法制社会，玩儿的可不是简单粗暴。第二条路，留下，运输公司还是你管，另外我马上要扩大沙场，沙场百分之二十的股份是你的，我当大老板，你当小老板，钱有你赚的，咱们还是好哥们儿，但有一条，别插手我的私事。听我一句劝，她的胃口比你可大多了，你降不住她。我从抽屉里拿出一把车钥匙和一个装了钱的信封。这是我旧车的钥匙，你要是留下，提一格，公司副总，以后开我的车。要是走，信封里是三个月的工资，从此咱两不相欠。

朴虎抬起头，看看我，又看了看桌上的车钥匙和信封，思忖片刻，左手抓起信封，往夹克服的里怀里一揣，起身，右手一把捞起车钥匙，在手里颠了颠，说高总，你说得对，为了一个烂女人坏了哥们儿感情犯不上，车我开了，钱我加油了，以后你让我干啥我干啥。他一扫起初的颓丧，又满血复活了。

我笑了，说虎哥，没你这么赖的，车也要钱也要。

朴虎笑说，谁叫咱俩是哥们儿了呢。

晚上的演出仍在按时进行，中央大马路上已经自然形成了一个小商圈，而且在白天里早早就有人在路边支起了小摊儿，卖些小玩具、零食，甚至出现了卖关东煮、烤羊肉串鸡架的小吃摊子，可以边吃边喝边看热闹。有两家为了争夺有利地势竟动起手来。今天是最后一天，过了今晚，这个舞台就要撤掉，中央大马路也将重归寂寥。而在另一个地方，我将会把这种热闹推向高潮，那就是北窑宿舍的那条主街。主持人在节目的最后，请我上台，把话筒递给我，在雷鸣般的掌声中，我清了清嗓，大声说道，我在这儿摆了七天大戏台，感谢父老乡亲们前来捧场，更要感谢这么多年来大家对我的企业以及我本人的大力支持，但是大家都不知道我摆这七天大戏还有一个非常非常重要的原因。我环顾台下的无数张人脸，他们就像漂浮在水面上张着嘴等着我撒鱼饲料的鱼，那种渴望、兴奋，让我热血沸腾，让我无比骄傲。兰坐在台下，今天我特意让她来感受一下这种荣耀。她旁边坐着老姚。老姚是我请来的嘉宾之一，他歪头看着我，似睡非睡的样子，我知道他的心情一定很复杂。他很反对我的做法，但他说服不了我。他认为我这是胡闹，其实这是我一箭双雕的谋略，第一是打击冤死鬼儿，第二是我跟老姚玩儿的心理战，我要在不知不觉中改变我和他的关系，他想操控我，我就偏得拗着他，慢慢就会对我无能为力，最后被我一脚踢开。在这个场合中其实我更希望看到的是冤死鬼儿那张脸，可令我颇感失望的是，我看见了他爸和他妈，看见了鲁麻脸，唯独没看见他俩。

我高声宣布，我要结婚了！

随着我的话音一落，舞台背后的养鱼池堤岸上提前准备好的礼花嘭嘭嘭腾空而起，炸开五光十色的花朵，顿时全场一片赞叹。不断升空炸开的礼花与养鱼池倒影相映生辉，更增添了炫丽效果。烟花足足燃放了十分钟，烟尘铺天盖地，迷了好多人的眼。尘埃落定，我再次宣布：后天就是四月二十三日，我大婚的正日子，明天晚上我要在北窑的主街上摆百米大宴席，全北窑的乡亲父老可劲造，我把丑话说在前头，北窑的老街坊们，我不收一分钱礼金，谁要是随礼，可别怪我把你轰出去，可是谁要是不露面，那从今以后咱就谁也不认识谁，别怪我不把你当北窑人。

人群再掀高潮，韩北带头喊口号，简直要把舞台掀翻了。

北窑人办事情的传统是自力更生，互帮互助，在院子里搭棚垒灶，摘菜洗菜端盘子刷碗都是邻里帮忙，掌勺的是原来工厂食堂的大师傅。左邻右舍也会把屋子和院套腾出来给主家摆席。

冤死鬼儿家头一天就在北窑西街搭起了棚子，灶台也垒好了，他爸借了一辆倒骑驴到市区买了一车菜，大盆小盆都放好，就等着帮忙的人来收拾。可除了他家自己那两口人外，一个人影子也没见着。因为所有的人都被我招呼过去了，百米大宴席正办得热火朝天。我从外村雇了四伙包酒席的，起了八台灶，鸡鸭鱼肉青菜运来满满两卡车。啤酒是直接从啤酒厂拉来的大桶。主街上用学校的书桌拼成了一张宽两米五长一百米大餐桌，满满当当地摆满了食材。全北窑的人都在这里忙活，哪还能有人顾得上冤死鬼儿家，就算想去也得看看我的脸色。

天色渐晚，整条主街被临时照明灯照得铮明瓦亮，四伙大厨相互攀比，特别卖力，八个灶台火油四起，大勺翻飞，酒菜香气弥漫天际，把周边村子里没栓的狗都招来了。晚上六点，准时开席，大餐桌上摆满了各种菜肴。餐桌旁边，每隔五米放一个特大号的铝盆，大桶的啤酒全倒进大盆里，用水舀子往大碗里舀酒。餐桌两侧都坐满了人，不只是北窑的人，北窑人外村的亲属也都来了，甚至跟北窑没关系的外村人也有来混吃混喝的。狗们趁人不注意到大盆里喝酒，也像人一样醉得东倒西歪。

　　我高兴，端着酒碗从头走到尾，挨家挨户敬酒。朴虎寸步不离，负责用水舀子给我的碗里倒酒，走到头实在喝不动了，坐下来，用手抹扯胸脯，把顶上来的酒往下顺。朴虎端着满满一水舀子酒，像关公身边的周仓，我说你把酒干了。朴虎很听话，咕嘟嘟往下灌。我望着眼前的景象问朴虎，你说人最怕啥？朴虎想了想说，最怕死。我摇头，不对，人最怕占不到便宜，人为了占便宜连死都不怕。朴虎似乎没听懂。我不跟他这个粗人计较，我又说，你瞧，这场面，多他妈好，你只要让人占便宜，所有人都高兴。以后每年的这一天我都整一把，让这天成为北窑的节日，行不？朴虎说那敢情好了。一个人横着过来敬我酒，没走到我跟前就被一条醉狗绊倒，酒碗碎了，晃晃荡荡站起来，摸摸脑袋，却忘了来干啥，空着手又回去了。远处好像有人打起来了，餐桌被掀翻了一段，我让朴虎去看看。朴虎拎着空水舀子去了。一个人突然跳上餐桌开始跳舞，扭得极难看，像有人用鞭子不停地抽他。我细看，是阿白。他把一只空铝盆扣在脑袋上耍怪态，又有两个半大孩子学着他的样子跳上去扭，引发一阵阵哄笑，整个都乱套了。朴虎回来跟我说，刚才闹事的是冤死鬼儿他爸，被劝走了。我忽然想起来，对朴虎说，你在这看着点，谁闹事你就用水舀子削他。

　　我穿过一条胡同，来到西街，冤死鬼儿家搭的棚子孤零零地在那儿，太冷清，不像是办喜事，倒像是办丧事。我走近，见冤死鬼儿坐在灶台前烤火。灶台上坐着一只水壶，热气从壶嘴里哧哧往外喷，他无动于衷。旁边的条案上摆着收拾干净的食材，本来今天晚上他家也是要落桌的，可一个捧场的也没有，厨师就早早回去了。这场景让我想起了多年前我哥和他姐结婚那天晚上，我和他在棚子里守夜，不觉心生感慨。我说日子碰上了，不好意思。他说你故意的。我说我是故意的，你不是跟我过不去吗？他不说话了。我说人不能跟命争，小时候咱俩最好，一起上学，一起逃学，一起到鱼队上班，可如今一个天上，一个地下。他还是不说话。我搬个凳子靠近炉灶坐下来，从盆里捞起一根黄瓜咔嚓咔嚓嚼起来。你说你想当委主任，就是要改变北窑，可你到现在除了打了一口水井还干啥了？就连打水井的钱也是我出的。他突然扭头瞪我，眼珠子被炉火映得通红。你还有脸跟我说这个，我的福利厂呢？说这些话有意思吗？三口两口黄瓜只剩下了屁股，被我投进灶火里。就算我帮你把福利厂建起来，也改变不了什么，为啥知道不？我指了指自己的脑袋，因为你的观念不对，时代不同了，现在赚钱就是硬道理，不管你想什么办法，最快把钱赚到手才是赢家，然后你才能想干啥干啥。你去看看今天大家伙高兴不高兴，这就是我比你强的地方。说着我又伸手去拽胡萝卜。他说，你少吃我的东西，也不用你给我上课，离我远点。我把胡萝卜塞嘴里狠咬一大口，啐出来，说道，不甜还他妈硌牙！随手把剩下的大半根胡萝卜扔进灶火，起身回走。服了就跟我说一声，不服咱接着整。我说。

我看你能嘚瑟到啥时候。他说。

我回到主街，见朴虎正举着水舀子追打阿白。朴虎脑袋上全是菜汤，阿白手里拎着一只空盆。阿白围着桌子上蹿下跳，一声声怪叫，听不出是哭还是笑。朴虎被遛得上气不接下气，扑倒了好几张桌子。阿白被醉狗绊倒，这下被朴虎逮着了，将他骑在身下一阵暴风骤雨般的拳头。一开始还凑热闹起哄的人们，发现朴虎不像是闹着玩儿，赶紧冲过去拉架。阿白满脸是血，站起来号着跑了。

第二天正日子。我的结婚典礼定在九点十八分，取"就要发"的谐音。六点钟，十辆大客车组成的车队开进了北窑，在马路边一溜儿排开。朴虎领着江岸几人挨家挨户敲门，让人们上车，一个不落。人全上齐后，车队浩浩荡荡向市区进发，目的地是市区最大的一家包办婚礼的高档酒店。整个北窑都空了，只剩下冤死鬼儿一家和鲁丽父女。

这是北窑人见过的最豪华的婚礼。婚车领头的加长版凯迪拉克，后面一溜儿奔驰，还有两辆挎斗摩托开道，一路行进，不知道还以为外国总统来访呢。豪华酒店鲜红的地毯从大门口一直铺到礼堂，两侧排着插满鲜花的罗马柱，每走一步都有人撒玫瑰花瓣。礼堂完全是欧洲宫廷的装修风格，豪华让北窑人不敢迈腿，他们就像是一群误闯入文明社会的野人，看什么都好奇。我一身笔挺高贵的西装，牵着兰在婚礼进行曲中缓步进入礼堂。兰一袭洁白的婚纱，拖着长长的裙摆，这套婚纱是市区所有婚纱影楼中最贵的，把兰映衬得就像下凡的仙女一样。我们走上铺满红色玫瑰花瓣的典礼台。我对兰小声说好不？兰含笑点头，从内心里溢出来的幸福让她更美了。

台上一侧坐着我爸妈和老姚。老姚既作为兰的家长，又是我俩的证婚人。他面带微笑对我说，小江，姜兰虽然不是我的亲生女儿，但胜似亲生女儿，今天我把她交给你，也算是完成了她爷爷托付给我的一个心愿，从此后你就是这个世界上和她最亲的人了，你可得好好待她呀！兰眼圈一红，抱住老姚哭了。我爸妈也感动得落泪。我妈说，姚厂长，你放心吧，以后她就是我们的亲女儿。和兰分开时老姚用手掌肚揩了揩眼睛，煽情的音乐响起，全场都跟着感动了。我无意中扫视了一下台下，目光突然被什么东西刺了一下，会场大门口，好像有一个人影一闪而过，大灵?!我再看，大门口并没有大灵的身影。可能是我的幻觉，但这让我的心绪不安起来。

典礼结束，宴会开始，每上来一道菜都被北窑人哄抢，为了席面不至于太狼狈，我不得不让酒店多加了几道菜。

我听说冤死鬼儿的婚礼相当寒碜，他家只来了七八个外地的亲属，英子姐也没来。鲁丽家只有鲁丽一个人，整个过程鲁麻脸一句话没说。他家准备了十多桌的食材，只开了一桌，仍没坐满。之前定好的婚车也都空去空回，围着北窑草草转了一圈。一场人生最重要的盛典，变成了一场简单寒酸又残缺不全的家庭聚会。我对朴虎他们说，这就是跟我作对的下场。

阿白在宴席上被朴虎打跑后便再没出现。当天晚上宴席散了之后，老杨夫妻在北窑找了一大圈，不见人影，打算天亮后发动全北窑的人帮着找，可第二天一大早大家又都被我拉去参加婚礼。阿白有过离家出走的经历，大家便没太把他放在心上，纷纷劝老杨夫妻别太担心，他自己回不来也得被警察送回来。这事就放下了，一切重归平静。

北窑人很能吃苦耐劳，年富力强的花三百块钱买一辆倒骑驴，安上坐垫，每天到市区内拉脚儿赚点小钱儿。上了岁数的，身体不行了，只能待在家里口挪肚攒省着过余下的日子，但他们也不会干闲着，只要有土的地方，他们都会播上种子，因此，北窑的路旁地角都被开垦成了耕地，近一点的种蔬菜，远一点的种玉米大豆。他们也像农民那样寸土必争，几十年的邻居常因为谁占了谁半条垄相互侮辱八辈祖宗。沙坑周边在那个春天突然就长出一片玉米。今年的雨水充足，玉米长得特别苗壮。春天刚过，玉米已经半人多高，密密匝匝的，形成了一道绿色的屏障，把大沙坑遮挡了。玉米一直种到沙坑边缘，紧挨着立陡立隀的坑壁，人要是在玉米地里穿行，一不留神就可能踩空，坠入十米深的坑底，而且随着春天雨水的冲刷，沙坑的边缘常有塌陷。沙坑已经废弃，不再值得我去花心思，我正在琢磨怎么能拿下胡连山的那片鱼塘，开发成更大的沙场。我之前给朴虎的承诺是有目的的，我被冤死鬼儿盯上了，再开发沙场他肯定从中作梗，弄不好还会给我制造更大麻烦，但这块大肥肉我不能不吃。所以，我得把风险转移到朴虎身上，一切事情都由他出面，跟胡连山的合同也签他的名字，这是其一。其二我知道想从胡连山手里拿到鱼塘没那么容易，必要时得上一些手段，这种事非朴虎莫属。如果弄砸了，当然也是朴虎承担后果。

胡连山小名老小儿，他和他哥老尕完全是两种性格，老尕好瞎诈唬，其实外强中干。老小儿很老实，不爱吱声，但一根筋得厉害。朴虎跟他一连谈了四五次，就是不吐口。眼看市面上沙子的需求量剧增，我给朴虎下了死命令，不管用什么方法，一个月之内必须把老小儿搞定。

老小儿一共有六块鱼塘，其中两块小的苗池，四块大的成鱼池。每年春天，在苗池放养的鱼星子，经过四个月的培育，养成一扎长的鱼苗子。秋天，成鱼塘里的鱼长到三斤上下，便捞出卖掉，空出鱼塘，把鱼苗子分养到成鱼塘里越冬，第二年再养到入秋出塘，就这样一年一年地循环作业。眼下是初夏，成鱼塘里的鱼只有七八两重，正是大量喂食长膘的时候。这天凌晨，老小儿被尿憋醒，出门站到鱼塘边上撒尿，发现鱼塘水面一片白花花的，抬头看，月亮被云遮住，哪儿来的月光呢？细一看，水面上漂的是一层白鱼肚。

天亮，大家伙都到鱼塘去看热闹。只见四块成鱼塘里的鱼全都死了，白惨惨地漂满了鱼塘，老小儿蹲在池塘边上哭。大伙纷纷猜测，有的说昨晚天气阴沉，气压低，塘里的鱼又密度太大，导致缺氧死亡。立即就有人反驳，你没见鱼塘里的增氧机一直在转着吗？

是呀，每个鱼塘里都有两个增氧机，日夜不停地转，怎么可能缺氧呢？那就是得了什么传染病，突然爆发，一夜之间全死了。扯！传染病怎么能死得这么快，这么干净。不用瞎猜了，肯定是被人下了毒。

警察来了，围着鱼塘察看了一圈，简单问了几句，接了个电话就匆匆忙忙走了。警察走后，冤死鬼儿组织人在池塘边上挖坑，把死鱼捞上来挖坑深埋。我开车去市区，正好路过，停在路边看热闹。冤死鬼儿看见我的车，冲我走过来。冤死鬼儿说，你是不是做得有点太绝了。我说你凭什么怀疑我？他说老小儿跟我说朴虎找过他，要收他的鱼塘，不是你的主意吗？我讪笑，朴虎找他你应该找朴虎去呀，跟我这儿废什么话。他说你等着吧，我扳不倒你我改你姓。我说好，一言为定，我就看看你有多大能耐。

我想给朴虎打电话，但一想还是算了，我不过问最好，就当什么也不知道。在农村谁家跟谁家有仇，往鱼塘里下药，半夜点柴火垛，这种事稀松平常，警察可不愿意把心思花在这鸡毛蒜皮的小事上。我就等着朴虎的好消息吧，沙场十拿九稳了。

我半躺在客厅的沙发上，闭目养神。兰给我泡了一壶养生茶。茶香缭绕间，我不用张开眼就知道兰在我的身边。一把揽过她的腰，让她倒在我的怀里。兰真是个好女人！让我爱不释手。你想象不出她的身体是多么的洁净柔软，不管是月光下的天鹅绒还是血色浪潮都无法跟她媲美。搂着她的身体，我会产生无限的满足感和成就感，而她无声的温存和体贴更是令我心旌荡漾。从新婚之夜开始，我每天都要跟她做爱，我让她在家里只穿一件薄纱睡衣，她美丽的身体每时每刻都勾着我的情欲，我随时随地都可以和她温纯一番。为了她我可以一直待在家里不出屋。

你应该去上班了，我也得去看看茶庄。她在便签上写道。我家满屋子里都贴满了各种形状和颜色的便签，那都是她对我说的话。

我在每个便签上她说的话下面都写上我的回答。

晚上吃什么？——我什么都不想吃，就想吃你。

你晚上睡觉胳膊腿都放到我身上，压得我上不来气儿——我不搂着你，心里就不踏实。

你别太累了，咱们的日子长着呢，得保护好身体呀——我控制不了，我还想要。

…………

一周之后我等到了朴虎的电话，当时我正在和兰在厨房里亲热。她给我熬养生粥，我从后面搂住了她，双手握住她的双乳，我的下身隔着薄纱去抚慰她的私处。电话的响铃不得不让我暂停动作。

朴总，我戏谑着口气说，有什么好消息要告诉我呀？

高总，警察又来了。朴虎的口气有点慌乱。

我说不就是死鱼的事吗，这点破事他们还真不嫌麻烦哪。

不是，高总，不是那事，这事比那事大多了。

那是啥事？

阿白死了。

阿白？！我先是一愣，然后说，一个傻子，死就死呗，给我打啥电话？

死沙坑里了，老马头盖猪圈到沙坑里抠沙子发现的，你得赶紧来一趟。

据警察推论，阿白的死亡时间应该是我摆百米大宴席的那天晚上，他失足跌落到沙坑里，坑壁的沙子塌落，将他掩埋窒息。这件事虽然发生在我摆席的当天，但跟我没多大关系，说到家还是他自己乱跑造成的。警察要就此结案，却被冤死鬼儿拦下了。冤死鬼儿对警察说，这事没那么简单，就算高小江不是故意杀人，也应该是过失杀人。如果没有这个大沙坑阿白也就不会死。年轻警察问沙坑是怎么回事？冤死鬼儿用手指我，是他为了卖沙子挣钱挖的。年轻警察看了看我。我微笑说，警察老弟，你们孙所长是我朋友。年轻警察脸上没有表情，案子是案子，人情是人情，两码事。沙坑是时候挖的？我说去年，一年多了。年轻警察又转头问冤死鬼儿，居民都知不知道有这么个沙坑？冤死鬼儿说知道哇，他这是非法开采，我们还向上面反映过，可上面没人管。年轻警察说，我们现在说的是人的事，不是挖沙坑的事，挖沙坑合不合法你找相关部门去理论，我们评判不了，明白了吗？冤死鬼儿被噎得说不出话。年轻警察把笔录本合上，准备打道回府。一旁站着老杨突然冲过去一把扯住警察的胳膊，你不能走，我儿子不能白死。警察回头说，老师傅，你有什么话就说，别激动。老杨说，你说沙坑是早就有的，那出事那天晚上我儿子被朴虎打，这该咋算？警察转回身来，皱起眉头对冤死鬼儿说，那好，你把那个朴虎找来吧，我了解一下情况。冤死鬼儿用眼睛瞪我。警察说，找人哪，瞪什么眼睛。冤死鬼儿说朴虎是他的狗腿子。我立即站了起来，冤死鬼儿你说话给我注意点，啥叫他是我的狗腿子？冤死鬼儿说他替你卖命，不是你的狗腿子是啥？警察说你俩别说没用的，所里一大堆事等着呢，这样吧，今天下午一点，你找两个能把事说明白的去所里，关键是朴虎得去。说完转身走出居委会办公室，上了警车走了。

我也要走，冤死鬼儿说，你下午得带着犯罪嫌疑人朴虎一起跟我去派出所。我说你不是主任吗，要叫你自己叫去，还犯罪嫌疑人，搁哪儿学来俩破词儿跟我这儿装相，真他妈可笑。再有，我下午有事没工夫陪你们玩儿，爱谁去谁去，我不去。我拨开看热闹的人群，朝胡同外走。冤死鬼儿竟冲上来抓我的肩膀。高小江，你给我站住。我扭头刚要骂，脸上已经结结实实地挨了一拳。鼻子猛地一阵酸痛，两股热乎乎的液体从鼻孔里流了出来。冤死鬼儿没再向我发起进攻，而是呆呆地站在原地不动。他没打过架，恐怕连自己都不知道这一拳是怎么打出来的。见我的鼻子流血，他有点害怕了，赶紧从裤兜里掏出手纸来要给我擦血。我一把推开他，捂着鼻子说，你不是要去派出所吗，不用等下午了，现在就去。说完，我一阵眩晕，倒在地上。

　　树尖上立着两只麻雀，一只愣头愣脑，另一只精灵古怪。它们说了一会儿话，那只精灵古怪的扑棱一下飞走，另一只愣了愣才跟着也飞了。我住的病房在三楼，这栋楼还是二十世纪五十年代盖的，窗台墙壁地砖都很老，却是老干部休养的单间病房，很安静，在这所医院里算是高档病房了。窗外那棵树是皂角树，这种树在东北不多见，至少我很少看见。树枝干上长满了尖刺，一到夏天就会结出长长的豆荚，秋天豆荚干枯，风一吹，哗哗细响。医院里沿着病房楼种了一溜儿这样的树。我呆望着窗外的皂角树，心里一直乱糟糟的，阿白的死，老小儿的鱼塘，和冤死鬼儿的官司，最近发生的这些事让我心里很不踏实，我总是觉得自己会失去一些什么。大夫说我的身体很虚弱，得注意休息，思虑过重不利于恢复健康。我心里清楚是怎么回事，其实冤死鬼儿打我那一拳根本没那么大的威力。大夫查房时小声问我，最近那事儿是不是挺频哪？几天一次？我说不是几天一次，是一天几次，没数儿，想了就来一回。大夫摇头说，你这年纪轻轻的，可别这么祸祸自己了。兰刚巧进来，给我送饭，大夫用眼睛瞄兰，含笑拍我肩膀说，理解，理解。
　　年轻警察来看我，问感觉怎么样？我说就是头晕，浑身没劲儿，得各项检查都做完才知道。警察说那你就先看病，回头再说。我说拘他没？警察说现在得看你受伤程度，至少构成轻伤害才够拘留。我说我都鼻孔蹿血昏倒在地了，还不算轻伤害？警察说，等鉴定结果出来吧。我恼了，你啥意思？你们就这么办案的呀，明睁眼露的事还等什么鉴定结果，我找你们所长。我从病床上捞起电话，找出孙所长的号码正要拨过去，一抬头看见门口站了个人，是鲁丽。鲁丽拎着一大兜子水果和罐头。警察回头看了一眼，对我说你现在的身体状况不适合发火，再大的事也得心平气和解决不是吗？我放下手机，往病床上一躺，拒绝说话。警察说那我不打扰你了，你们唠着。说完走出病房。

鲁丽进来，兰赶紧接过了她手里的东西。鲁丽的手指有很深的勒痕，东西很重。她站到我的床边说，小江，不，高总，还疼吗？我说他让你来的？鲁丽说他不敢来，所以……他打我的时候咋没不敢呢？这家伙！当个破主任给他牛的，上来吭就一拳头。兰站在她身后直冲我摆手，示意我态度好一点。我说你回去吧，东西拿回去留着给他在拘留所里吃，你刚才不是听警察说了吗，等鉴定结果，轻伤害至少拘留五天以上，要是构成重伤害就得判刑。鲁丽红着脸，支支吾吾说，你俩从小长大到感情最好。我截住话头说，可别跟我提感情，我怕了。上次打个破井把他给嘞瑟的，差点把我掐死，这次又给我来了个通天炮，我算看出来了，他这是憋着想弄死我呢，你回去告诉他，说啥也没用，这次我必须把他送进去。我想起了几年前的那次地震，我本来可以把她拿下的，可却让她跑了，她欠我一回，如今要不是我有了兰，我绝不会放过她。

鲁丽窘在那里，不说话也不走，嘴角一抖，眼泪下来了。兰赶紧递给她一块纸巾擦脸，然后用笔在便签上写字给她看。鲁丽看后哭着对兰点头，满眼感激。我说你写啥呢？兰没理我。鲁丽向我深鞠一躬说，高总，您大人有大量，谢谢了。说完她转身就往外走。我急忙喊，我可啥也没答应啊。

我让兰给我看她写的便签，兰重新写了给我看：我告诉她放心吧，我老公是个心胸宽广的好男人，说两句气话，没事的。兰冲我微笑，像是在鼓励一个坏蛋做好人。我说你知道啥呀你就瞎答应，他想把我整垮搞臭你知道不？你知道我能干到今天多不容易，有多少人想坑我讹我算计我，他们都是看着我比他们混得好眼红。再说了你还没看出来吗，他根本就没让鲁丽来，是鲁丽自己来的。我告诉你，在北窑有他没我，有我没他，我不可能放过他。兰安静地看着我，脸上的笑变成了哀怨，在纸上写道：她像我一样刚结婚。她把便签塞到我的手里，便起身出去了。

天色一直都很阴暗，憋着一场大雨呢。今年的雨一场连着一场，我想这不是个好兆头。整个一个下午我都很气闷，朴虎又给我填了一层堵。他来告诉我，老杨疯了，学他儿子用油漆刷墙呢，在刷的白墙上写红字，杀人偿命。把北窑弄得像恐怖片一样，谁敢阻拦就跟谁玩命。我说，他儿子是自己摔死的，找谁偿命？都是一群无赖。朴虎说还有一件事，我今天去找老小儿，本来我合计他没招儿了，肯定能跟我签合同，没想到老小儿比以前更强硬，我估摸肯定是冤死鬼儿这王八犊子在背后撺弄的。

你行了，别再给我添堵了。

朴虎也有点不高兴了说，不是我给你添堵，事儿都在这摆着呢，我就想问问你咱怎么办。

我说我有啥办法，事情让你办到了这个地步，你来问我？我让你给人家鱼塘下药了吗？

你咋反倒怨我了呢？要不是你给我下的死令，我能这么干吗？我告诉你，怎么说这事你也是主谋。

是你办事没脑子，蹲监狱蹲傻了。

高小江，你再说一遍。

我说再说十遍也是这么回事儿。见朴虎情绪要失控，我立即软了下来，我可不想再被他揍一顿。

见我俩一声比一声高，越吵越凶，兰也怕我再出什么意外，急忙把朴虎推出病房。他俩刚出去，我的手机又叫了起来，是老姚，老姚上来就问，你打算咋办？我说没啥咋办的，这是他自找的，我肯定送他，把他送进去看他还怎么折腾。老姚说你还没玩儿够？我说，不是我没玩够，是他非得跟我玩儿，玩儿呗，谁怕谁呀。老姚沉默几秒说，他借这两件事把北窑的人都撺拢起来了，要联名上访，小江，叔劝你一句，悬崖勒马吧，这么闹下去要出大事儿。我说是他步步紧逼，你让我怎么悬崖勒马？老姚说，废话不说了，要是你肯听我的，就拿出个解决事的姿态。

你啥意思你直说吧。

你出钱，我出面，只要把老杨和胡连山两家按住，他就不好折腾了。

多少钱？

我想老杨也没见过什么大钱，十万块钱差不多也够了，胡连山恐怕得多一点，但二十万也挡住了。

我冷笑，是吗?！心里骂，你个老贼孙，现在跟我这儿装好人了。

另外，他打你的事就别追究了，会激化矛盾。

我说老姚，你怕我把你连累进来是不？

老姚说你怎么能这么想呢，我这可全是替你着想的，现在他们是针对的你，又不是我……

我打断老姚的话，你要是害怕可以退出，从今天开始咱俩撇清关系，厂子的租金我该怎么交怎么交，至于咱俩之间的合作，就到此为止，你放心，就算我真出事了，也不会牵连你。

老姚许久没吭声，但我能听见他粗重的喘气声，估计他是气坏了。

小江，他的声音突然变得低沉暗哑，好像换了一个人。我最后再问你一句，你真准备死撑下去？

我故作轻松地笑说，我战斗到底，老姚，你撤退，我掩护。

那……你好自为之吧。老姚主动挂断了电话，一串忙音响起，好像他意味深长的叹息。

老姚的"好自为之"我当然可以当成他的默许，默许我收回承诺，以后我除了合同写明的租金之外，不会再给他一分钱。在一连串的坏事中，这倒算是个好事。

冤死鬼儿终于被拘留了，年轻警察为这事特意给我打了个电话。我说，感谢你们为民除害，改天我做一面锦旗给你们送去，要是能判几年就更好了。年轻警察说锦旗就不必了，你也好自为之吧。这是第二个劝我"好自为之"的人。我心里好笑，怎么所有人都这么爱自以为是呢。

天一点没晴的意思，但我的心情好了很多。冤死鬼儿进去了，我再耗在医院里也没啥意思。这天下午，我出了医院，准备去北窑。这段时间跟冤死鬼儿较劲，没太顾上我的企业，得回去看看。我出院并没告诉兰。兰知道我是在泡病号，便回去打理茶社了。她这两天对我不冷不热的，我想是因为我没有答应她放过冤死鬼儿，还有就是我和朴虎吵架的内容。我不想跟她解释，她是个善良的小傻瓜，她无法理解我为什么会这么做，也许有一天她会明白的。

我开车从市区向北窑一路缓行。这条路两侧的大杨树已经在头顶拉上了手，酷热的夏季，在这条路上走是一种很惬意的享受，但这个夏天却一直阴雨不断。而且这条路也已经被我拉沙子的大货车压翻了浆，雨水一泡就更加糟糕。我的车像是一条颠簸在波浪里的船。这是个平静的下午，小雨不停，路上很少有行人。我想北窑也应该很平静，因为没有了冤死鬼儿的搅和。所以，有什么办法让他永远待在里面才好。

北窑被困在雨中，一个人也看不见，曾被阿白画上鲜艳色彩的那些墙面，如今都被刷成了白色，上面写着巨大的红字"杀人偿命"，血淋淋的令人触目惊心。路边上挂着白底黑字"黑心老板高小江，坑害北窑老百姓"的条幅，那些条幅孤零零的，被雨水浸透了，拖拉在地上，如刚打了败仗的残兵败将。妈的！一群白眼狼，忘了我白让他们看了七天大戏，白让他们吃我的喜宴。我在心里骂着，一走神，车体忽悠一沉，滑入路上的一个水坑里，底盘着地，左前轮悬空，车被陷住了。我加大油门，想从坑里冲出来，可车轮只在泥水里空转，而且越陷越深。我推门下车，冒着小雨围着车转了一圈，看这情况靠我自己肯定出不来了。我回到车里拿起手机给朴虎打电话，让他派车来把我的车拖出去。他的电话关机。我又给江岸、韩东和田光亮打电话，要么是不接，要么就不在服务区。我给小魅打电话，她电话倒是打通了，可我刚要说话她居然给挂断了，气得我把手机摔在副座上。外面下着小雨，我只能坐在车里，等了好一会儿，见一个穿着厚重的老式雨衣的人从北窑里走出来，我急忙按喇叭。那人朝我这边看了看，走了过来。我并不认识这个人，这也属正常，如今北窑很多原住户都搬走了，空出来的房子以极低的价格或租或卖给外地人，这些外地人很杂，干什么的都有。

喂，帮我找几个人把车弄出去。我降下车窗说。

他看了看车，又看了看我，没说话，似乎在等什么。我从手包里拿出钱来晃了晃说，我给钱。

那人返身朝北窑走去，大约十分钟，来了五六个人，有的穿老式雨衣，有的穿塑料雨衣，还有的只披着一块塑料布，有人认出了我，这不是高总吗？我赶紧说，对呀，你们赶紧帮忙把我的车弄出去。雨比刚才大了许多，他们的脸都深深地藏在雨衣里面，加上天色阴暗，我看不清他们是谁。那个人嘟囔了一句之后，就再没人说话，大家面面相觑只站在原地看着，都不伸手。我说，你们赶紧的呀，还等什么呢。他们还是一动不动。我急了，从手包里捻出几张红票子说，一个人一张。没人上前要我的钱。我说你们他妈的都傻了吗，想不想要钱？有人突然说，你有钱了不起呀，这条路就是你弄坏的，你活该！我突然明白，这些人不是来帮我的，而是来看我笑话的。我现在的处境比刚才更糟糕。我心里开始慌乱起来，把车窗升起，用手机又给朴虎他们拨了一圈电话，结果还是一个也打不通。不断有人从北窑里走出来围观，人越聚越多，在他们中间，我似乎看到了鲁丽、鲁麻脸、胡连山还有老杨，此刻他们都是一种表情，阴冷中带着愤怒，他们像一群僵尸。我越来越恐惧，拼命地按喇叭，踩油门，按喇叭，踩油门。我的车在原地吼叫着，挣扎着，像一只被困在陷阱里的野兽。挣扎无用，我降下车窗，探出头去恳求说，咱都是北窑人，你们忘了，我请你们看大戏，请你们吃大宴席，就连打井的钱也是我出的。

鲁丽抓起泥巴狠狠地摔到我的车窗上，我急忙升起车窗。接着其他人也都跟着往我的车上摔泥巴，像下了一场冰雹，顷刻间，我的车被泥巴糊死，我什么都看不见了，只能听见泥巴把车体砸得咚咚响。这是我从来没经历过的事情，吓得我直哆嗦，两只手抖得电话都拿不住。

喂，110吗，我的车陷到马路上的水坑里了……

接电话的女警没容我把话说完，对不起，这种事得你自己想办法。不等我说完，电话就被挂断了。

还有谁能帮我呢？我的脑子被恐惧感占据了，成了一团糨糊。兰！我想到了我的兰，她是我可以信赖的人。想到这我直接拨了她的号码，平时我有什么事都是给她发短信的，但这次我等不了了，况且我的手哆嗦得总是按错按键。电话通了，我冲手机喊，兰，我在北窑快来救我。咚的一声巨响，我的车被重物狠砸了一下，手机被震落，滑进油门脚踏板下面，我哈下腰去够。"咚"，又是一声巨响，好像我的车正被一直大象踩踏。当我捞起手机时，发现手机电量耗尽已经自动关机。

外面的人还在不停地往我车上摔泥巴，我的车成了一面鼓，每一声响都让我心惊胆战。我蜷缩在车里，像是一只被堵在洞里的猎物。洞外是一群凶恶的猎人。他们正在想办法把我逼出去，然后弄死我。我长这么大从来没有这么恐惧过，我的整个身子是冰冷麻木的，而且一直在抖。我的目光不经意间闪过后视镜，在里面我看到了一张湿漉漉的苍白而惊慌的面孔，这是一只可怜的动物。

突然车外一阵骚动，车体剧烈地摇晃起来，有人在推搡我的车。他们开始行动了。有人在拍打车门，车窗上的泥被抹开一块，一张脸贴在玻璃上，我看不清，也不敢看。我用手挡着车窗玻璃。车窗玻璃的泥巴竟有人用手指写字：别害怕，在车里等着。我的兰，是我的兰来救我了！我心里一热，眼泪涌出眼眶，脸皮似乎有了知觉，能感觉到眼泪是温热的了。

外面突然安静下来，我从车窗上字的笔画里往外看，看见了兰。兰背对着我，一直用手比画着同他们沟通，她的肢体因为过分激动而显得异样，更像是一个非常卖力气的乐队指挥，正在指挥一首沉重又激昂的交响乐。但这似乎很难打动那一群僵尸。我看见鲁丽的双手抓着两团泥巴，愤怒地盯着兰。兰的身子突然就矮了下去。我的天！我知道她在做什么，我闭上眼睛，不敢再看了。同时一股恨涌上心头。

车体又动了，和之前不同，整个车似乎飘起来了，往前移动。外边有人在喊号子，一二，起……我一直闭着眼睛，像飘浮在太空里孤独的宇航员，我正在远离地球，远离所有我熟悉的和我所依赖的一切。今天对我来说是有生以来最耻辱的日子。当我爱的女人用下跪的方式来解救我的时候，我却把眼睛闭上不敢面对，这一刻我才意识到我是一个极其完蛋的人。

车平稳落地，兰抹掉了左前车窗上的泥巴，她把脸贴上来，被雨水打湿的脸上挂着星星点点的泥巴和笑容。我深深吸了一口气，打开车门。兰把双手伸给了我，好像在鼓励一个有腿疾的人勇敢地迈出第一步。我不敢看她的眼睛和膝盖，把目光越过所有人的头顶，放在沉甸甸的阴云上，我的表情一定比阴云更阴冷。我避开了她的手，故作平静地围着车走了一圈，好像是在检查车的受损情况。我重坐回到车里，关好门，系上安全带，打开雨刷器把前窗上的泥巴扫掉，然后挂挡，踩油门，这一系列动作是那么的沉稳、冷静，连我自己都无法想象，为了能让自己有一点尊严，我做了最大努力。车平稳启动，驶离人群，也把我的兰甩在身后。我从后视镜里看着那群人模糊在我的视线里渐渐远去，我不禁号啕大哭。

我逃离了北窑这个伤心之地，漫无目的，像一具无处安身的幽灵。我不想回家，因为我不知道怎么面对兰，我甚至有点恨她，是她让我看到了自己的懦弱，让我为自己感到耻辱。我也不想随便找个什么地方或者什么人，我觉得那样不但会更增加我的耻辱感还会让我的愤怒无从发泄。我有愤怒，但更多的是委屈，所以我除了需要发泄愤怒，更需要安抚委屈。阴沉的天空过早降下了夜幕，市区里的路灯都已点亮，因为下雨，街道行人稀少，整个城市都是那么空虚寂寥，似乎是一个满腔哀怨的阴郁之人。在一处十字路口，我看见一个打着雨伞的女人从我车前的人行道上走过，她不同于别人那样在雨中匆匆赶路，她走得很缓慢，好像是在思考什么事情，也许是像我一样不知该到哪里去。我突然意识到，我无意中已从西到东经穿过了大半个市区，这条路走到头，再往左转，便是我给大灵买房子的那个小区。

我想起了"血色浪潮"，那次凶狠的复仇式的让我把所有的欲念全都释放了出来的拼杀。此时，我的体内正憋着一股劲儿，急需狠狠地释放一次。

在打开房门的那一刻，我就像决堤的洪水一般，一下子把毫无思想准备的大灵吞没了。她从惊诧到反抗，再到激烈地迎合，几乎只用了几秒钟，我们更像是两股洪水，在激荡碰撞中水乳交融，汇成更加势不可挡的洪流。不得不承认，大灵给了我及时且很大的安慰。

我愤怒的力量也在一阵阵惊涛拍岸中，消耗殆尽，最终化成一股热泪，流到她的脸颊上。大灵的十根手指几乎抠入我的皮肉，我能感觉到，那一刻她的兴奋和满足也达到了顶点。她紧紧抱着我，用牙齿轻轻咬住我的耳垂说，别走了。

我恍惚了，仿佛又是多年前的那个漆黑的夜晚，又是在围墙的下面，她的忧郁如水一样浸漫着我的身体。那个有着月光下的天鹅绒一样忧伤的女人又回来了。

留下来吧。她又说。

我说嗯！

她抱得更紧了。

我的心不知为何疼了一下，对不起！

她说，该说对不起的是他们。

我心里一震，她知道我的事情了吗？我抬起头，看着她说，你为什么这么说？

她淡然一笑说，如果不是在别处受了委屈你怎么可能来，又怎么可能这样？

我放心了，重新把头埋在她的颈弯里。

她说，我怎么才能留住你？

我无言以对，我知道自己无法满足她的意愿，从本质上讲我俩是一对敌人。我现在内心很平静，头脑也冷静下来了，我在心里盘算着怎么才能不狼狈地从这个房子里走出去。

在接下来的三天里，我没离开这栋房子半步，手机也被我关掉了。除了每天和大灵做爱，我把剩余的时间都用在了无聊的电视节目中。电视新闻中连续报道着北方的水灾，整个东北三省都在不停地下雨，所有的江河都水满为患，浑河也岌岌可危。在电视里的航拍画面中，浑河那条堤坝就像是一根漂浮在锅里的面条。电视机里说，浑河水位已经突破了历史记录，这是百年不遇的大水。我心想，大水怪又回来了。

把北窑全淹了才好呢！大灵和我一起坐在沙发上。她这两天把自己变成了一个合格的家庭主妇，给我洗衣做饭，一日三餐变着花样做，睡觉时抱着我的胳膊不撒手。她显得平静而幸福。我想如果没有那些不堪回首的过往，她该是个好女人，应该有一个美满的家庭。我想到了我哥。

北窑在电视画面中一闪而过，跟庞大而凶猛的浑河比起来，它弱小得不值一提。可以想象，如果那条脆弱的大坝一旦被拱开一个缺口，北窑立即就会被抹平。我的心里越来越不踏实，如果真是那样，我费尽心机得来的事业一眨眼工夫就会什么都没了。

我说我得回去一趟。

大灵没有任何反应。

我起身找我的裤子和衣服，穿上，走到门口。大灵仍两眼注目着电视，对我的行动仍毫无反应。我觉得我应该说点什么，但又不知道怎么开口。我刚要迈出门槛，她突然说话了。

我差一点就心软了。

你说什么？

她扭头看着我，满眼哀怨。你还回来吗？

我回答，嗯。

撒谎，她苦笑，你走我不拦你，但你走之前我想给你讲一件事。

我关上门。说吧，我听着。

她突然陷入了短暂的沉默，似乎不知道怎么把心里的话讲出来。两片嘴唇紧张得贴合在一起，目光盯着地板，整个身体都僵硬着。我不敢催促她，好像她是一尊一个轻微的震动就会瓦解的雕像。

我差一点心就软了。她重复了一句，猛地抬头，把目光从地板上移到我的脸上，那目光已经变得冰冷坚硬空洞。

小时候得病死的是我姐大灵，我其实是妹妹小灵。她说完这句话，长出一口气，好像全身的力气都没了，瘫软在沙发里。

我一时没反应过来，下意识地说，这怎么可能！

她说，没事了，你走吧。

我还要再说什么，她说，我恨你们所有的人，滚！

我一边下楼一边将手机开机，一股脑进来无数条短信和未接来电信息。短信几乎全都是兰发来的，看得出她快急疯了。未接来电大部分都是我爸妈的，也有几个朋友打来的。让我奇怪的是朴虎、江岸、韩东、田光亮、小魅这几个人一条信息也没有。我的心里极度不安起来。开车之前，我给兰发过去一条短信，告诉他我去了趟外地，很快就会回来。然后又给爸妈打了个电话。电话里我妈哭，我爸骂。她说找不到我他们都报警了。我说我没事，一会儿回家再说。我妈还要再问，被我挂断了电话。

北窑很平静，这里似乎没受浑河的影响。厂子也一切如常，机器轰鸣，工人忙碌。我在车间里巡视了一圈，来到我的办公室门前，掏钥匙开门，门却没锁。我第一个反应是那只"灰皮耗子"又进来偷东西了，不由心生怒气，一脚把门踢开。"灰皮耗子"并不在，只有江岸一个人。他把整个身子瘫在我的老板椅上，两只脚搭到老板台上。我的突然闯入把他吓了一跳，几乎从椅子上跌落在地。高总！江岸赶忙站起来，高总你怎么来了？我说这是我的地方我怎么不能来？江岸说我不是那个意思。他的慌乱很快平复下去，眼神中显现出对我的不恭。

我给你打了那么多电话你为什么不回？

江岸说没听见你打电话，我很忙。

我说，你很忙?！扯淡，我开除你看你还忙不忙。

江岸说，你开除不了我，你没那权利。这个厂子已经不是你的了，我大哥朴虎现在是整个公司的老板。

我有点蒙，你再重说一遍，我没听清。

江岸一字一顿说，你听好了，你现在狗屁都不是了。

你这玩笑开得有点过了呀！我强装微笑着要去拍江岸的肩膀，却被他把我的手挡开了。

我大哥在逍遥宫呢，不信你自己去问。

白天逍遥宫很冷清，灯光也没全开。我走进去，看见大厅的沙发上坐着个戴眼镜的陌生男人，白衬衫黑西裤，显得很正式，看着不像是来消遣的顾客。他的前面摆着一个公文包。我从他身边走过，与他对视时，觉得他的眼神中有一种盛气凌人的挑衅意味，极其让我不舒服，如果在平时我会立即找来保安把他打出去。

朴虎坐在我的沙发上，穿着暴露的小魅坐在他旁边。见我进去朴虎并没起身，而是命令小魅起身给我倒茶。我指着小魅说，你别碰我的东西。小魅乜斜了我一眼，又坐回到朴虎身边。我又对她说你给我出去。朴虎说她现在是我的总助兼秘书，你应该叫苏总。

真可笑！我说，虎哥，咱们不带这么开玩笑的。

朴虎问小魅，你觉得这是玩笑吗？

小魅一脸装出来的幼稚，我觉得一点都不可笑哇。

朴虎说小江，我也不想跟你扯没用的，你不在这些天姚厂长把租给你的车间厂房地盘全都收回，又转租给了我，而且因为你这些年一直拖欠租金，工厂、车间、运输公司和这里所有的一切都抵扣租金了，所以现在我是这里的老板，而你一根毛都没有了，你听明白没？

我说我跟老姚有合同在，合法的，他说收回就收回？

朴虎说，既然你跟我讲法，那咱们就讲讲法。他扭脸对小魅

244

说，你去把律师叫进来。小魅拧着屁股走出去。朴虎继续对我说，高小江，其实咱俩都是法盲，我跟你不一样的是我不懂，可我知道得找个懂的人，我知道现在干啥事都得讲法。

小魅领进来的那个人正是我进来时看见的眼镜男。眼镜男走到我们跟前，跟我打了个招呼，表面上挺讲礼貌，眼神和笑容却异常冷漠。他打开他的公文包，拿出三份合同影印件摆在我面前。其中一份是两个车间的承包合同，另外两份是逍遥宫的厂房和运输科的租赁合同。

眼镜男说，这份车间承包合同上签名的不是你高小江，是齐大树，也就是你大舅，齐大树早已病故，但合同并未及时变更，从合同法上来说，这份合同已经失去了法律效力，而且在此之前姚厂长已经与你大舅妈进行沟通，双方达成共识，你大舅妈同意终止合同，场地设备生产资料也都一并回收转租，这件事跟你一点关系都没有。

我心里轰隆一下。的确如此，当初我之所以没着急更成我的名是有一些顾虑的，老姚是个贪得无厌的家伙，保不准会出事，他要是真出了事，我肯定会受牵连。可如果我不是企业的法人，到时候把所有的事往大舅妈身上一推，也许就能自保了，毕竟我每年还给她一些分红，而这种做法老姚也是心照不宣的。

眼镜男接着说，跟你有关系的是这两份租赁合同，一份是逍遥宫原场地的租赁合同和运输公司原场地和设备租赁合同，你看一下，合同的签署人的确是你本人。但是，你在执行合同期间，在缴纳租金这一项上完全违反了合同所规定的条款。他翻开合同让我看其中用红笔画出的重点。你看见了吧，合同条款明确规定了缴纳租金的时间、金额和支付方式，而且还规定了如果乙方拖欠租金，甲方有权单方终止合同，收回场地设备，并且扣押乙方资产抵偿所欠租金。事实是自从签订这份合同之后，乙方，也就是你就从来没缴纳过租金。

我急忙插嘴说，不对，我给了，千真万确，我不欠厂子一分钱哪。

眼镜男说，这里有姚厂长亲手写的证明材料，证明你的确一分钱租金未曾缴纳过。说着他又从公文包里拿出一张影印件，上面的确是老姚的字体和签名。

老姚怎么可能这么说，我的租金都是和答应他那百分之五十的红利一起给他的。

眼镜男冷笑一下说，空口无凭啊，如果真像你说的那样，你和他就是行贿受贿，恐怕咱们就得公安局见面了。

我只觉得浑身发麻，头脑里一片空白，我的意识在一片混沌的空白里拼命挣扎。我掏出手机，哆嗦着手翻找老姚的手机号码，那串被我熟记于心的号码，此时我是怎么也想不起来了。

我看你还是别费心了，老姚刚办了退休，估计现在已经坐在到外国去的飞机上了。

他出国了?!

移民了，不会再回来了。朴虎笑说，姚厂长说你是个大傻子，看来还真不假。

我的手机滑落在地，我想捡起，却发现我不知道什么时候已经坐在了沙发上，而且我此时的态势与我和大舅的最后一次谈判何等的相似。大舅那只枯树枝一样的手在我眼前晃啊晃，我浑身的力气在极速地挥发掉，拿不出一点力气反击，我想我可能也是要死了，就像我那可怜的大舅一样。

我冒着小雨从北窑一直走回了家，踉踉跄跄像个醉鬼。我的车被朴虎扣下了，说是公司财产，我跟他争辩，还被他打了一顿。我打电话给孙所，孙所派年轻民警来了。年轻民警就是说我好自为之的那个。他对我的态度很冷淡，问我你又挨打了？朴虎抢话说他身上的伤是自己弄的，没人碰他，他在这里无理取闹想讹我们。他这样一说，在场的小魅和几个服务员都给纷纷给朴虎作证，特别是那个律师，一开口就是法律条款。我哭了，告诉民警是他们夺走了我的企业，他们都是坏人。民警说你说的这些属于经济纠纷，你可以到法院告他。民警当着我的面给孙所打了个电话，然后就开着警车离开了。他临走时没再对我说什么好自为之的话，脸上露出一丝说不清内容的微笑。

我感觉不到浑身的疼，整个身子都麻木着，脑子里翻来覆去放电影，这几年与老姚明争暗斗的每个细节都被翻腾出来，现在才明白，他做的每一次让步其实都是在引诱我一步步走进他的圈套。他说得没错，我就是个天底下最大的傻瓜。老贼孙，你太歹毒了！

兰被我的样子吓坏了，她像是面对一个突然闯入家门的陌生人，憔悴的脸上写满了疑惑和惊恐。她的眼神似乎在问我，你这是怎么了？我朝她走过去，扬手便给了她一记耳光。你和老姚是一伙的，你们合伙来坑我！这一切都是你们安排好的是吧，现在好了，你们达到目的了，老姚也跑了，你怎么还不跑？

眼泪从兰的眼中涌出来，她转身从茶几上拿起自己的手机，把手机递给我，让我看。那是一条老姚发给她的短信：兰，叔要走了，而且不打算再回来。叔最不放心的就是你，但没办法，当初我不赞成你和高小江好，我太了解他的为人了，他不值得你这样对他，可我拗不过你。叔给你在银行里存了一笔钱，够你一个人活了，密码就是你的生日，存折放在你的茶社了，也许有一天叔会和你在国外相见。

兰两眼瞪着我，抬起手开始左右开弓扇自己的脸，一连扇了七八下。我冲过去抓住她的胳膊，她像一头小野兽，狠狠地在我的手腕上咬了一口。我疼得松了手，她后退两步，拿起茶几上的纸和笔，快速写了几个字递给我。我们分手吧。我摇头说，你不能怨我，你叔坑得我倾家荡产。我向她靠近，想挽回局面。她立即抓起茶几上的玻璃果盘，对我轻轻摇摇头，她这样的姿态是在警告我不要靠近她。她的目光极其坚硬冷峭，她真的变成了一头令我望而生畏的小野兽。我只能落荒而逃。

我成了这个世界上的孤魂野鬼，漫无目的地游荡在市区里。所有的街道和路口对我来说都一样，没有任何意义，因为我不知道我的出路在哪儿。不知不觉中，我抬头看见了火车站。这座火车站刚刚建成不久，样子有点像一个巨大的古代官帽。火车的一声长鸣，把我的思绪拉回到现实。也许这是冥冥中的一种安排吧，那一声长鸣是引领我生命走向终结的启示。上中学的时候，我和冤死鬼儿经常到火车站来玩儿。冤死鬼儿总是离火车远远的，他害怕火车。而我却特别喜欢火车，总是幻想坐上火车去远方。这次真的要被火车带到另一个世界去了吗？车站旁边有一条小路，那是铁路工人为了方便走出来的便道，从这里可以直接进到车站里面去。一条条锃亮的铁轨横在我的面前，像一道道飞快的刀刃，我只要踏上去，顷刻间就会被剁成肉泥。一列火车从远处开了过来，越来越近，越来越大，随着一股强风扑面而来。在那一刻我闭上了眼睛，它突然一声震耳欲聋的长鸣，我感到一阵剧烈的震动，狂风裹挟住我，几乎把我抛到天上去。我在心里对自己说，高小江，你完了！

第九章

雨虽然停了，但天始终阴沉。赵成勇跨出拘留所的大门，第一眼就看见了等在路边的鲁丽。她拎着一柄长把雨伞和一把折叠伞，脚上穿着一双笨重的黑色水靴。因为太清瘦，更显得水靴的沉重。她微低着头，有一缕头发垂下额头，挡在左脸颊上，并没有注意到赵成勇已经走出来了。赵成勇看她的样子心里有点泛酸，走过去搂住了她的肩膀。两个人都不说话，沿着马路牙子朝远处走。走了一段，赵成勇叫路边停着等活儿的一辆倒骑驴，说去北窑。

倒骑驴车主说去不了。

赵成勇说我又不是不给你钱，怎么去不了？

车主说大坝说不定啥时候就决口子，挣你这十块八块的不值得玩儿命。

赵成勇说哪像你说的那么邪乎，我给你十五块钱。

车主犹豫了一下说，二十我就去。

赵成勇说二十就二十，走吧。赵成勇之所以选择了这辆倒骑驴，是因为这辆倒骑驴是改装过的，安装了一台小单缸发动机，相当于一辆小摩托车。

整个城市都湿淋淋的，街区低洼地段都汪着水。低矮的平房区里居民们正在用装土的袋子把自己家的门槛垫高，然后用洗衣盆把渗入院子里的水往外淘。马路边的工厂大门也都垒起了挡水的堤坝，好像打仗用的掩体。赵成勇在拘留所里就知道了浑河涨大水的事，电视广播轮番播报水情，这让他心里一直忐忑不安，出来后看到眼下这样的街景，心里更着急了，不停地催促倒骑驴车主快点跑。鲁丽坐在车上，一只手紧紧攥着赵成勇的手，表情凝重，一言不发。

赵成勇问，我在里面这几天北窑有什么事没？

鲁丽说你别再管北窑的事了。

鲁丽的态度很坚决，就像当初支持赵成勇竞选北窑居民委主任时一样坚决。当初是赵成勇的执着和善良感动了她，他俩才走到了一起。但是现在她把他的执着看成了死心眼儿，把善良看成了傻。她的这种转变赵成勇都理解，毕竟经历了很多事情，但却不能赞同。

不能就这么算了。赵成勇说。

你怎么就这么轴呢！鲁丽撒开了手，我听说高小江被朴虎和老姚合伙坑了，现在朴虎成了高小江企业的老板，老姚跑国外去了，高小江能有今天也算是罪有应得，所以你就没必要再跟高小江较劲了。我都想好了，咱俩从北窑搬出来，在我们学校附近租个房子，我上班，你找个活儿干，哪怕蹬倒骑驴呢，反正咱们再也不回北窑那个破地方了。

车主插嘴道，你可别以为蹬倒骑驴挣钱，我还想转行呢，有能耐谁干这破活儿啊。

鲁丽回头白了车主一眼。

赵成勇不说话，按说这个消息应该让他如释重负，但他却一点感觉不到轻松。所有人都认为那只是他和高小江之间的恩怨，只有他自己心里明白，对他来说高小江只是一个代表，一个损害大家利益的那种行为或者那群人的代表，他对抗的不是高小江，而是这种行为或者那群人。所以，换了谁都一样，只要损害还在发生，就不可能让他安心。

你听见我说的话没有？鲁丽生气了。

听见了。赵成勇赶紧回答。

听到了怎么不答话。

我再想想。

你再想想？别骗我了，我知道你在想什么。你把自己当什么了？你就是一个没权没钱没能耐的老实人，当这么个小主任遭了多少罪，吃了多少亏，还不长记性？你看不惯那些人贪占，可人家贪占的也不是你个人的，你不跟他们同流合污就算是有良心了，怎么就非得逞大能，显你有正义感、觉悟高。要是这两年不跟高小江较劲，咱们的日子也不至于过成这样。现在的社会你还没看明白吗，能赚钱把自己的日子过好才是真能耐，你怎么就想不明白呢……

你可是个老师！赵成勇实在忍不下去了，回了她一句。他能理解她的抱怨，但却容忍不了她的这些想法。一股巨大的伤感像大水一样淹没了他。连曾经最理解自己的妻子都说这样的话，赵成勇忽然觉得自己就像是一个被困在大水中孤独无援的人，除了随波逐流没有任何办法脱离困境。

我没想显摆自己，我也没有那么高的觉悟，我就是不忍心看着咱们从小生活的家被他们这帮王八蛋搞成这样儿。行了，不说了，你要是想离开北窑你自己走，我生在这儿，死也得死在这儿。

我的话可能有点重了，但也是为了你好。见赵成勇发火了，鲁丽把语气缓和了一些。她心里的火气不比他小，可看着他的样子，心里的愤懑被酸楚给淹没了。

大地像一块吸饱了水的大海绵，踩一脚就会反上水来。灌渠和稻田里的水面都持平了，甚至已经分不清哪是河道哪是田地，满眼是白亮亮的水色，稻苗和野草像漂浮在水面上的浮萍。刚刚修建完工不久的高速公路上车很少，倒是有不少牛马牲口和鸡鸭鹅狗在上面溜达，还搭起了一个个简陋的窝棚。高速公路的路基高出田地很多，临近的村子为了防洪便把家搬到了高速公路上。赵成勇在心里琢磨，如果浑河大坝真的决了口子，洪水瞬间就会把一切摧毁抹平，北窑怎么办呢？北窑职工宿舍的趟房是一体的，虽然有可能扛住洪水的冲击，但地势太低，洪水会把房盖都淹了。厂区里高大的厂房倒是可以当作避难所。

　　北窑竟然出奇地安静，这让赵成勇很是意外。怎么连个人影儿都看不见呢？应该都到大坝上去抗洪了吧。赵成勇跳下车，没直接回家，而是往大坝上跑。鲁丽想拦拦不住，只好一个人往家走，在胡同口撞见了江岸他妈。江岸他妈正抱着电视机往三轮车上装，电视机的电源线拖拉在地上，插头在门槛上卡了一下，江岸妈差点被绊倒，幸亏被鲁丽扶了一把。江岸妈对鲁丽说你跑哪儿去了？我一头午没见着你影儿。鲁丽没好意思说是去拘留所接赵成勇了，便只是轻描淡写地嗯了一声。江岸妈说浑河的水要出槽了，大坝眼瞅着就保不住，赶紧把家里值钱的东西都搬厂里去，那里的厂房高淹不着。鲁丽一下子慌了，转身就跑。江岸他妈喊，你不回家收拾东西去厂子，你还往哪儿跑哇？鲁丽说，成勇上大坝了，我得去把他喊回来。

　　赵成勇跑到大坝上，发现大坝上也没有北窑的人。浑河里的水离坝顶只有一米的距离。河床上的护堤林都被淹没了，高一点的树木只露着树尖，浑浊的大水卷着黄色的沫子海海地奔流，被连根拔起的大树在波浪里起伏翻滚。不时能看见日用品和家畜的尸体被席卷而过。赵成勇居然看见了一座小房子，被洪水稳稳托着顺流而下。这时三个穿着长筒水靴的人从胡家村的方向走过来，其中两个人手里都拎着一把铁锹，一个人手里拿着一根长铁棍。拎着铁棍的人问赵成勇，你是北窑的？

赵成勇说对，我是北窑的。

那人立即就火了，我们全村的人都在坝上抗洪呢，你们北窑的人都跑哪儿去了？这么大的水，要是在你们北窑段决了口子，你们担得起责任吗？

赵成勇赶紧解释说，我刚回来，不了解情况。

那人说我们胡家村的大坝已经加高到两米，你们北窑段也得加高，你赶紧去找人，等洪峰下来就来不及了。

赵成勇说是是是，大哥，你们先在这儿帮我盯一会儿，我这就回去找人。

那人说你快点，我们那边人手也不够。

赵成勇顺着大坝坡往下跑，半腰处摔了一跤，一直滚到坝底，成了泥人。站起来顾不上头晕接着跑。半路上遇到了迎面跑来的鲁丽。鲁丽说成勇，大坝快保不住了，快跟我回家搬东西上厂子吧。

赵成勇眼光一亮，我说怎么一个人也看不到呢。说完又朝厂子的方向跑去。鲁丽在后面喊，成勇，家不要了？先回家搬东西呀。赵成勇头也不回，往厂子猛跑。

以前厂里设有专门的防汛领导小组，汛期时带领工人们执行区防汛指挥部下达的防汛任务。工厂倒闭后厂防汛领导小组自然就形同虚设了，再加上近几年浑河一直很平静，人们的防汛意识也淡漠了。这次大水突然降临，区防汛指挥部把工作分别下达给厂里和北窑居委会。厂里姚厂长刚刚离任，接替者迟迟不露面。居民委主任赵成勇又在拘留所里关着，任务只好临时由上一任主任江岸妈接下来。结果江岸妈一看大坝就要扛不住，自己先毛了，从大坝上跑回家搬东西，大家伙便都个人顾个人，一哄而散。

厂子里已经乱成了一锅粥。北窑的居民背包拉车往大门里拥，大门口聚集了很多大货车，陆续往厂里进，装满了货物的往外走。赵成勇跑进大门，见高小江的车间门口一帮人正在往货车上装东西，扯住一个问道，你们这是干什么？那人说，领导要把这些怕水淹的东西都拉走。

哪个领导？赵成勇问。

我不知道哪个领导，反正谁给钱我就给谁干活。

赵成勇看见江岸正在指挥装车，跑过去问，江岸，这是怎么回事？江岸斜了他一眼说，你靠边儿，别挡碍。

赵成勇急了狠拽了江岸一把，把江岸拽得一趔趄。江岸反手把赵成勇推开，我告诉你，我忙着呢，再捣乱我削你呀。

赵成勇用目光扫视了厂区一圈，除了乱哄哄运货装车的工人外，很多人都聚集在工厂工人俱乐部大门口看热闹。工人俱乐部二楼是放电影的大礼堂，眼下成了人们的避难所。赵成勇想起来大礼堂里有广播室，厂区里的广播喇叭就是从由广播室操控的，便向俱乐部跑过去。

二楼广播室的门锁都生了锈，被赵成勇两脚踹开。他不知道还好不好用，把所有的电源开关都打开了，对着话筒噗噗吹了两下。他的声音在厂区里响了起来。

喂喂喂，大家能听到吗？我是北窑居民委员会主任赵成勇，我刚刚从大坝上下来，情况非常危急，我们所有人，除了老人、孩子和病人都必须立即到大坝上去抗洪抢险，在洪峰下来之前把大坝垒高，现在大家马上到工人俱乐部大门口集合。我再说一遍……

赵成勇一连广播了三遍，然后扔了话筒往楼下跑。到了大门口发现只集合了十几个人。不能等了，有几个算几个，先带一批人上去。他跑到一辆空货车前，拉开司机的车门对司机说，你开车把这些人连同工具一同拉到大坝上去。司机说不行，我还等着装货呢。赵成勇不听司机说话，回头招呼那十几个人，大家赶紧带上工具上车，铁锹、镐头、铲子什么都行。那十几个人纷纷往车上爬。

江岸跑了过来喊，你们都给我下来。他命令司机，没有我发话你不准动车。回头又对赵成勇说，冤死鬼儿你有毛病是不？你家车呀，你说用就用。

赵成勇说现在防洪是最大的事，这些车被征用了，你也先别装货了，带着几辆空车马上到区武装部去拉草袋子和草绳，铁锹也不够，能带回来多少就带回来多少，越快越好。

江岸说你少他妈跟我比比画画的，拿自己当啥了，我告诉你，你赶紧让他们给下来，耽误了我的事儿，别怪我跟你动手哇。

赵成勇说我也告诉你，现在是非常时期，阻碍抗洪抢险就是犯罪，你是不是还想回监狱待几年哪？你要是再敢不配合我立即打电话给区防汛指挥部，你信不信用不了十分钟警车就会到。

江岸一听这话立即软了，说这事我做不了主，我得问问我大哥。

赵成勇回头看一眼货车，那十几个人已经上了车。赵成勇把江岸推到一边，跳上货车驾驶室，对司机说，快，上大坝。

大货车启动，朝大门外驶去，刚出了大门就被一个人拦住了。这人是朴虎。

朴虎说冤死鬼儿，你他妈活腻了是不？

赵成勇说，情况紧急，以后再跟你解释，你赶紧把工人都组织起来，一起上大坝。

朴虎不答话，直接冲上车拉开车门，一把薅住赵成勇的头发，将他从车上拽了下来，拖倒在地。朴虎按住他的头，脚和膝盖轮番攻击他的脸和腹部。赵成勇根本没有机会还手。人们都围了上来，惊愕之余竟没有人敢上前阻拦。赵成勇用两只胳膊死死护住头，把身子窝成一团任朴虎连踢带打。就在朴虎喘息之际，赵成勇站起来，抽身跳到五米之外，对朴虎说，你打够没？朴虎骂了一句还要往上冲，突然就惨叫一声，双手抱头，回头看，鲁丽手里抓着一块砖头瞪着他。朴虎骂，你他妈的，敢偷袭我。话音未落，鲁丽举起砖头对他的脑袋又是一下。朴虎愣住，好像是被打傻了，指着鲁丽干张嘴说不出话。鲁丽再一次举起了砖头，你们也太欺负人了！赵成勇一下子扑过来抱住了鲁丽，掰开她的手，扔掉了砖头。鲁丽号啕大哭起来。

围观的人这才缓过神儿来，围上来边安慰鲁丽。朴虎从货车上抽出一把铁撬棍，向鲁丽冲过来，正要朝鲁丽的脑袋狠砸下来，手腕却被突然冒出的一只手抓住，擎在半空。

你想干啥？老杨一声怒吼，小兔崽子，反了天了你还。

朴虎瞪着血眼说，老东西，你给我放手。

老杨喊道，今天你有种就弄死我，我找我儿子去。

老杨的手好像焊在了朴虎的腕子上一样，朴虎挣扎不开。铁撬棍咣当掉在地上。

赵成勇回头对朴虎说，现在最大的事儿在大坝上，大坝要是开口子了，北窑就全没了，北窑是咱们的家，已经被你们祸祸成这个样儿了，你们搂够了，在这个时候倒想拍屁股走人，你还是不是人？你让我们这些人怎么办？

朴虎回头对江岸喊，叫兄弟们操家伙。

赵成勇说，朴虎看来你胆子还真是不小哇，抗洪抢险这么大的事儿你都敢拦着，别说是你，就连军队都开到大坝上去了。我是北窑居民委的主任，也是北窑防汛的负责人，我可以调动北窑所有的人员和物资，你给我听好了，要么你听我指挥配合抗洪，要么我以妨害抗洪救灾的罪名把你交给区防汛总指挥部法办。

朴虎喊，你别吓唬我，我他妈不是吓大的。江岸，操家伙，还瞅啥呢？

江岸带了几个人要往车间里跑去取家伙。江岸妈喊道，江岸，你不许动，你还想跟他一起犯法呀？涨大水时在河里捞个猪崽子都判三年，你不想好了是不？江岸定住，其余几个也都不敢动了。

勇子，你是好小子！说得对。老杨说，现在是需要大家出力的时候，谁敢不顾大家死活，我就让谁不得好死。老杨松开朴虎，捡起地上的铁撬棍，握枪一样。所有人的情绪都高涨起来了。

赵成勇回头扫视了一圈人群，他的心里一下子明亮了起来。忽然他的目光被人群中的什么东西刺了一下，那是一张格格不入甚至带着杀气的面孔，就像明媚的天空中，一小块阴云投在大地上的暗影，让他隐隐有种不祥之感。高大江！待他回过去要仔细看清楚时，那张面孔却消失了。

顾不了那么多了，赵成勇回过头来盯着朴虎，说你马上把你们运输公司的车分成两队，一队拉上人跟我上大坝，一队由江岸妈带着到区武装部拉草袋子、草绳和工具。你可以不听我的，等过后我跟你算账。朴虎说，你少他妈吓唬我，我啥阵势没经历过，我先让你可劲儿嘚瑟，等完事儿不用你找我算账，我还得找算账呢。说完回身对江岸喊道，死人哪，没听见赵主任的话是不？赶紧把车队调过来。

赵成勇笑了，对朴虎说大坝保住了我记你一功。

朴虎冷笑，低声说，冤死鬼儿，你给我等着。

车队兵分两路，一路空车向区里驶去，一路载着人奔向大坝。

赵成勇带着人刚冲上大坝，险情便在龙头闸出现了。龙头闸在大坝的拐弯处，相当于一张弓的弓背最顶端，洪水流经此处自然就会形成涡旋，对坝的冲刷很严重，闸口两侧的水泥护坡下面的坝体已经被水掏空了一大块，而且龙头闸的木质闸板仅有三寸厚，在如此强大的洪水压力下，随时都可能崩裂。赵成勇赶到时，胡家村的几个村民正往闸口下扔装满泥土的草袋子。草袋子扔进去立即就被洪水卷没了影儿，丝毫不起作用。村民说你们可算来了，现在最要紧的得在闸门前筑起一道坝，阻止洪水冲刷闸口两边的护坡，减小闸门的压力，不然随时都可能被水冲开。

赵成勇回头看了看自己带来的这些人，手里的工具都不全，草袋子也还没运到。他对村民说，你们还有草袋子吗，先调一些过来应急，我已经派车去拉了，很快就会到。

村民说我们的草袋子也不够了，而且你也看见了，我们带来的几袋子扔里面就被冲走，根本没用。

赵成勇把目光投在了开来的大货车上。他把朴虎叫到身边说，你带人带车去把大坝根下的围墙拆了。

那是一道工厂与外界的界墙。

朴虎带人去了。赵成勇让剩下的人对大坝坡进行拉网式巡查，看看有没有渗水管涌现象。

洪水仍在一点一点上涨，大坝苦苦支撑着，情况越来越危急。赵成勇想起了小时候的一次大水，他和高小江跑到大坝上来，那是他第一次经历大洪水，他俩都被吓哭了。这次的洪水比那次更大。他站在随时都可能溃决的大坝上，一边是滔天的洪水，一边是落寞的家园，如果自己守不住，洪水将会一泻而下……他有点不敢想了。

朴虎领着车回来了，车上装满了砖头。赵成勇指挥司机，把货车开到离水闸最靠近的地方，将一车转头一股脑倾泻下去。可那些砖头和之前村民投进去的草袋子一样，转眼就被大水卷没了。第二辆车开过来，正要倾卸，被赵成勇拦住了，说这样不行，得想点办法。他围着车转了一圈，爬上货车车厢，扯开车上的苫布，招呼人上来搭手一起把砖头盖上，用绳子勒紧。朴虎问冤死鬼儿，你想干什么？

赵成勇说，散着往里倒多少都白费，只能把整个车都推进去。

朴虎激了，你他妈是不是疯了，我这一辆车二十多万，你给我往河里扔?!

赵成勇说，没别的办法，你放心，大水之后会给你赔偿的。

扯他妈淡，说得好听，你拿狗屁赔我。我告诉你冤死鬼儿，我已经很给你脸了，你别太不要脸。车是我的，我看你们谁敢动手。

赵成勇对身边几个人说，你们把他给我按住，一切后果由我负责。

朴虎瞪眼大叫，我看你们谁敢，都不想活了是不?

大家都不敢上前了。

一个人突然冲出人群，上前一把将朴虎薅住。朴虎还没反应过来就被锁住了脖子。这个人的身手真是又快又狠。朴虎被勒得直翻白眼儿，挣扎着骂道，高大江，你他妈放开我。高大江再一用力，朴虎立即哑了，被高大江拖出了人群。

第一辆大货车被推进洪水里，轰隆——砸起的浪花顷刻被旋涡吸进去。

赵成勇又喊，再来一辆。

两辆货车投进去，终于起到了减缓水流冲击的作用。赵成勇马上组织人往水闸两侧被掏空的坝体里塞装满土的草袋子，很快掏空的坝体被填上了，龙头闸的险情被排除。这时江岸妈带着拉物资的车也赶到了。

装袋，垒坝……大坝在加高，水位撵着上涨。

大坝被草袋子叠高一层，水位已经没过了原来的坝顶。叠高第二层，水位几乎没过了第一层草袋子。

再叠一层，快，快!

赵成勇盯着他插在水里的一根竹竿，盯得眼睛都疼了，他终于发现水位停涨了，而且开始有退潮的迹象。他努力揉了揉眼睛，觉得那不是幻觉，只是退潮的速度慢得几乎看不出来。赵成勇心里一阵喜悦，退了，真的退了！他的话带起人们的一阵欢呼。

筋疲力尽的人们可以稍稍喘口气了。大家都坐在草袋子上，像刚刚击退一波疯狂进攻的战士，谁也不说话。赵成勇望着战场一样的狼藉的大坝，和散落在大坝上的人们，心里不由伤感起来。这场与大洪水的较量还能坚持多久他不知道，北窑最终能不能保得住，他心里更是没底。现在他和大伙都已经是强弩之末了，如果再一次洪峰袭来，这条大坝很可能就会像脆弱的纸片一样，顷刻间一溃千里，不但北窑没了，更可怕的是大坝上的这些人也可能会跟着大坝一起消失。如果这样的悲剧真的发生，他就算是死了也无法抵消自己的罪恶。

日头西坠，天色擦黑。赵成勇坐在草袋子上，望着海一样的河面，表面上平静如常，内心里却是惊涛骇浪。他有种预感，北窑要保不住。

赵成勇他们刚刚抵挡住的那一波洪峰并不是最猛烈的，最严峻的考验还在后面。抚顺地区暴雨一直持续不断，浑河上游的大水库暴涨，如果降雨再持续24个小时，水库又不能及时泄洪，就将面临全面崩溃的危险。水库一旦崩溃，包括沈阳在内的周边所有城市和地区都会变成一片汪洋。浑河大坝的抵御能力是五十年一遇的洪灾，而这次面临的却是百年不遇的大水。水库开闸泄洪时必须要考虑到浑河大坝的承受能力，弄不好浑河溃坝，虽然水库保住了，但大水会淹没沈阳城，损失不可估量。目前水库泄洪闸尚未全部开启，浑河大坝的情况就已经万分危急了。这是两难的绝境，也只能把希望寄托在老天爷身上了。

解放军部队早已在浑河两岸的关键地段驻守，浑河上的所有桥梁都已戒严，禁止任何车辆人员通行，并且安装好了炸药，一旦洪水水位没过大桥的底梁或者随洪水倾泻而下的大量杂物充塞桥墩，对泄洪形成严重影响，就只能炸桥疏通河道。

可暴雨仍在继续，情况越来越凶险。当晚20时，驻守在浑河大坝上的解放军部队接到上级命令，如果在明天凌晨4时暴雨仍然停不下来，大伙房水库就将开启全部泄洪闸门，有史以来最大最凶猛的洪峰将奔涌而下，浑河大坝必将溃坝。上级指示，为了保住沈阳城区，最大限度减小损失，将提前炸开浑河南岸大坝，将浑河以南变成泄洪区。

各级防汛指挥部下达紧急疏散令，命令各村屯街道务必在五个小时内将所有居民撤离到安全地带。在大坝上抗洪抢险的人员也要全部撤离大坝。

赵成勇宣布撤离的命令时，内心里生出一丝绝望。还是没能保住！他想，刚才的一切努力都白费了，包括那两辆大货车。他默默地看着人们都拖着疲惫的身躯往大坝下走去。没人说话，只有他们踩在淤泥里的脚步声，越来越远了。空寂的大坝，凸显着大水的咆哮声更加嚣张放肆。

赵成勇没走，他还得把大坝走一遍，确保没有人留下。他拿着手电筒，在大坝上一边走一边喊，还有人吗？他的声音显得那么单薄无力，被黑暗阻挡着，没传出几米远就被消融在哗哗的水声里了。

还有没有人？

没人回应。他不想这就回去了，关掉了手电筒，面向大水站立。想起小时候也经历过一次大水，那次他和高小江就是站在这个地方，被大水吓得大哭。如今他长大了，大水也长大了。那次大水在他的面前奇迹般地退潮，这次呢，看样子奇迹不会出现了。他的脑海中出现了一幅场景，大水漫过大坝，像跨过栅栏的马群，奔腾而下，水头横冲直撞，所到之处大树被连根拔起，房屋顷刻坍塌。北窑是北窑人的最后一点财产，就这样眼睁睁地被洪水掠走了吗？他的心也仿佛被水头击中，一阵痉挛的阵痛。救命！

救命！

他以为这是从自己心底发出的声音。当第二声隐隐约约的"救命"传来时，他的思绪一下子被拽了回来。

有人落水了?!

他赶紧打开手电筒往水里照。手电筒的光在混沌浩瀚的河水中显得太微不足道了。声音好像是从右前方不远处传来的。那里应该有一条丁字坝。丁字坝是为了延缓水流而建的，像从大坝伸进河里的一条小胳膊，比大坝窄，也矮了一些，此时已经被淹没在水下了。如果没有那棵柳树，根本无法判断丁字坝的准确位置。赵成勇向丁字坝的方向跑过去，手电筒的光先他一步到了那里。他发现一个人影站立在柳树下。

谁在那儿?

我。

赵成勇走近了，看清了那个人的脸。高大江！别人都撤离了，你怎么还没走?

我……想一个人在这儿待一会儿。

刚才是你喊的?

什么? 哦，是，是我喊的，我突然有点害怕。

走吧，咱们一起回去。

赵成勇和高大江一前一后从大坝上下来，走到岔路口时高大江说，我不跟你去厂里，我回家了。赵成勇说，你不能回家，必须到厂子里去，再大的水也不能有人员伤亡。高大江犹豫了一下说，那好，我先回家取点东西。

压抑沉闷的气息充斥着工人俱乐部二楼的大礼堂。这里俨然成了一座孤岛，大人们个个神情沮丧，只有小孩子们对这样的生活场景感到新奇，兴奋得跑跑跳跳。两侧墙上的窗户都开着，厚重的遮光窗帘像是被水浸湿了，垂挂在那里，穿堂而过的风不能让它有丝毫的晃动。那风好像比窗帘更加湿重，不但没有让人们的呼吸更爽快一些，倒增添了浑身的黏腻。赵成勇站在窗前，久久地望着大坝的方向。那一片死寂里隐藏着一个凶悍无比的猛兽。在另一扇窗前，大灵也像他一样望着大坝的方向，不同的是她的表情竟透露着轻松和愉悦。似乎在期盼着一个让她心仪的礼物。他看她的时候，她侧脸也看了他一眼，然后含笑离开了窗户。

外面又下起雨来，雨滴从敞开的窗户飘进来。唰唰的落雨声渐渐大了起来。雨点越来越细密。鲁丽走过来伸手去把窗户关上。

赵成勇看着鲁丽说，这么干等着真不是滋味。

你尽力了，对得起所有人。鲁丽说。

一串笑声从舞台上传过来，那笑声像是一支锐器把沉闷压抑的气氛划开了一道口子。大家朝舞台上望去，那是大灵领着三个小孩在玩耍。除了孩子之外的所有人都皱了眉头。在这种时候她怎么会这样高兴呢？三个小孩的家长跑上舞台，把自家的孩子拽了下去，还照屁股给了两巴掌。孩子顿时咧开大嘴号了起来。大灵依然在笑。

有什么好笑的？有人忍不住了。

对呀，都这情况了，你还笑得出来？

大灵站在舞台上，一脸得意地扫视这大家，好像一个正在表演喜剧的演员。

你再这样幸灾乐祸就滚出去，淹死你！有人喊。

大灵似乎沉浸在自己的快乐中，她笑着看那些辱骂她的人，好像听不懂他们的话。好像她是他们之外的人，根本不属于这里。人们的抱怨和辱骂在她无声的笑中渐渐平息下去。已经是凌晨了，大洪水还没下来，还悬在头顶，大家的精力却都快耗尽了。

窗外突然传来一串轰隆隆的炸响。人们刚刚躺下就又都坐立起来。

听到了吗？炸了，炸坝了，洪水马上就要下来了！有人惊呼。大家都朝窗户拥挤过来。有人在骂，有人叹气，有人哭了。完了，家没了！大家推开窗户，堵在窗口，朝北窑的方向望，冰凉的雨水拍打在脸上，毫无知觉。

那是雷，不是炸坝，天上打雷了。

又一串天雷从头顶上滚了过去。人们似乎都松了一口气，默默地离开了窗口。外面的天色渐亮，灰蒙蒙的天上压着一块一块乌云，乌云的缝隙像是镶着的一道银边。雨突然就下了下去。

不是说四点之前炸坝泄洪吗，怎么还没炸呢？

你还盼着炸呀？

谁盼着炸了，我的意思是现在没炸，是不是就不用炸了呀。

人们被这句话激励了，又都拥回到窗口。挤着拥着朝外面望。果然，大坝那边静悄悄的，北窑静悄悄的。

赵成勇从窗口的人群里挤出来，给区防汛指挥部打电话，得到的答复是，抚顺地区的暴雨在半个小时之前停了，而且是雨过天晴。

不炸了，不用炸了！大家一下子欢呼起来。

赵成勇在欢呼的人群后面看见了大灵，她的脸色苍白可怖，刚才的笑容荡然无存。

人们拥到赵成勇身边，七手八脚把他抬了起来，往半空上抛，接住，再抛。整个大礼堂都沸腾了，赵成勇陷入了一片欢欣鼓舞中。当他被稳稳地放在地上时，他在人群中却怎么也找不到大灵了。

他完全凭的是一种直觉，大灵一定是上大坝了。他拎起一件救生衣便追了出去，追到大坝上的时候，大灵果然在龙头闸。挡在龙头闸前面的两辆大货车已经不见踪影，估计是随着洪水不断的冲刷，货车底部的泥土被掏空，货车滚到更深的河底去了，龙头闸已然暴露在洪水的冲击下。而此时的水位虽然在缓缓下降，但仍然保持着强大的冲击力。大灵正在拼尽死力去扭动龙头闸的转盘，闸门已经被大灵扭开了三分之一，水从龙头闸下喷射而出，像是奋力甩出的巨大凤尾。

大灵，你住手，你想干什么？赵成勇大喊。

大灵回过头来怒视赵成勇，你别过来，大坝马上就要垮了，你赶紧走开。

你住手，你这是犯罪。赵成勇朝扑过去，抓住大灵的胳膊狠命往下拽。大灵早有准备，把整个身体像八爪鱼一样吸附转盘上，任凭赵成勇怎么拉拽也不松开半点，并在赵成勇的手臂上狠狠地咬了一口。

赵成勇感觉到脚下的地在震动，他猛的心里一惊，可怕的事情还是发生了。龙头闸透水，在闸门前形成了巨大的旋涡，旋涡如同带有刀齿的绞盘，将闸口旁边的坝体迅速切割掏空，整体的水泥闸口像手术切割一样与坝体脱离了。

你这是为什么？赵成勇绝望地大叫一声。他知道大坝已经无法挽救了，他趴在大灵的身上，他只有一个想法，一会儿被洪水卷走的时候，他要死死地抓住她。

轰隆——坝体崩裂了。

大灵说，我恨你们所有人。

正西方向，烟尘突起，一群"白马"冲出围栏奔涌而来，推倒了树木、房屋，裹挟着一切，左冲右突，横冲直撞。北窑顷刻间陷入浩渺的洪水之中。北窑人都呆了，傻了，眼睁睁地看着洪水冲过来，把天地间都灌得满满的。在随波逐流的杂物中，一个橘红色的东西极速溜走，就如同漂浮在水面上的一星火苗，或者一点灯光。

那是一个穿着救生衣的人！

不是一个，是两个人！

两个人紧紧地抱在一起，在湍急的洪水中起起伏伏，时隐时现。

快，快救人！

太远了，我们没有船，下去也是送死。

那两个人被水流冲远了，更远了。水位越来越高，水流越来越缓。时间也好像缓慢了下来。这是大家第一次亲眼看着人在洪水中遇难。大家都沉默了，都远离了窗口，低着头回到自己的孩子身边。沉默成了一种压力，压得人有点喘不过气来，有人咳嗽两声。

那是勇子主任，有人突然高喊起来，我刚才看见他拿着救生衣跑出去的。

这句话像点燃了炸药，轰的一声炸了。接着是一道更加尖锐的炸响，鲁丽一声尖叫冲下楼去。

我们得救他，玩命儿也得救他……

赵成勇紧紧抱着大灵，顺着水流漂走。他腰部以下已经没了知觉。大灵却一直在反抗，不停用手捶打他的脑袋。他只好把头紧紧地贴在她的胸口。这个姿势既能躲避她的袭击，又能尽量把她的头顶高，减少她呛水的危险。但是他却被呛了好几次。有两次险些一口气没上来。他都没承想自己能这样坚强，他从小就特别怕水。看来人的潜力真是巨大的。他顶着她的胸膛，感觉着她紧张的呼吸和急促的心跳，他忽然觉得这种感觉令他很踏实，其实他已经筋疲力尽了，就好像她是他的依靠一样。他在给自己积攒一些力气，然后用这最后一点力气把身上的救生衣脱下来，套在她的身上。否则在他精疲力竭的时候，就无法擎住她了。他知道她也没力气了，因为她不再袭击他了。他准备行动了，在行动之前他想跟她说句话，这很可能是他能说的最后一句话了。他想说，大灵，我快没劲儿了，我把救生衣脱下来给你，你别再闹了呀，你穿上救生衣之后，尽量保持仰头姿势，别让水呛进嘴里，看到身边有树一定要抓住，要是能爬上树就更好了，别白白浪费体力，等着救援的人来，别害怕，解放军部队马上就会赶过来了。可是他根本没有力气说这么多话，话到嘴边变成了轻轻巧巧的四个字：你好好活！

大灵哭了，紧紧搂着他的脖子号。

你省省体力吧。赵成勇在心里说。他感觉到自己的身体越来越空，本来想攒点力气，可力气就像汽油一样喜欢挥发。他的下半身好像也一起挥发没了。

前面有一棵大树，这让他心里一阵高兴。务必得抓住那棵树。他想，这可能是最后一次机会了。树越来越近了，越来越近了。他把右手伸向了那棵树，他的胳膊在抖。求求你了，别抖了，全靠你了。不行，还是抖。甚至连伸出去的力气都没有了。一点力气都没有了。没办法了，就要和树擦肩而过了。他奋力伸出右手，向那棵树的一条碗口粗的树枝抓去，抓到了，但手一滑，脱手了。一股绝望油然而生。这回是真的没办法了。他的身子突然一紧，另一条胳膊竟然抓住了另一根树枝。那是大灵的胳膊。在关键时刻她出手抓住了机会。她用胳膊钩住树枝，把他俩的身体拉近树干，逆着水流靠在树干上。这样就安全多了。他长长舒了一口气。这时更令他惊喜的一幕出现了。在工厂的方向，一群人，有的划着用汽车内胎临时改装的小船，有的跪在用木板捆扎成的木排上，轰轰烈烈地朝他驶过来。

这下好了，他们来救我们了。赵成勇笑着对大灵说，再坚持一下。

大灵却没笑，说你用手抓紧树干，我的手没劲了，我抱着你。

赵成勇用胳膊箍住了树干，说好了，你抱紧我呀，别松手，他们马上就要到了。

大灵笑了一下说，对不起。说完她用手轻轻推了他一下，自己的身体从他的身上分离出去，离开了大树。

你……这是干什么？等赵成勇反应过来，大灵已经被水流卷到十米开外。

尾　声

　　足球场被铁网围着，我坐在铁网外面，看着赵成勇带着一帮半大孩子在里面踢球。草皮都是真的，太阳在草坪上反射出来的光很柔和，不像人工草坪那样扎眼。这个足球公园很大，在浑河边上并排有十几块足球场，周围是繁茂的树木和簇拥的花草。一条蜿蜒曲折但又平坦光滑的柏油路穿过足球公园，那是和足球公园同时修建的河堤景观路，最适合骑行，因此骑行爱好者络绎不绝。这里好是好，但就是越来越少的人知道这里曾有个名字叫北窑。

　　被红牌罚下的孩子脱掉球鞋，把两只鞋用鞋带连在一起，搭在肩膀上，光着脚走出球场。他从我身边走过，边走边看我。他的小脸被晒得黝黑，汗水在上面闪闪发光，好像还有泪光。他停住了对我说，你都看见了，他们玩儿赖，妈的欺负人。

　　我看出他其实不想走，便让他坐在我旁边看踢球。

　　我看你不像。他说。

　　像什么？

　　神经病啊。

　　我是神经病。

竟扯，神经病哪有说自己是神经病的，我们学校旁边有个神经病，走路老像顶着大风，还追小孩儿，有一回被我们体育老师揍了，你跟他不一样。

我说神经病也不都一样。

那你是怎么变成神经病的呢？

火车吓的。

扯淡，火车还能把人吓成神经病？

我说是真的，我差一点就被火车撞死了，没死成，就成神经病了。

你是装的，我知道，就像假摔一样。

你为什么说我是装的？

我妈就像你一样，装病躲事儿，其实心里啥都明白，我一说她装病她就掐我，你看她把我掐的。

他给我看大腿里子，果然青一块紫一块的。我一抬头，冤死鬼儿站在足球场里，嘴里含着哨子，眼睛盯着我。我照着孩子的大腿里子狠狠掐了一把，孩子突然惊愕，立即爆发出警报一般的哭声。

冤死鬼儿就那么执着而坚定地看着我，我真不知道自己还能撑多久。

        2019年5月20日星期一　晚21：19 家中　第二稿
              2019年7月30日，大连　第三稿